赵晓春 山西阳高人氏，山西体育职业学院党委书记，太原理工大学政法学院特聘教授、硕士生导师，河北美术学院特聘教授，山西省十大文化创新人物。幼年性格好动，多有顽劣之举。开蒙后不思进取，嬉闹如初，惟获闲书，可得半日安静。成年以后，性嗜酒，喜交朋，爱读书，好远游，外表谦逊，内心张狂。误入工科，学业偏废，终日舞文，恨无大成。毕业后剑走偏锋，结缘体育。先行政，后业务，二十载光阴矣。曾披挂上阵，执掌山西摔跤帅印，喜得前军报捷，麾下常永祥斩获奥运银牌，与国与己，可谓无憾。后转投体育教育，任山西体育职业学院党委书记，不觉六载矣，有《想象与言说——赵晓春体育文论集》出版。

中国社科 大学经典文库

冲出重围

Thought Exceeding

赵晓春／著

九州出版社
JIUZHOUPRESS

图书在版编目（CIP）数据

　　冲出重围／赵晓春著. ﹣﹣北京：九州出版社，
2016.8

　　ISBN 978﹣7﹣5108﹣4665﹣6

　　Ⅰ.①冲… Ⅱ.①赵… Ⅲ.①散文集—中国—当代
②诗集—中国—当代 Ⅳ.①I217.2

　　中国版本图书馆 CIP 数据核字（2016）第 211208 号

冲出重围

作　　者	赵晓春　著
出版发行	九州出版社
地　　址	北京市西城区阜外大街甲 35 号（100037）
发行电话	（010）68992190/3/5/6
网　　址	www.jiuzhoupress.com
电子信箱	jiuzhou@jiuzhoupress.com
印　　刷	北京天正元印务有限公司
开　　本	710 毫米×1000 毫米　16 开
印　　张	21.5
字　　数	374 千字
版　　次	2017 年 1 月第 1 版
印　　次	2017 年 1 月第 1 次印刷
书　　号	ISBN 978﹣7﹣5108﹣4665﹣6
定　　价	88.00 元

行走中的发现、记录和倾诉

张锐锋*

从文学史的角度看，中国文学有几个重要的源头。一个是《诗经》的源头，它主要体现的是文学中的"情"，一个是《春秋》的源头，它主要体现的是文学中的"事"，另一个是《论语》的源头，它主要体现的是文学中的"理"。情、事、理一直是中国文学中的三个重要元素，它与我们的生活具有完全对应的关系，文学因这三个要素和生活融合在了一起，并铸就了我们看待现实世界的角度和方法。情让我们理解自己，也以此为出发点来理解他人。事让我们经历生活的过程中，积累丰富的经验并认识生活，理则让我们从前两者之中发现问题和寻找真理。在某种意义上说，这是照亮生活的三道光线，也是照亮文学的三道光线。我们顺着这三道光线的方向，就可以看到镜子里的自己，日常生活中难以触及的灵魂面孔，以及我们背后辽阔的、绵延不绝的历史景观。我们不是隐藏在这三道光线里的，而是被这三道光线从黑暗中挖掘出来，生活中藏在深处的根须带着一块块泥土被翻晒到了表面。

更多的时候，我们需要从这三个要素中发现自己。我们自己在哪里？我们的处境如何？我们的过去以及现在和将来，具有怎样的联系？判断我们的位置、所面临的环境，对于作为生存者的人来说，具有十分重要的意义。只是在更多的时候，由于历史和现实生活的交互作用太过复杂了，生活的广度和深度常常

* 1960 年 12 月出生，山西省原平市人。1990 年后从事专业创作。1994 年开始在《作家》、《十月》、《大家》、《花城》等杂志发表作品，每篇约二四万字，甚至更长。1997 年，《大家》杂志特设"新散文"栏目，该作家的大部分作品被列入"新散文"之中。现为山西省作家协会党组成员、副主席，山西省文学院院长。一级作家。著有《幽火》、《别人的宫殿》、《蝴蝶的翅膀》、《世界的形象》、《沙土的神论》、《被炉火照彻》、《祖先的深度》、《皱纹》、《河流》、《月亮》、《飞箭》、《文学王》。2013 年出版散文集《船头》。

越出了我们的视线，现实世界的变化速度又让我们眼花缭乱，不断让我们失去判断力，折磨我们的经常是选择的困惑和道路的迷茫。但是，重要的是，文学的努力在于不断将我们的困惑和迷茫从生活中提取出来，就像方程式中的一个个未知数那样，寻找求解的途径。

近读赵晓春先生的诗文集《冲出重围》，引出了我的一连串感受。它是情、事、理的综合，是传统和现代生活的对接，也是个体与环境冲突与和解的漫记。文学的三道光线，可以从一篇篇文章中透露出来，在夜晚中散发着微亮，让我们怀着好奇小心翼翼地靠近它。这部书的书名就充满了陷入某种困境的焦虑感，让我们感到被一个个问题团团围住的无奈和试图突出重围的姿态。我的理解是，冲出重围不是完成态，而是进行时。我们即使在极其平凡的生活中，仍然隐含着无形的、扼住咽喉的某种力量，让我们在苦苦的思考中无法解脱。也有一些昔日的记忆，不断干涉自己的现在和未来，影响你面对问题时的抉择。

总之，生活并不是完全纯净的，它的四周晃动着无数黑影，你有时甚至不知道它们究竟是什么，但它们用一条条绳索缚住了你的自由。很多事情并不一定直接和你的生活接触，但它间接地介入你的感情，也许是一个发生于千里之外的社会事件，看起来和你的具体生活毫无关联，但仍然会影响你的情绪，让你有时愤怒，有时生发悲悯之情，有时又让你感受复杂，你甚至难以说出究竟在你的身体中植入了什么样的杂草，使得你辗转反侧，思绪翻腾，心潮难平。这是观察者和思考者的烦恼，是发现者的噩梦，是具有敏感体质的体验者的精神过敏症。实际上，赵晓春先生在生活中所表现出来的，是强壮和健康、乐观与向上，有着电荷饱满的正能量，并且总是把这种能量传递给别人。可从他的作品来看，他的内心世界有着敏感脆质的一面，可能是一件微不足道的事情，也会引发他的不安和痛苦。比如在一篇《猫忆》中，邻家的一只瘦弱的小花猫，常到他家寻食。弟弟喜欢这只小花猫，偷来各种食物喂它，这让小花猫乐不思蜀，经常整夜不归，一天小花猫竟然因偷食被邻家打死了。这篇关于一只小花猫的故事，既有叙事者的感伤和怜悯，也有他对邻家虐待行为的憎恶和愤怒，从一只小花猫的惨死中拷问卑怯的人性。

这样的拷问还在另一篇回忆性散文中散发出同样的冷光，令人不寒而栗。这一次，作者的叙述指向一个叫做徐玉华的漂亮女人，在那个特殊的年代，不得不违心嫁给一个丑陋多病的男人，引起了一些小城闲汉们的嫉羡，在流言蜚语中备受煎熬。为了谋生索性开设赌场，以致身陷囹圄。出狱后开了一家小店，却在一次进货途中遭遇车祸而死。一个女人短暂而悲剧的一生，看起来十分简单，然而这简单的背后，却是那些无形的谋杀参与者——时代、环境、与生俱来的身份，甚至她的美貌都成为罪愆……那些没有理由的理由，不得不面对的宿命，从她的身上无情碾压过去，她甚至不知自己为什么必须充当这一悲剧角色。一个普通女性的生命历程，看起来波澜起伏，于倏忽之间消失，既没有给这个世界增加什么，好像也没有减少什么，几年之后，已经没有人谈论她了。这篇文章的结尾部分写道："谁还记得她？倒是一帮鼓匠编了曲儿唱她，唱到酣处，仍然有人掉泪。我便想去寻这首曲儿，没有寻见，亦或只是一种传言。"这意味着，一个人的悲剧，甚至不在于其悲剧本身，而是她的存在仅仅是一个幻象，存在和不存在，几乎没有任何区别。

这部书中，充分显示了他广博的视野和对生活中的各种事件的高度关注。第一个感受是，他是一个全身心投入生活的人，并在每时每刻都对生活充满的警觉。他总是伸出长长的思想触角，不断试探和感受生活表面的每一个可疑点，并像猎人一样敏捷地捕捉住它的跳跃的影子。在《早春》一文中，他感受到了在春天到来之后大自然的荒凉："其实早春该是最使人失望的时节。无花无草，也没有暖风，却常有漫天肆虐的风沙：树枝上也抖落了最后几片枯叶，如罗丹的雕塑中老妇的形象……"春野上唯一的生机是麦场上"有几个儿童放风筝，风不大，风筝总是扶摇几下，一头栽落在地"。这是多么令人失望的场景，然而令人振奋的是，"儿童并不气馁，一次次举起，一次次跑，风筝总算上天了"。平凡的生活场景是生活寓言的一部分，地上的荒凉和暗中涌动的生机，放风筝的儿童的不懈努力，在失望的蕴含着的希望，以及生命面对荒凉的耐心和抵抗，使一次本来枯燥的、令人失望的探春野游，却成为具有不同寻常的意义的生命体验，在早春的荒凉中感受到生命内在的秘密。

实际上，他的内心中有着重重矛盾，从他的另一篇文章中就可以感受到他所看到的生命极其脆弱一面。在唐山大地震中，他的姨姥姥、姨姥爷和三个孩子都死于大自然的突然灾变，只有一个最小的舅舅掉在了一个死角，成为了幸存者。这一家人曾经令人羡慕，竟然一夜之间倾覆了，未曾在朝鲜战场的枪林弹雨中死去的姨姥爷，却死于和平年代大自然酝酿的噩梦中。《唐山大地震：我的记忆，我的哀悼》中，他写道："那场灾难是生活的一部分。现在，也成为很多人灵魂的一部分，他强烈地存在，永远抹不去。"我们的生活，很多时候并不由自己主宰，并不是我们放弃了自我的支配权，而是我们的力量太过微弱，不足以抵抗可能到来的一切——我想到了电影《海上钢琴师》中的一句话：阻止我脚步的，不是我所能见，而是我所未见。地震不仅是生活中发生的重大事件，也是生活中的一个寓言以及人生必须面对的残酷必然性的局部推演，它带出了人的内心深处藏着的对于未知的恐惧，也给出了我们珍爱生命的绝对理由。

更多的时候，赵晓春先生是作为生活的观察者出现的，面对现实世界中发生的一切，他都想表达自己的意见。这一行为，可以看到他坦率的个性和喜欢与更多的人交流的愿望。他去贫困地区调研，就想告诉人们关于他对贫困的理解和消除贫困的可能，他要将自己看到的和想到的，摆放到文字中。他到欧洲访问，就要将自己的感受说给更多的人，他是一个行走中的观察者，不仅带着眼睛，还携带了一颗敏感的心。这些看起来就像流水账一样的记录，实际上是建立生活坐标的一个个参数，其目的是确定我们的生活位置。他不厌其烦地记录，也源源不绝地倾诉，是他的想象中有着无数的倾听者，因而从这倾诉与倾听中获得某种安慰。他认为"生活就像包饺子，因为一些微薄的幸福，付出一些微薄的麻烦"，是值得的。就像"和朋友们开心喝酒，又因为喝得不多，而整夜失眠"，快乐和付出看起来在相互抵消，赋予和夺去的对峙，可能正是生活本身的常态，生活的意义也自然含于其中。

《冲出重围》是一部关于生活的航海日志。生活的海面上有时会涌起巨浪，但更多的时间处于平静之中。平静不是静止，而是到达彼岸过程中的心灵煎熬，是不连贯的思考中不断出现忽明忽暗影子的漫长等待，是渴望倾诉中守望的个体孤独感。其中隐藏的，是一个骚动不安的灵魂，是运动中不断靠拢自我的、充满了力量的生命。这意味着，一个人观察周边的世界，实际上是从自己的影子中推断自己的存在，他在思考世界的时候也在接近自己，一切发现都是关于自己的发现。现代作家郁达夫曾在一篇关于文学的论述中谈道："现代的散文之最大特征，是每一个作家的每一篇散文里所表现的个性……现在的散文，却带有自叙传的色彩了，我们只消把现代作家的散文翻一翻，则这作家的世系、性格、嗜好、思想、信仰，以及生活习惯等等，无不活泼地显现在我们眼前。"也就是说，赵晓春先生的文章中已经映照出了他自己的面孔，只要我们耐心阅读和仔细凝视，我们也会从中找到自己的影子——从这一意义上说，阅读他人也是阅读自己。

自　序

　　钱钟书先生曾对想见见他的崇拜者说过，作家犹如母鸡，作品犹如鸡蛋，读者吃鸡蛋就好，何必要见母鸡？钱先生是"不废江河万古流"式的人物，超迈的襟识，非如我"轻薄为文"者可比。但作者靠作品说话，却和发展一样，是硬道理。如此想来。写自序便不免灰心起来。

　　何况，已有锐锋兄汪洋恣肆、鞭辟入里的序言在。我与锐锋兄，原是师生的辈分。这不仅于年齿，更是我对他文章的仰慕，说"张锐锋门下走狗"亦不为过。但所以斗胆称兄，更是因为喝酒的方便。我们都是好酒之人——并非瘾君子，不过是喜欢"会须一饮三百杯"的气氛罢了——如此，则师生颇不如兄弟，可以毫无顾忌地痛饮和舒张。锐锋兄对我的评论自是不敢当，但他敏锐地发现我张扬背后的困惑——"实际上，他的内心中有着重重矛盾"，实在是令我脊骨发冷的。虽然我仰慕已久，我和锐锋兄认识并不久。他对我如此深刻洞见，却超越了我若干挚友。"人生得一知己足矣，斯世当以同怀视之"，如果除却冒昧的高攀，当是我此刻的心情。

　　这正是要说说的缘由了。人生在世，各有所求。在我而言，最大之所求，便是细查周遭万物，乃至精神内部，产生疑惑，然后努力自解。这种独自的求索，记事起就有，贯穿半生，竟始终不易。由外而视之，从小到大，我是颇外向的。旧时作个人简介，我看自己，也是："成年以后，性嗜酒，喜交朋，爱读书，好远游，外表谦逊，内心张狂。"但我自察，总能感受自己清晰的两极，一极游荡于人间万象，一极却时而"行迈靡靡，中心摇摇。知我者谓我心忧，不知我者谓我何求"。此时此刻，写些诗文，便是最好的抒发。如此，已经三十多年了。如此长的时间，自然积累了不少敝帚自珍的诗文，记载我心灵游荡的历程和感受。

　　老家说虚岁，如此，我今年便是五十岁了。夫子云：五十而知天命。我走到"天命之年"的入口处，却丝毫没有恍然大悟的预感，依然混沌，依然困惑，依然悲喜。而且，我似乎很喜欢这种"恍兮惚兮"的状态，颇似酒到七分，似醉非醉，似梦非梦。但是，夫子之言毕竟很是令人担心——如果已过五十的门槛，人就突然彻悟，那岂不是把人生最好的风景，全部丢在了从前？因了这个缘故，我突然动了念头，要将过去三十年间，能够搜罗到的文字，统统收纳于一册，凡散文五十三篇，诗歌五十二首，万一某日我真的"知天命"了，也能手执一册，向新朋旧友叙说——我也是糊涂过的。当然，倘能一直糊涂，那就更好了。

谢谢锐锋兄。我们都是好酒之人，前不久不能免俗地作续诗，写了几句，算是对大作的谢仪吧：

> 我有一壶酒，足以慰风尘。
> 罍卣煮梼杌，醇馥溢古今。
> 举头邀白月，搵泪倩红巾。
> 醉欲宿烟柳，时闻匣剑声。

是为序。

目 录
CONTENTS

01

｜散　文｜

早春

　　乡间住得久了，乍入城会觉得处处新鲜；城里待得惯了，刚出城又觉得处处惹眼。闷闷地在斗室困了一冬天，昨天偶觉有东南风来，便喜不自禁。今儿是星期天，一大早便忙忙地推了车子，带上门出去。

　　天已大亮了，只是阳光还不甚温暖。骑车行在田间的路上，迎面风来，有些凉。放缓车速，果然好了些。举目一望，田野里仍是秃秃的一片，荡着些若有若无的青光，像冬天一样，小草芽儿还不曾拱出来，只柳枝条似泛了些青，淡淡地给人以安慰；吹面来风也不那么凉了。

　　路上难得见人，静得让人觉得寂寞。原想原野上总有三三两两的农夫，谁知也没有。耕者，捐者，行者，匆匆忙忙的劳动者总是给人以愉快感的。古时的隐士便时常喜欢做个隐士，躬耕于南阳或随便什么地方，天天"悠然见南山"，以为自己在创造世界，其实他们心里"不事稼禾"，只是做不了官。真正让人感到愉悦的是那些"汗滴禾下土"，那些"独钓寒江雪"，那些"锄豆溪东"或"卧剥莲蓬"的真正劳动者形象。

　　人人都爱赞春，其实早春该是最使人失望的时节。无花无草，也没有暖风，却常有漫天肆虐的风沙；树枝上也抖落了最后几片枯叶，如罗丹的雕塑中老妇的形象，赤裸着生命的荒凉。太阳也仿佛被吹去老远，刚刚脱下厚厚的冬装，人们只好在期待温暖的心情里打着寒战，咒骂着，揉着被风沙迷离的眼；流感的瘟疾又悄悄儿麻木了你，把你拉上病床，人们所期待的美好没有出现，人们不期待的丑恶却来了。

　　想到这里，心里也很有些凉，骑车也不那么有力了。抬头望去，却见麦场上，有几个儿童放风筝，风不大，风筝总是扶摇几下，一头栽落在地。我下了车远远地立了看。儿童并不气馁，一次次地举起，一次次地跑，风筝总算上天了。儿童放了老长老长的线，仰头看着。

　　风筝本是寻常物，只是今天，我抬头看着风筝，却仿佛想起什么，觉得今天寻春真是不虚此行。

1985 年 2 月

偶遇

　　久居书堆，舞文弄墨，时不算长，倒招来一副眼镜，昨日偶尔出门，也像十七八的大闺女，羞于见人，专挑窄街小巷，匆匆而行。乍入市间，新鲜事多，左拐右转，似猫儿扑蝶，几无所获，脚力渐疲。正思找个地方，歇息片刻，却见前面帘儿挑处，迎风一个"茶"字。

　　太原的茶摊是不少的，街头巷尾，三三两两，兼以吆喝，渴者饮之，却难尽其甘。本来我素无品茶之好，但难耐口渴，便上前观瞧：四根细杆，一顶凉棚，两桌对拼，几条长凳，散散的六七个罐头瓶了，却没有一个顾客。正在心中喝彩：好一个清静的空间。却见帘儿下，有个瘦瘦的小姑娘，细花外衣，蓝布裤子，十二三年纪，忽闪着一对大眼，不知咋的，眼中却含有几分忧郁。不容细看，小姑娘已开口道："客人饮些茶吗?"

　　我很惊讶，听口气，话远非十二三少女所言。既来之，则安之，未及多虑，我略一点头"是要喝些的"。小姑娘便殷勤地邀我坐下，大约见我戴副眼镜，便用略显尖细的下巴点了点放在桌角的几本杂志，多是《大众电影》之类，让我翻阅，我不禁佩服这小姑娘颇通顾客心理，随手拿了一本，没看几行，便见眼前蒸腾着一杯酽茶。

　　既如此规矩，我只好装些客套，坐下慢慢地喝，书是无心看了。饮间，小姑娘一直盯着我看，正是不解，她又开口："你是大学生，是吗?"我有些奇怪，轻轻哼了声。"我哥哥也是大学生呢，他在很远很远的地方上学，每月都要寄信来……"小姑娘仿佛独白，只有这时，才显露了她儿童的纯真天性。"那么，你为什么不上学呢?"我自觉唐突，果见她抬头瞧了瞧我的校徽，又垂下眼帘："女孩子上学也没有用，考不上的。"然后，叹口气，轻轻地走开了。

　　我亦无言。告诉她：我们学校有好多好多女同学么? 我感到勇气不足。又想到他的哥哥，或许，在北京、在上海，学习之余，你可曾想到你卖茶水的妹妹?

　　一队儿童排队走过去了。我回头寻找小姑娘,她坐在板凳上两手托着下巴,呆呆地望。眼神中,有期待,有渴望,更多的却是哀怨。我的心被触动了,远方妹妹的影子,也浮现在眼前。我想离开,实在没有心情喝下去了。掏出两角钱,放在杯子下,没有再看那仍在望着远去小朋友的小姑娘,回头便去。但小姑娘追上来,她又看了看我的校徽,把多余的钱还给我,轻轻地说:"哥哥上学,也很费钱的呢。"我没有拒绝,接过来转身去了,没有回头。我知道,我是该一直朝前走的。

　　不知道她的姓名,不知道她住在哪里。心里,只有那双忧郁的眼睛,仿佛流出许多话来,说给远方的哥哥,也说给所有的哥哥姐姐们……

　　重归书堆,心里难得平静。不管怎样,我学会了品茶,初呷一口,苦津津的,细细咂来,却满口生香,然而,茶摊是再也不去了的。

1985 年 4 月

猫忆

记得邻家有一只猫，体瘦而灵健，毛色花白有黑纹。我与弟妹颇是爱之，经常喂之以美食，引来玩个痛快。两家只隔一墙，墙很矮，大人本拟加高，但孩子们央求不已，终于一直如故。小猫来去自如，常是我家的"座上客"。

弟弟曾从妹妹那里偷来沙包，扔给小猫，猫便扑跃不已，欲唉而无门，几番撕咬，终于扯开，却是一小堆玉米粒，食之无味，弃之不甘，便可怜巴巴地围着沙包转，良久不去。妹妹在猫尾上缚一鸡毛，号称"鸡毛信"。猫大有异物感，不断扑食自己尾巴，却苦于颈短，团团转个不停。闲暇时分，与猫共乐，竟成我们的"业余爱好"。

邻家生活较苦，猫难耐清贫，常来我家寻食，有时整夜不归。于是我家鼠患减了不少，而邻家老鼠却时常闹翻了天。长此以往，邻家便有了些怨言，有时隔墙丢过几句，交道也就很少打了。

猫却不通人性，依旧来去自便；弟妹亦不知情，依然爱猫如故。忽有几日，不见猫至，弟妹惦念不已，想去打听，妈妈呵斥了他们。又过几日，弟弟爬上短墙看了看，却不见猫。

一日晚间，正在院中歇凉，忽闻邻家有人喊："哎呀，刚割下的猪肉，怎么缺了一大块！"一阵杂乱的足声，又闻"坏了，是猫偷吃了！"我忽地明白，他们把猫关进了厨房，正思之间，听猫一声惨叫，接着便是骂声"打死你个畜生！耗子一个也抓不住，偷吃倒是有一套！"猫又一声惨叫，"家贫养不得猫，猫是奸臣呢！"声音似乎有淡淡的讽刺味儿。

妈妈叫我们吃晚饭，饭间，忽听门外一声猫叫，弟弟一喜："是花猫！""啪！"却让妈妈用筷子打了一下，"快吃饭！"但猫叫仍一声比一声凄惨地传进来，弟弟忍不住冲过去拉开门，猫蜷在门角，一条腿流着血，样子可怜极了。弟弟把猫抱起来，我看见他眼里流着泪。妈妈忙找了条白白地带子，包了猫伤，又喂了些饭，猫不叫了，蜷在弟弟怀中，眼里闪着一种幽幽的光，让人寒心。

　　"把它送回去吧。"妈妈轻轻地说。弟弟抱紧了猫，不肯松手。妈妈对我说："你把猫送过去吧。"我点点头，从弟弟怀里接过猫，出门放在短墙上，用手挥了挥，猫却不肯过去，猫又跳进我怀里，我只好轻轻把它丢了下去，猫叫了一声，便什么也听不到了。站在墙下，四周静静的。抬头望，月中白兔，也似乎变做一只猫了。

　　第二天，我看见猫死在垃圾堆上，浑身水淋淋的，脚边，还有一只老鼠。弟妹闻讯而来，流着泪挖了个坑，把猫放了进去，猫躺在坑内，像睡着了一样，那条白带子，早已染成了灰色。

　　邻家如今富起来了。院墙也终于没有加高，但猫，已是长眠于地下，是奸是忠，却也难得盖棺论定。

1985 年 8 月

杜老师

杜老师是我中学时的语文老师。

记得他中年独身，并无妻小，住在学校的一间小房子里。似乎他又黑又瘦，有些驼背，而且一年四季总是穿着那件褪了色的灰布褂子。同学们暗地里都叫他"藤野先生"。

他好读古书，学问渊博，只是性格有些孤僻，但喜欢年轻人。我们常找他借书——他的书真是多！地理、文学、哲学、历史，无所不有。他自己订了十几种文学杂志，也乐于借给我们看。现在，回想起那时从枯燥的晚自习中溜出来，一头钻进那小屋，听他饶有兴趣的谈话，翻他的书，真是一件有趣的事情。

渐渐去得多了，班主任似乎有些不高兴，于是，在某个周末晚上，他闯进了杜老师的小屋，正好有十几个人在请教杜老师。

"这是干什么呢？"生气的声音。

"这是周末闲谈。"杜老师有些惶惑。

"闲谈？"班主任似乎没有品出其中的滋味。他不会理解，在高考前夕，怎么会有人找语文老师闲谈呢？

我们乘机溜了出来，长舒一口气，却不免有几分遗憾。

后来去的少了，谈话的内容却是多了。讲高尔基、鲁迅、郭沫若，讲叔本华、尼采、弗罗伊德，讲肖邦、贝多芬、柴可夫斯基，讲爱因斯坦、笛卡儿、牛顿。有一次，我向他请教郭沫若的《凤凰涅槃》，他顿了半天，然后缓慢地，男性气魄十足地朗诵起来——他几乎能一字不差地背下来，朗诵中，他的眼中闪着一种奇异的光，手挥舞着，完全忘记了我们的存在。有时中间也半文半白地说着话，这时，诗也仿佛神奇地易解了。

中学时代真是一个充满了哲理和荒唐，浸着泪和笑的时代。年轻人开始明白了尊重，也理解了友情，开始鄙夷和崇敬，开始观察和思考。这位普普通通的语文老师，在我们心中，该是多么神圣啊。

　　有一次他出了一道作文题，我一口气写了一万多字的小说递了上去，自以为他准没时间看，谁知第二天，他把我叫了去，详细分析了我的得失，又让我缩写成三千字的文章。我拿回来一看，发现文中的错别字他都给改了，还附了千把字的批语——准是熬夜改出来的。他还把我的作品寄给当地的一个文学期刊，不久便收到了退稿信，虽然如此，也大大增强了我的信心，大约从那个时候起，我开始如痴如醉地喜欢文学。

　　后来考了理科，内心颇是苦闷。杜老师每次来信，都给我很大的鼓舞。他说："文理殊异，立志便可得兼，相得益彰，岂非幸事？"想起中学时我曾和有些同学笑他的愚，心里很是愧疚。时光匆匆，又闻他生了病，想去看看，却总为杂事所扰，也不知道他现在身体如何？

1985 年 9 月

魂系故乡

　　少年之人是不谙思乡之事的。人常道：儿行千里母担忧。而少年则心境易变，或以物喜，或以己悲，确是不常思乡念亲。我不然，家之于我是个实实在在的概念，虽没有浪漫诗人常咏叹的如烟如雾的感觉，但每每忆及，也如品了陈年老酿般地满口生香，让人沉醉不已。

　　这种感觉自然是远离家门上大学后才会有的。报到后，急忙写了家信。那几日，欣喜之情自不待言，但人生地疏，独坐床头，怅然无语，竟有了些孤独寂寞之感，家信中也不免有所流露，好在回信不久便来了，其中弟弟写得最让人动情："……自从你走后，家里总是空荡荡的，想唱歌，刚哼几句，却似乎你和我们在一起唱，吃饭时的碗筷，也常常多拿了一副……"这话语是让我流了泪的。是呵，我的亲切熟悉的小屋，我的合家围坐的小桌，那副多放了的碗筷，真让我感慨系之！

　　我过去一向不喜欢妹妹，或许是男孩子的通病吧，总觉她娇气懒惰，爱吃零食，没有出息。记不清是哪一个假期了，一个晚上，全家围坐，吃着母亲炒的瓜子，正是一片和谐而宁静的氛围。拉家常中，母亲开玩笑地说我原不是她生的，而是抱自另一家，明日人家便要领了去，妹妹竟然大惊，扯了我的衣袖摇晃不止，要我答应她不去，我也顺着说我正想去呢，妹妹便忽地大哭起来，扑倒我怀里，劝犹不及，直到后来告诉她这只是说着玩儿，并无此事。这情景我一直难以忘怀，那样的一个夜晚，那样的一片灯光，那样的一种安谧和谐，让我何时忆及都忘不了我的十二岁的天真可爱的小妹妹。

　　去年暑假时，母亲生了病，恰恰父亲又不在，家务的担子自然落在了我这个做长子的身上。每日早早起来，打扫房间，生火做饭，又伺候母亲吃了药，安顿她休息后，便急忙骑了车子上街买些蔬菜，也常为了三五分菜价与小贩们讨价还价一番，倒也颇像个"主妇"模样。一天下来，很是疲困，但听了母亲和来探视的人夸我"里外一把手"时，心里也有些暗自得意，但细细思忖，营生做得并不太好，只是大人们一种安慰而已，心里也暗笑自己涵养不佳。

这段日子并不很长，没过多久父亲便回来了，这位不称职的"主妇"也借机卸任，落个"无官一身轻"，心里却空冷得很，于是慢慢地品出一些并不高深的道理来：人生在世，总该承担些什么责任，一边儿是事业，另一边呢，做儿子，做父亲，做妻子，做丈夫，都意味着牺牲和奉献，有这些责任，人却充实而愉快，倘无，空发一番社会呀、人生呀之类的讨论，那自然容易得很。

母亲常念叨，再有几年，你也该成家了，接着便数落我的一大堆毛病，告诫我得改改。慢慢地我也懂了，所谓成家，也和立业一样，花前月下的卿卿我我倒在其次，主要还是一个战胜自我承担责任的过程。父母的白发渐渐多起来了，干些家务每每力不从心了，父亲有气喘的毛病，一到冬天便不很舒服，以前我对这些真是思虑太少，总拿了自己年纪尚小的理由来搪塞，而责任岂是搪塞过的？

走时便有了花骨朵的那盆令箭该开花了吧。爸爸假期已满去上班了，弟弟也住了校，家里只剩下了妈妈和妹妹，该单调得很吧。妹妹正干什么呢，是不是又哼着歌儿，兴致勃勃地往那本台历上写话呢，是"今儿干活很累"吧。妈妈呢，喔，或许正收到了我的信，听妹妹一字一板地念给她听吧。唉，睡在学校的床铺上，还是觉得在家里的炕上，和亲人邻居们一齐拉家常谈些风土人情之类，真是一件开心有趣的事儿。

1985 年 10 月

娄烦命题

贫困是可怕的，然而更为可怕的是自觉不自觉地安于贫困。

——题记

第一章

一、车行漫漫

乘从太原发车的市郊公共汽车，进入山里，峰回路转，几下子就会昏了头，不辨东西。当你再也无法控制慢慢滋长起来的单调乏味的情绪时，远处会有一座阡陌纵横、鸡犬相闻的城池扑入你的眼帘——这就是娄烦。

太原工业大学暑期社会实践活动工业调查组一行八人正是经历了这种体验后到达娄烦的，这四男四女，来自四个年级，五个专业。今年5月17日，他们共同承担了"娄烦县工业现状及发展前景调查"这样一个大课题，到7月13日出发那天，他们已经准备了五十六天。

正如几年前的社团热一样，近年来，年轻的学子们又掀起了社会实践热。围墙的幽闭无疑形成了一种强有力的逆反，这种情绪一旦有机会释放出来，其冲击力之大是难以预测的。调查组组长Z已经是第三次参加这一活动了。他只是期望能够到农村去，到最贫困的地方看看，或者会有什么收获吧。

车停在了县招待所大院。没有预料之中的欢迎场面，冷冷清清的院子里只有几只鸡在墙角觅食。他们开始谈笑起来。笑语与静寂的大院显得很不协调，有人从房里探出头看了看，又缩回去。

生活的又一页，就这么翻开了。

二、巨大的反差

窄小零乱街道，低矮破旧的平房，冷冷清清的商店，加上店门里三三两两坐街闲聊的汉子，都让他们喟叹不已。忽地，一阵乒乒乓乓，那边一个建筑工人和一个过路的妇女打起架来了，那妇女一边用难懂的土话骂着什么，一边竟脱下鞋朝那工人劈面打去，那工人闪身躲开，毫不示弱地捡起鞋扔上了房顶，围观的人发出一阵大笑。一只肥猪旁若无人地横穿马路，任汽车喇叭高鸣。父母都是教授、身着从上海买来的白色连衣裙的姑娘明明惊奇地告诉同伴："瞧那姑娘，裤子上还打着补丁。"一个小男孩托着鼻涕，把手指放在嘴里，眼睛直直地盯着他们，仿佛注视着天外来客。坐在门台上的一位大嫂，大大咧咧地敞开胸襟，露出一对早已松弛下垂的乳房给孩子喂奶，有一家店铺放着丁果仙的晋剧唱段"空城计"，另一家则放着费翔的"故乡的云"……

这就是娄烦？

三、贫困，仅仅是贫困

工业，对这些工科大学生来说，是一个亲切的词汇。工业第一次真正地解放了社会生产力，工业以无可伦比的力量推动了社会发展，工业使资本主义以摧枯拉朽之势取代了封建主义，工业为人类创造了从来不曾有过的物质财富。西方经济学家都在预言信息时代的到来。这无疑证明，工业已走上峰巅。调查组的成员都参观过许多企业：成套的设备，忙碌的工人，潇洒的企业家，加上进度表上令人瞩目的红箭头，都使他们深切感受了工业这一命题的深刻内涵。

他们自然也不会奢望娄烦县会有什么现代工业，但其落后的状况仍让他们吃惊：没有化学工业，没有纺织工业，没有电子工业，机械工业也仅仅有几家可怜的机修厂，乡镇小煤矿遍布全县，但设备陈旧，生产率极低；全县工业企业中仅有三名大学生，而一家仅有二十一人的食品厂竟有九名非生产人员！亏损！亏损！这个让企业家们胆寒的词汇无时不在袭击着他们的脑神经，而许多企业领导竟是文盲。

"命里没福哟！"这是一位大爷的感叹，"好端端的大块良田，淹了，修了个汾河水库。移民移到山上，一碗山药蛋两张嘴，几辈子才能抠去个穷字。"

愤怒取代了信心。穷，也要穷得有根有据。

"我们这辈子也只能这样了！"一位干部诚恳地说，"干了一场，辛辛苦苦的，老百姓说起政绩，惭愧呀。靠年轻人吧，再过二十年，我们都尸骨不全了，兴许好些？"

知天命？不满又无可奈何。

"娄烦为什么那么穷呢？"

调查组的一位女同学问工业局局长。

人才缺乏。资金不足。交通不便，工业底子薄……这位局长扳着指头数出这么七八条来。

"这些问题，没办法解决吗？"

"不好解决。"

"为什么？"

"没钱呀，没钱就没办法了。"

"看来，贫困的原因就是贫困了？"

局长苦笑一下："可以这么说。"

年轻人们在这循环怪圈前沉默了。是呵，就这样一片贫瘠的土地，耗去了多少代山里汉子用血汗浇出的痛苦的希望，可一条条的穷根，像幽灵一般绵亘不已，剪不断，理还乱。

第二章　山里山外

四、无形的枷锁

白南风、王小强在其著作《富饶的贫困》中曾有这样的论断：贫困，就是人的素质差。自然，人的素质差也必然有其潜在的（或历史的）因素，因而，这个对贫困的定义仍有可商榷之处。但是，其中蕴含着对人的因素的重视却是值得注意的。八个年轻人把目光投向了人。

让我们看看他们的调查笔录吧。

笔录之一

家很小。一条炕，几件旧家具，锅台上方烟熏火烤着一张吉庆有余的年画，隐隐还露着"领袖像"。主人是峰岭底村的保管，三十出头，说话瓮声瓮气。

——今年又旱了，再不下雨，得减产五成。唉，撅起屁股干上一年，也在老天爷那儿抠不出几个钱。全村一千几百号人，就一个煤矿，以工补农哩。人们心野了，种地不安心，心眼活动的，都跑买卖，跑运输去了，有几个万元户。我？我不行，除了种地，啥也不成，好在俩娃都小，没甚个负担。现在盖房的多了，亮堂堂的新窑，住得舒坦，地也难批，尽走后门。我也不急盖。娃娃上学是正事儿（抱起那个光屁股小男孩），二娃，听爹的，将来好好念书，考大学。

笔录之二

这是一个混乱得让人吃惊的地方。几间破房子，摇摇欲坠，设备早已为灰尘和杂物所掩，看不出原来的模样了。院里堆放着一筒一筒的涂料，掩映于杂草之中。厂长是个四十岁左右的汉子，满脸沮丧之色。

——咱这个场子停产了。上头叫什么，叫倒闭吧。没甚原因，产品卖不出去。现在太原干这一行的有三十几家，早供过于求了。唉，只怪当时糊涂，四川来个后生，说他们有涂料秘方，能赚大钱。我们动了心，鼓动镇干部买了回来，又贷了三万让我领着干。四个月，投产了，质量还行，就是没人要，只好停产。唉，三万元呐，你们说说，这干的叫甚事情。

笔录之三

好气派的农家！全套家具，大包沙发，彩电，洗衣机，门口停着一辆崭新的摩托车。主人是个壮汉子，一米八〇的个子，脸上总浮着笑。他请我们坐下，端上茶糖，指着新挖的四眼窑：

——欢迎，欢迎。怎么样？条件还可以吧。咱村地少，人均连三亩都不到，后来让办煤矿了，上去三十多个劳力，干了两年，富了，全县第一。现在就是缺老师，娃娃们上学条件差，文盲也多，咱这山沟，文化人不来，来了也留不住，有钱也不行。

笔录之四

四壁空空，老人坐在炕上满脸堆着笑。两个孙子倚着门框看着我们，老伴手脚麻利地给我们泡上茶。他是全乡有名的段老师，桃李满娄烦。

——三个月都没发工资了。上级说，搞财政包干，乡里的农业税用来发工资。可农业税收不上来。日子只好借钱过，凑合一天算一天吧。工作照样干，村里不像城里，迟发一天工资也不行，这里，迟发一年也得干。弊端？这也是弊端呀！改革从大方向上看是好的，但问题太多了，干部搞不正之风，穷的穷，富的富……

想起了自己敲着饭盒点着火把闹"改革"吗？想起了丢掉的一个白馒头吗？想起了打扑克到深夜，把大把大把的时间扔在了电影院，抑或是想起了那些故作沉重的长吁短叹……他们如此深切地感到，这些普普通通的乡民身上，竟有着如此沉重的生活负担，同时，在他们心灵深处，又有那样一种对新生活的渴求和为新生活奋斗的牺牲精神。Z在调查笔录的最后写了一段话："为什么一方面农业投入力量不足，另一方面人们又把许多钱花在娶亲、盖房子上？为什么涂料厂被人所骗，竟不知诉诸法律呢？为什么有'人人恨关系，个个拉关系'的局面呢？商品经济！商品经济！这是必由之路。"

但是，愚昧和保守仍钳夹着人们的意识，一种封闭的经济坏境是难以培养出来商品经济之花的。应该让强劲的经济风吹进来！人们茫然了，四顾群山，道阻且长，车到山前必有路，但为何常常"雪拥蓝关马不前"？

我们该做些什么呢？年轻人们想。

五、外乡人

"暮年别妻子，艰辛复何求？为建新农村，甘当老黄牛。"娄烦县童子崖暖气片厂总工程师刘中一微笑着在调查组小雯姑娘的笔记本上题了这样的诗。这位六十二岁的老人无疑是一个富有传奇色彩的人物：

1946 年，毕业于唐山铁道学院矿冶系。

1969 年，因历史问题被下放到河北威县，办了个暖气片厂，轰动全省。

1975 年，河南省郑州市郊区下坡杨请他和另外四名老技术员办厂。他们的暖气片厂使下坡杨走上了上坡路。到 1982 年，农工副总产值增长了十五倍，家家住上了小洋楼。《人民日报》、《光明日报》等十余家报纸均在头版头条位置做了报道。

1985 年，在下坡杨最辉煌的时候，他又抛下妻子，来到贫困的娄烦县，再办暖气片厂。

"人是要干些事情的。"刘中一老人对他们说，"付出些代价也是值得的。我记得在村里走夜路，两边都是树，抬头望，只有一线天。其实一线天也就够了，一直看着，脚下便是路。走着走着，五十里、一百里也就过来了。"

回来的时候，他们的步伐是沉重的。M 想起了他曾调查过的娄烦县石楼建材公司，那也是一个外乡人办的企业。经理崔晋平是省建校政工科的副科长，副经理赵毓生是市委党校的行政干部，会计师师九园是山西医用电子仪器厂财务科副科长，总工程师庞立义是太原电器厂的副厂长。他们停薪留职，来这里办企业。他们图什么呢？

"图个痛快。"庞总工程师说，"刚来的时候，住的是当年八路军驻扎时留下的几间草棚子，天天没明没夜地干，心里却舒坦。人什么时候最苦恼？想干又不能干的时候。现在，产品总算打入了国际市场。今年四十五岁了，妻子不支持，孩子们也不赞成，可还是来了，肩上担着担子，或许还充实些。"

他们都有企业家的胆略，他们更有企业家的才识。暖气片国内市场需求量极大，生产不能满足供应；健身球作为工艺品在国际市场畅销，洋老板愿意掏这个钱。更重要的是，他们把娄烦的资源特色和市场、技术有机地结合，这或许是他们的成功经验吧。大胆吸收，积极消化。人才就是效益。

世界在天外，青山遮不住，毕竟有风自远方来。年轻人们在思索。

第三章　他们和娄烦

六、世上本没有路

从去年 7 月 13 日到 31 日，我们对娄烦工业进行了为期十八天的调查，共了解了十一个局、八个乡镇、二十一个企业以及其他有关单位的情况，完成了三万三千余字的调查报告。

——摘自《娄烦：现状与对策》

娄烦境内多山，交通极不发达。为了完成调查，他们有十天的时间穿行在崇山峻岭之中。在河杨树底，为了赶路，他们冒着生命危险乘坐满载的煤车颠簸在娄烦县路面情况最糟的一段山路上，男同学手拉着手，坐在煤堆上，把女同学围在中间。忽然，后面一辆手扶拖拉机翻在了沟里，立刻车毁人亡，几个女孩子全闭上了眼，男孩子高唱起了《国际歌》，大家都用颤抖的声音唱了起来，歌声在山谷里回荡："从来就没有什么救世主，也不靠神仙皇帝，要创造人类的幸福，全靠我们自己。"他们的眼里全噙着泪水。

24 日傍晚，他们住进汾河水库管理局招待所后发现，一份重要的资料丢在了离此地四十里的庙湾乡。"走，找去！" Z 对 M 说。

这大约是他们有生以来走过的最长的路，翻山越岭，跳涧过沟，他们一路小跑。黄土坡上，土质松软，一步踏不结实，顺坡滑下去，身上便被磨得鲜血淋漓。夕阳落山时，四十里小路甩在了身后，资料找到了。

夜 11 点，两人都疲倦地躺在坝身上，其余六个人围坐在他们周围。没有月光，满天星光闪烁着。明明唱起了歌曲《星》：

踏过草原苦中寻找安静
满心是期望我双脚是泥泞……

25 日中午，他们在白家滩截住了一辆卡车要求搭车，得到的确实司机怒气冲冲的训斥："不要命了！"

"师傅，能不能捎我们一程？"

"不行！"

"师傅，行个方便吧！"

"不行！"

好话说了千万句，司机就是不答应。一向幽默的 L 着了急，他向前跨上一步，叫了一声"师傅"，双脚并拢，右手一抬，端端正正地敬了一个礼。

那司机抬起头来，八双真诚的目光都注视着他，他叹了口气，挥了挥手，钻进了驾驶室。

七、空头电话

27 日，冒着酷暑走了十二里山路，他们到达了水泥厂，但是，这里既不给安排吃饭，又拒绝提供住宿。厂长借故躲开了。

看着被扔到桌上的政府办介绍信，L 灵机一动，他对厂部的几位负责人客气地说："能打个电话吗？"等他们同意后，L 拿起了电话。

"请接一下政府办——是政府办吗？我是工业调查组的，对，是我们。您是李秘书吧？吕县长不在？那就不麻烦他了。我们八个人已经到了水泥厂，这里招待得很热情，住宿和吃饭都没有问题。我就不另打电话了，请转告一下。好，回见。"

领导的脸上变了色。过了几分钟，他们被殷勤地请进了一间会议室。十五分钟后，一顿算得上丰盛的午餐准备好了。L 悄悄告诉大家："那是一个空头电话，其实电话根本打不通。"

八、走向明天

或许，他们的收获还不止这些。

告别娄烦的前一天，在天池店乡的一个农民旅店，他们和年轻的乡党委副书记张涛愉快地交谈着。旅店的主人是一位年逾花甲的老人，他抽着旱烟，笑眯眯地坐在旁边。L 开始谈论起农村改革：

"我认为，目前农村经济体制改革的最大问题是农民意识问题。千百年来，一耕一织的小农经济造成的最大恶果便是农民观念的极端保守，这本身就是现代化的障碍。我认为，乡镇干部应该从给农民灌输新观念入手……"

张涛也是近几年毕业的大学生，他对这样的宏论无疑是熟悉的，这样严肃认真的神情，这样包打天下的气魄。试图争论吗？你无疑会陷入一场"概念的游戏"。他采取了迂回的办法——

"您能听懂他在说什么吗？"张涛转身问坐在一旁的老大爷。

老人颇为尴尬地笑了几声："唉，老脑瓜子，不中用了，不成啦。"

L终于没有再讲下去。

第二天，他们踏上归途。刚刚下了一场透雨，地里的庄稼又泛了些生气，但缺雨的日子太多了。地里躬耕劳作的农夫，似乎并不理会什么。Z看着看着，颇是抒了些情。他想，这也是咱们的中国呀！

夏天，生长的季节。

1988年3月

注：本文发表于《山西青年》杂志1988年第3、第4期。

徐玉华轶事

老家是个小城。唯其小，通常出不了正史留名的人物，百姓中便口头流传着一部野史。野史之谓，当然不像正史肃正，但留意去感受，却有正史没有的生动与韵致。我时常想起徐玉华，倘有成文的野史，他当在奇女子之列。

徐玉华是小城四大族徐姓之后，家道衰落，子弟亦各奔东西，唯余徐玉华父女二人及散落几处的旧屋。徐玉华自幼风骚动人，成人后求婚者络绎不绝，但为运动所累，违心嫁到了三代贫农的蒋姓人家。丈夫相貌丑陋，性格懦弱，且有病在身，未满三十便抱病家中。无奈她投远亲学做了屠夫。凭一己之力，家中添了一男两女；肉铺里做了营业部主任。上赡父亲，下养儿女，里里外外一把手，也得以丰衣足食。其实她自有许多艰难隐讳之处，旁人不知。城里一帮闲汉羡慕她美貌，或是整日摇唇鼓舌，大献殷勤；或是传言其丈夫无能，一男二女都是与别人所生。人言可畏，人情如纸，日子不免艰难起来。闲汉们却依旧，时常来挑逗引诱。

以城内"业余舆论权威"三拴爷评价：女人如水，蓄起来惹人爱见，流起来却让人捉摸不定。徐玉华独领风骚，血性正炽，竟被不幸而言中，苟且之事为邻人窥见，立刻满城风雨。徐玉华生计困顿，索性撕破脸皮，在家中开起了赌场，自己端坐一方，赢了归自己，输了则陪人一宿，行为与暗娼无异。这种事，那时我总不敢相信，但有一日恰碰上徐玉华讨赌债，暴烈乖张，破口大骂，一脚踢翻人家饭桌，才信了几分。后来欠债者忍无可忍，去公安局自首。徐玉华事情败露，深陷囹圄。

开庭那天人山人海。徐玉华身着皂装，神态凄凉。两女一儿当庭哭喊为法警喝退，她竟无动于衷。庭长宣布，判处徒刑二年。人们仿佛松了口气，又仿佛觉出点什么，退庭后秩序井然，自成两列，直至警笛渐远。

　　时间久了，人们渐渐不再提起徐玉华。熟识的人偶尔碰见她的丈夫上街买菜，步履蹒跚，才横生一种说不清道不明的感慨。

　　小城人再见到这位昔日浪女，是在三年以后的一个早晨。她迎着人们惊奇的目光微笑着，端坐在新开"徐家小店"的柜台后，仪态从容。前后忙碌的，是她刚满十八岁的大女儿，相貌举止都酷似其当年。以致壮年汉子迟疑之后，都忍不住进去傻待。这是小城的第一家私人店铺。徐玉华是经营的好手，短短几个月，店面便扩大了。后来站柜台的换成她的二女。大闺女自己寻下了人家，徐玉华不同意，母女俩吵翻了。三拴爷说徐玉华命不好。

　　徐玉华常常蹬着三轮车进货，和人们打招呼，苍白的笑容后面有一种隐约的警戒。遇到顶风上坡，人们也乐于帮助她推上一段。城里人议论她胆子大，发了财，存了好几万元，但更多的人还是说她可怜。那帮闲汉也不再搅扰她，也许是从她的神态中看出一种咄咄逼人的气势。

　　但随之发生了不幸。外地的一个冒失鬼司机拉一车钢筋经过城外，正好撞了她的三轮。伤势太重，她死在送往医院的路上。她死的那年，仅四十五岁。老人们说，四十五逢九，是不吉之年，而徐玉华又不肯系一条红腰带。女人的这一年是最难过的。几个月后，她的老父也一病而卒。死生固有命，结局却让人无言。

　　徐家小店仍照常营业。十七岁的二闺女挑了大梁。后来政策放宽，城里陆续冒出许多个体商店，徐家小店的生意便不似先前好了。去年我探亲回家，曾向母亲问起徐玉华的事。母亲说，死去好几年了，谁还记得她？倒是一帮鼓匠编了曲儿唱她，唱到醋处，仍有人掉泪。我便想去寻这首曲儿，没有寻见，抑或只是一种传言。

1991 年 5 月

赵明其人

下海这个词，是近些年才流行起来的。特别是有些文化的人，为世风所袭，谈及下海，颇有些"宁为百夫长、胜做一书生"的悲壮。我上大学的一些旧友，也多有下海的，其中已经有一个百万元户，一个大公司的副总，还有几个挣花花绿绿外钞的洋人的雇员；还有一些大约已为商海惊涛所累，游回岸上、望海兴叹而已了。其实应时而变正是强者本色，有下海弄潮的，必有退而结网的，并不稀奇。想来却也有另外一种人，下海原不是为生猛海鲜，只为了海的壮阔，以至游到力竭也在所不惜。这固然可敬，却不免有些迂。赵明就是这样的人。

我与赵明只是校友，既非同班，亦不同系。结识原是在学校的演讲赛上，听了一位女同学颇有感染力的演讲，心羡稿子写得好，打听说是赵明写的。于是便认识了赵明其人。初见之时，惊讶造化之功，竟有如此消瘦之人，举止拘谨，一脸奇怪的笑，言谈或半晌无语，或滔滔不绝，心里便暗笑他。后来相处久了，知他长治人氏，酷爱读书、美术之道，经常熬夜，以至弄成这副模样。学生而通养生之道，自是极少，但似赵明这样，执拗地追求自己喜欢的事而置健康于不顾的，却也不多。我们共同的一位朋友因赵明瘦，曾撰文道："并州无猴，有好事者长治以入，至则无可用，置之书堆……"云云，每有朋友相聚，便拿来诵读，赵明依然一脸奇怪的笑，并无责怪。

赵明曾有一次恋爱。据说是一个女孩子因为爱他的画和文章而捎带地爱上了他的人，他的朋友们便竭力替他出各种或妙或馊的主意去讨好那女孩子，有一位甚至为他提供了相机和胶卷，使他在汾河滩上为那女孩子拍下了许多"手之舞之、足之蹈之"的艺术照。后来这位女孩子终于嫁了人，新郎却不是赵明。那些照片大约也成了一些辛酸的回忆——不过这倒成就了赵明的另一项爱好：摄影。他经常念念叨叨地称毕业后以开一个摄影屋为业。我是见过那些照片的为数不多的人之一。那位女孩子很难归到漂亮女孩子之列，但照片却很美。这使我明白摄影和所有的艺术一样，是需要激情的，被摄者的激情，特别是摄影者的激情——不管是恋爱的，还是失恋的。

赵明毕业的时候，也曾拿来一张留言卡让我留言。我的确不知道说什么才好，因为我深知赵明单纯而执拗的性格难以适应今天这样多变的社会，后来终于写下"前途路艰，走好"这样不痛不痒的话。于是各奔东西。

毕业了，另一种生活便开始了。年轻人狂放不羁的性格渐渐被平淡而烦琐的世界所侵蚀，新环境几乎使人无暇顾及旧事。赵明其人，如同旅途中的一个小站，迅速地消失在后来的旅途中。偶尔碰见旧友，问问"成家没有"、"有孩子没有"之类的，知道赵明依旧单身，而一位旧友已有五岁的女儿了，才恍然知道我们是近而立之年的人了。

前天骑车子出门办事，路遇大雨，只好躲在财经学院大门边的一幢居民楼下避雨，不意发现旁边竟有"赵明摄影世界——梦艺苑"的小灯箱广告，遂推门进去，才知此赵明正是彼赵明。身材依旧消瘦，笑容依旧奇怪，只是眉宇间颇多了些许沧桑。雨急如注，并无顾客，于是席地坐下，除却衬衫，光了膀子"痛说革命家史"。知道赵明先分配在一家国营企业团委，又调到一个小单位流连了半年多，终于重新做起摄影梦，开了这家"梦艺苑"。至今已经换了三次地方才安下身来。起身看他的作品，已大有专业水准。又问他目前的经营状况，却不是太好。创业艰辛，竞争激烈自不待言，但最重要的是他过分追求完美，不惜费了工夫去拍一些并无商业价值的片子去探索技巧，以致成本太高。我说现在是商业社会，先要考虑赚钱才是，不想引起他的宏论，说要从长计议，只有提高技巧，拍出专业水准的作品，才不负干这一行的决心。看着小屋一侧那满架的图书和墙角那大堆的废片，我只有叹息的份。我知道，也许他会成为一个闻名遐迩的摄影家，但注定成为不了有钱人。

1994 年 8 月

关于"酝酿"念法的随想

　　酝酿是经常用到的一个词，特别是在管理层。但奇怪的是，很多人都念做"蕴嚷"，尤其是很多领导，就是说，第一个字念对了，第二个字错了。实话讲，我还没有遇到过念对这个词的领导。当然也有人念做"温嚷"。念"蕴嚷"的人就会说他"酝"字念错了。

　　汉字有三千多年的历史。前一阶段看一个日本人阿辻哲次写的《图说汉字的历史》，对汉字的历史知道了一些，知道汉字博大精深，源远流长，念字一个不错，实在是不可能的。再翻翻三公斤重的《辞海》，听听中央电视台有些主持人的说话，更觉得念错一两个字的发音真是太正常了。最简单例子的是"召开会议"的"召"字，标准的发言是念四声，但新中国成立后至少有三十年是念一声。既然念错个把字并不奇怪，"酝酿"念白了一个字，为什么值得一说呢？

　　在我认识的人中间，把"酝酿"念成"蕴嚷"的，大致有两种情况：第一种情况是确实不知道，小学时没注意学错了，后来没人纠正，所以一直错到今天。还有一种人大约是知道正确的念法的，但由于领导念成"蕴嚷"，自然不好显示自己比领导聪明或者明目张胆地和领导不一样，所以只好将错就错，跟着"蕴嚷"起来。这里需要注意的是，酝酿这个词，领导使用得更多。你想，不是领导的人，遇到事情领导说怎么干就怎么干，赶紧干起来就是了，用不着酝酿；只有领导考虑问题更全面，遇到情况更复杂，天天决策，举棋不定的时候就多些，这时难免要发动大家集思广益，用"酝酿"这个词的机会自然就大。在这种情况下，领导如果不小心念错，大家自然上行下效，久而久之，"酝酿"就成了"蕴嚷"。我曾见过有一个人居然在领导刚刚说完"蕴嚷"就念了"酝酿"，领导毫不客气地指出他念错了。这个人居然点头称是。我知道他原来是知道"酝酿"的正确发音的，但极有可能马上就意识到是自己念错了。事情就是这样有趣。

至于我，也是知道"酝酿"的正确发音的，而且后来还重新查了字典确认。但也知道非要和别人念得不一样，后果可能不太好，所以很多年来我一直回避用这个词，遇到需要用这个词的时候，就用合计合计、商量商量或者别的什么词搪塞过去了事。我知道也有很多人和我是一样的，既要和领导保持一致，又多多少少怕方家笑，看上去左右逢源，其实活得有些累。

类似的情况还有"差强人意"这个成语的意思。这个词的本义是"凑合""尚可"，意思是不太差；但很多人都把这个词的意思理解为"差"，"强人意"尽管占了四分之三，也就不管了。有这样的问题，也是因为有一些重要人物是这样理解并且使用的，所以这个理解仍然流行着。

写出上面这些文字，本意不是吹毛求疵，也不是准备向咬文嚼字杂志社投稿。只是觉得这个简单的现象背后蕴藏的东西很让人吃惊。我忍不住想，对一个领导来讲，念错一个字没什么大不了，但如果这是走路，前面有个坑，正巧领导没看见，是告诉他呢，还是跟着他一起往下掉呢？站在领导的角度，如果知道许多人是就是以这样的方式对他负责任的，又会做何感想呢？

2001 年 5 月

李咏，你该认错了！

　　因为用侮辱性的语言羞辱选手，李咏在网络中多了一个绰号：毒舌。这个颇带些讽刺意味的绰号，准确地描述了观看了许多《梦想中国》电视转播的观众心中的情绪。作为公众人物，李咏应该正视这样的情绪，毕竟，发表这样言论的网民自然同时也是电视观众，某种意义上讲，是李咏们的衣食父母。衣食父母的话，难听也得听。

　　但李咏似乎很无所谓。沉默了若干天之后，他终于发言了。首先是指责网络毁了《梦想中国》（原话是："其实原本我想呈现出来的好看好玩的局面被突如其来的网络评论以及一些沉不住气的朋友给毁掉了"）。其次是指责观众不够配合（原话是"我也认真思考过这个问题究竟是为什么，我觉得是中国观众现在还缺乏对选秀节目的适应"）。看得出，咏哥有些愤怒，有些无奈，但没有歉意，也不打算认错。

　　咏哥出道以来，从《天涯共此时》、《欢聚一堂》到《幸运52》、《非常6＋1》，表现出了一种不同以往甚至颠覆传统的主持风格，受到了观众的认可，一路蹿红。看来，人红到这个份上，确实是到了想做什么梦就能做什么梦的地步了。因而，李咏开始了自己的《梦想中国》。虽说多多少少有些模仿超女的嫌疑，但中央电视台店大，自然也少不了观众的眼球效应。一路走下去，搞出个幸运104和非常12＋2也并非没有可能。

　　可惜的是，在这场预期中的好梦开始后，李咏人文厚度不足的弱点开始露出马脚。稍微想象一下就会发现，在这个节目的策划过程中，咏哥发现了一个令自己十分尴尬的处境，那就是，节目出镜的，除了选手应该是音乐专家评委，而咏哥自己虽不至于五音不全，也断无专业评判别人唱功的能力。这样，梦想一开锣，素以大庭广众之中、镁光灯前挥洒自如、嬉笑怒骂见长的咏哥该干什么呢？无奈之下，咏哥居然毫不脸红地和歌手孙悦小伍一起做起了评委。当然，按照咏哥设定的逻辑，选秀节目嘛，不必认真，自然也可以夸张到外行评委登堂入室。但是，煞有介事地坐在那里做评委，音乐当然是不敢谈，观众中内行不少呢，不小心露了怯，实在有损咏哥之盛名。怎么办呢？扬长避短，发挥调侃戏弄之看家本领，拿选手的某些缺点说事，正好展示了咏哥的特殊风采，也掩去了不懂音乐的死穴。咏哥是这样想的，自然也就这样做了，这才有了那个以自以为是的"幽默"讽刺一位缺乏自量的女选手"看了你的舞蹈我会做噩梦"的情形，网友们炮轰咏哥，实在是大大地不理解咏哥的难处啊。

　　这大约就是咏哥上面说出的那句"我想呈现出来的好看好玩的局面"的真实含义了。咏哥讽刺了那个女选手之后，那个选手很不配合，在电视镜头前一路哭了跑去；观众也不配合，在网上的态度不怎么友好。就是这些行为，导致了那天的节目不好看不好玩。看得出，咏哥很委屈，问题很严重。但仔细想想，自咏哥出道以来，话筒一直在自己手里拿着，发言权当然只能掌握在咏哥手里，网友是观众，本该一直是规规矩矩地坐在电视机前听泳哥幽默或者不那么幽默地调侃，哪能发言呢？前一阶段有好事者批评现在的主持人，说以前报幕的，最多占节目时间的十分之一，现在改叫主持，十分之九成了报幕，节目内容只有十分之一，似乎有些荒唐。但这位批评的仁兄显然不明白咏哥们所谓的娱乐节目的真实含义，就是在电视里的语言霸权啊。选秀节目一出台，被选之"秀"和观众一样，理所当然处于弱势地位，人家要说，你只能听着，人家要讽刺你，你也必须配合。如果不按照这个潜规则行事，难免就坏了人家的好事，你想好看好玩吗？咏哥不一定陪你玩了。但奇怪的是，咏哥始终也没有说清楚大家是如何破坏了他孜孜以求的"好看好玩"的局面的？那个女选手一路哭着跑了去，摄像机一直跟着拍，确实不太好看好玩，但摄像师也是《梦想中国》剧组的，不是哪个观众或者网民；节目的话筒也一直掌握在咏哥乃至咏哥们手里，即使有几个不识好歹的网民在网络里说了几句憋不住的话，似乎咏哥也清楚是匿名说的，难道还动摇了咏哥手执话筒的强势地位了不成？更令人疑惑的是，一向规规矩矩的观众，居然再也憋不住要骂，"沉不住气"要发言，说明他们认为咏哥设计的"好看好玩"实质上既不好看也不好玩，那咏哥的"好看好玩"，是给谁看、给谁玩呢？这样的情况，幸运52时候没有，非常6+1时候也没有，唯独到了梦想中国的时候才有，那么，忍不住让人疑惑，咏哥精心策划的《梦想中国》，到底是谁的梦想呢？

　　除了不肯沉默的观众让咏哥生气外，还有一件事情也让咏哥不爽，那就是观众似乎不懂选秀节目的真谛。选秀节目这个玩意大致是个舶来品，中国过去确实是没有。但据我所知，咏哥本人的英文水平，还没有到了可以自如地收看美国的选秀节目的程度。那就有些奇怪了，咏哥又是如何领悟了国外选秀节目的真谛的？难道是财大气粗的央视，专门买了国外的带子，找来一帮人把节目翻译了给咏哥看，从而让泳哥领悟了真谛所在？如果真是这样，那央视显然做得还不够，因为电视毕竟是表演者和观众互动的文化样式，光是咏哥理解了真谛，观众却素质低下，不明真相，难免让咏哥抱怨，观众也抱怨。所以，按照咏哥的逻辑，应该和三讲教育、先进性教育一样，在全体国民中间开展一次大规模的"如何收看选秀节目"的教育活动，让绝大多数的国民能够正确地认识侮辱选手的人格其实是调侃的方式之一，并不值得大惊小怪这样一个重要的选秀节目基本原则，从而树立正确的收看态度，形成良好的收看氛围，这样，才能尽快地把国外选秀节目的先进文化传播到广大电视观众中去，为咏哥的《梦想中国》真正实现梦想奠定坚实的文化基础。当然，这一教育活动所需的费用，要从《梦想中国》广告收入中列支。

　　电视是20世纪才兴起的一种新型文化形态。任何的文化形态，都不能脱离了对人的真正尊重，不能背离了大众的文化取向，不能以任何理由拒绝批评和监督。从电视发展的历程能够看出，和任何文化形态一样，有什么样的社会文化背景，才有什么样的文化传播方式；有什么样的观众，才有什么样的节目。这就是说，应该是电视适应观众，而不是观众适应电视。这本来是一切传媒从业者的常识。可惜的是，红透半边天的著名电视人咏哥居然说了让观众适应电视这样的外行话，居然还说得振振有词，说得斩钉截铁。这禁不住让人联想到，对选手人格的侮辱和对舆论监督的轻慢，不是偶然的口误，也不是一时的糊涂，而是某种观念的派生物，这恐怕也正是"毒舌"的毒性所在。在这一点上，咏哥应该反思，媒体应该认识，大众也应该警醒。

　　李咏，你确实该认错了。

2004 年 10 月

"情人节"何以成了"情人结"?

从一个年轻些的朋友处得知，今天又是情人节，而且是今年第五个了。因为别的什么节似乎都是一年一次，所以对这个说法有些疑惑。问这个朋友，只说西方的情人节是 2 月 14 日，而今年是三十八年一遇的闰七月，自然"七月七"这个中国的情人节就有两次，但他说不清还有两个是怎么回事。下班后上网查了查，原来年轻的朋友所言非虚，剩下的两个是 3 月 14 日的白色情人节以及 5 月 20 日的网络情人节。虽然还是不知道后两个情人节的来由，但我至少明白了，每年有四五个情人节，是中西结合、虚实结合的产物，实在是了不起的创意。

知道了这些情况之后，我立刻产生了一些联想。主要是想到五一节、国庆节和春节这样的节日能不能也多过它几次，这三个节放假时间长，如果每个节也过五次，这样每年的假期就从九天变成了四十五天，整整多了三十六天。两头都加上星期六和星期天，这样就变成了一百零五天。你想想，单这三个节，每年就有一百零五天可以休息，或者赖在床上睡懒觉，天天睡到自然醒，省得每天早上和闹钟较劲；或者约上三两个朋友开车出去游玩，省却了案牍劳顿的辛苦，该是多惬意的事情！

可能有人觉得这样想不合情理，但仔细想想也未必。比如春节吧，除了中国春节，还可以搞洋春节，用圣诞节凑数，然后再设计个网络春节和白色春节什么的，也就差不多了；五一节稍微复杂些，但也难不住我，既然五一节是国际劳动节，就还可以搞一个国内劳动节、网络劳动节和白色劳动节。

道理虽然讲得通，不过我智商还正常，知道政府和老板都不会这样傻，大家都这么长时间不干活，恐怕吃饭就成了问题，哪里有余钱旅游？这样一想，心里就很扫兴，仿佛过了一把愚人节，被哪个好事之徒捉弄了一把。

晚上出去走走，又遇到那个年轻的朋友，本来有兴致告诉他五个情人节是怎么回事，没想到看见他灰头土脸的，神色似乎不大好。一问才知道，原来和女朋友生气了。原因是女朋友怪他过情人节什么礼物也没送，空着手约会去了。我连忙责怪他，既然是过节嘛，女朋友又在乎这个，为什么这么粗心，不准备些礼物。他哭丧着脸告诉我，一个月才赚几百块，还得吃饭穿衣呢，今年情人节都过了三回了，哪里还有余钱老给女朋友买什么礼物。看来，在这对年轻的恋人这里，"情人节"成了"情人结"，好事变成了坏事。

无独有偶，晚上在网上浏览新闻时还看到了一件好事变成坏事的事情。新疆超女张美娜，参加超女比赛获得了长沙唱区第四名，后来参加复活赛最终败北。本来，在成千上万的选手中能获得第四名，应该说是好事，但张美娜的家庭却遭遇了麻烦，原来为了发短信支持女儿，她家一共欠了九万元的外债。由此知道，和"情人节"变成"情人结"一样，"超女"原来是"钞女"。

"情人节"变成"情人结"，"超女"变成"钞女"，虽只一字之差，意义却大相径庭。前者浪漫，后者流俗。中间的差别，似乎都在钞票。我们这个国家，历史的传统，君子寓于义，小人寓于利，圣哲言之凿凿，似乎是不谈钞票的。但从史书的字缝里看，这句话多数情况下是用来说的，未必付诸行动，只不过谈利的时候，披个义的外套；现在也一样，稍微咬文嚼字一番，无论是"节日"的"节"，还是"超女"之"超"，确乎都有浪漫崇高的文意，但看来这些浪漫崇高，仿佛都做了孔方兄的遮羞布。不难料想，"情人节"至于五次，也许有好事之徒的舞弄，但鲜花、巧克力之类，却一定是好生意；而"超女"之评比，更确乎是将艺术之争变成了钞票之争。

这样看来，情人节也罢，超女也好，只合是富豪的游戏舞台。在前者，自可以包了花店，派了信使到处送花——这大约是富豪情人多多的原因；在后者，干脆雇个千把人不分昼夜地发短信，愿意哪个女孩子复活，无非是钞票的事情。我的朋友和张美娜都不幸生于贫贱之家，自然玩不了这样的浪漫。但我不明白，倘真的如此，到底是他们个人的不幸，还是社会的不幸呢？所以我觉得，"节"而成"结"，"超"而成"钞"，游戏玩到这个程度，似乎应该收场了。

2005 年 7 月

猪年说猪

小的时候看国产电影，人物通常分为"正面人物"和"反面人物"。当然，许多电影里还有"中间人物"，但这些人物大多教育成了"正面人物"。那时随了爸爸妈妈去看电影，每逢有新的人物出现，总要问这个人是好人坏人，而爸爸妈妈也总能不假思索地做出回答。这样的情形多了以后，我也有了自己的判断能力，不问父母，单看长相就可以知道一个电影人物的好坏。拜那个年代所赐，这种黑白分明、非此即彼的分类法几乎成了一种普遍性的思维方法，至今阴魂不散。

这种思维方法甚至可以延伸到哺乳动物。比如，我一直知道猪是"反面人物"——准确些是"反面动物"，与猪同属"反面"的还有狗、狼、狐狸等。可以有把握地讲，大多数中国人对此和我持有相似的看法。细细品味，人对动物某种共同认可的评价，是一件很有趣的事情。归结起来是这样，凡是用到人和哺乳动物相比的时候，动物多数就是"坏"的或者是"反面"的。比如，形容一个人很卑下是"猪狗不如"，形容一个人很无耻是"狼心狗肺"，形容一个人很可怜是"当牛做马"，诸如此类不胜枚举。这似乎反映了人类对动物具有某种优越感。而动物和动物之间进行比较的时候，动物也还是有"正面"和"反面"之分的。一般来说，越是和人类关系亲密、对人类贡献大的动物得到的评价越低，像猪、牛、羊、狗尽管生为人奴，死为人食，但显然不如苍鹰、野马、羚羊之类普通人一生难得目睹的动物得到的评价高，至于虎、狮之类，尽管偶尔还会攻击人类，反而获得了人类的最高评价，名之曰"猛虎"、"雄狮"。这似乎反映了人优越感之外的某种劣根性，叫作"欺软怕硬"。

在这样的话语环境中，与人有益无害的猪忝列"反面动物"，也就毫不稀奇了。从历史上看，猪作为"反面动物"的境遇，是古已有之的。《礼记·少仪》

篇载："君子不食溷豚"，溷豚是猪的古称。孔子一再追求的"克己复礼"的礼就是以周朝的《礼记》为准则的，这说明了猪在周朝的地位。对猪来说，不被人食当然不能说是坏消息——生而为猪，并不是要来做谁的口粮，况且也不是所有的动物都有荣幸载入《礼记》。但为"君子"不齿，似乎一直是猪的宿命。明朝人吴承恩的《西游记》里，八戒作为猪的化身，表现出的是又馋又懒又笨又贪又好色的形象，与猴子化身的悟空乃至龙化身的白龙马形成鲜明的对照。看得出，古今中外，化内化外，猪的形象都是相当不堪。

万生万性，各有其特点，偏偏造化弄出猪来，其习性实在是与人类的喜好大相径庭，因而注定了猪的悲情。仔细想想，站在人类的角度，猪所具有的这些"缺点"放在人身上，当然都是不可饶恕的。但倘站在猪的角度，赋予猪以话语权，恐怕就是另一种说法了。前日收到拜年短信一封，内容是：

列子年少四处寻道，不意误入猪舍。静心于污浊中修炼数年，忽一日大彻大悟，得道而归。

短信的内容不止这些，后面自然是猪年快乐之类。我好奇的是这位列子到底在污浊中悟出了什么样的"道"，尽管颇有些猜想，因为短信中没有标准答案，也不知正确与否。产生这种不由自主的好奇让我对短信的作者颇有腹诽——生活已经够累，还要让我们从一头猪身上找哲理。幸而正迟疑间，又听到一支很是流行的《猪之歌》，听来竟颇为有趣。歌词如下：

猪你的鼻子有两个孔，
感冒时的你还挂着鼻涕牛牛，
猪你有着黑漆漆的眼，
望呀望呀望也看不到边。

猪你的耳朵是那么大，
忽闪忽闪也听不到我在骂你傻。
猪你的尾巴是卷又卷，
原来跑跑跳跳还离不开他。

猪头猪脑猪身猪尾巴，
从来不挑食的乖娃娃。
每天睡到日晒三竿后，
从不刷牙从不打架。

猪你的肚子是那么鼓
一看就知道受不了生活的苦
猪你的皮肤是那么白
上辈子一定投在那富贵人家

猪头猪脑猪身猪尾巴
从来不挑食的乖娃娃
每天睡到日晒三竿后
从不刷牙从不打架

传说你的祖先有八钉耙
算命先生说他命中犯桃花
见到漂亮姑娘就嘻嘻哈哈
不会脸红不会害怕

你很像他——

歌中的猪，自然是猪情猪性猪状猪态，即使去掉了猪字，大约也联想不到别的什么动物。但从头到尾听下来，却再也找不到那种"反面动物"的感觉——当然也找不到"正面动物"的感觉，也从头至尾没有了那种让人忍不住找哲理的毛病，轻松得很。联想到现在所有的事物都开始向中间状态靠拢，在美学的范畴里，不是崇高，不是悲剧，只是滑稽或者冲淡之类。这种状态不让人着急。其实本来也就应该是这个状态，因为以往对猪的一切评价，都没和猪商量过。今年在和谐社会的大背景下进入了猪年，对猪的评价不和猪商量似乎就不够和谐。至少我知道，有一种很普遍的幸福就是像猪那样生活，这种幸福尽管卑微，但对大多数人来说，可能是唯一可取的。

人到中年

老家是算虚岁的。那么我今年四十岁了。四十岁，再也与青年无缘了。坐在办公室的桌前，觉得应该写些什么。好几天如此。以很悠闲的姿态很落寞地坐着，敲击键盘，发出轻微的声。是该写些什么，毕竟，再也与青年无缘了，不留些纪念，不好。

人到中年，时间开始飞跑。十岁到二十岁的十年，奔走在青春的萌动中，记忆的碎片堆满路，庞杂无绪，路渐渐开阔，心总能诗意地展开，静静地流淌；二十岁到二十岁的十年，大致做着边缘人，被无形的力量推着走，但总有时间看看路边的风景，念念他乡的伊人，读读无关的文字；刚刚过去的十年，像陀螺被人抽着飞旋，一切恍惚着流逝，记忆成了空白。现在走到四十的边缘，后面的路还有四十年吗？突然觉得很悲哀。

小的时候看过一篇小说，似乎是谌容的作品，叫作《减去十岁》。小说是写"文革"后的，劫后余生，人们觉得生命荒废了许久，希望重新来过。突然中央下文件，每人减去十岁，大家很疯狂。其实是谣传，肯定是谣传。但有人信，荒诞中就有了趣味。这是现在想，那时只是好奇地看，同情里边的人物。看了并无感觉，只是笑他们。真的笑他们。

现在突然明白，人为爱而痛，为死而痛，其实是为韶华流逝而痛。爱不知其何来，不知其何往，往往痛而莫名；死更是一瞬间的事，痛是别人的。亲戚或余悲，他人亦已歌，死去何足道，托体同山阿，无论谁没了，想开了并不痛。即便痛也是一时的。只有老去的感觉，到一定年龄，就会如影随形地跟着你，挥之不去。想来大致也是对死的恐惧的分解，看史铁生的散文，引述陈村的话：死，从来不是一次性完成的。突然明白，人是从四十岁开始死的，一直死到逝世的那一天，才算彻底完成。现在总算开始了。

　　那就来吧。人之将死，其言善也。四十岁当然不"将死"，但生命一点一点流逝，确是不争的事实。老子说，民不畏死，奈何以死惧之。这大约是道德祖师说得最激烈的一句，也是真切的感受。不仅仅是对受盘剥的小民而言，谁都一样。看淡了死，也就学会了生。

　　四十岁了。品味自己的心态，抱怨少了，感恩多了；激越少了，平淡多了。十岁是糖水，二十岁是可乐，三十岁是烈酒，四十岁是茶。从前年开始喜欢茶，居然喝出了感觉，懂得茶是感恩的饮料。从苦中喝出香，没有感恩的心态是不够的。一直追崇自然，现在才懂得自然；也许现在也不懂，至少知道路应何往。

　　四十而不惑，信夫。

2006 年 3 月 3 日

永远的王小波

　　我知道王小波先生的时候，他已经作古了。似乎是在尔雅书店，随便翻书，突然被一本叫做《沉默的大多数》的杂文集所吸引。成年以后，我不记得还有什么样的书对我能有这样的魔力。一直看下去，忘记了时间。后来强烈地想了解这个人，于是知道他已经死了，死于中年男人最常见的心脏病突发；知道了《青铜时代》、《黄金时代》、《白银时代》乃至《黑铁时代》；知道了他的老婆叫李银河，曾经在我现在所在的这个城市读过大学，而且，我上大学时读过的一本叫作《社会研究方法》的书就是她编译的；知道了我们现在了解到他的一切。

　　对我来说，王小波是刚刚开始就结束了。

　　他的文字让人眼前一亮。率直得像个外国人，但含蓄地又像个中国人；深沉地像个老年人，又活泼地像个年轻人；细腻地像个女人，又坦诚地像个男人；朴素地像个原始人，又庞杂得像个现代人。他似乎没有自己的所谓思想体系，但每一段文字能让你感觉到，这只能是王小波甚至必须是王小波。以我的阅读量，喜爱的杂文作家可能数出十几位，但我可以清晰地感觉到王小波的不同。读过他的作品之后，我甚至可以判定，倘若他知道了身后所发生的一切之后，他会怎么想，怎么说。从那个时候开始，王小波开始侵略性地进入我的灵魂，强烈地影响我的思维、我的判断乃至我的道德底线。

　　每个人该选择什么样的生活是他自己的事情，但我喜欢王小波先生的生活。他的经历很丰富，插过队，当过工人，留过学，当过大学讲师。这些经历当然地打上了浓烈的时代烙印。但是，这里谈到经历，其特殊的内涵是思想的经历。如果人生仿佛旅游，那很多地方是大家都去过的，从这个意义上讲，大家都有共同的经历；但事实上，每个人在同样的景点中看到的东西是不一样的。王小波先生经历的独特性在于他始终保持了思想的自由，或者说，他一直试图用自己的方式描述和理解自己的眼睛看到的一切，冷峻地观察，沉默地思考，和睿智地表达。当大多数人在照本宣科和人云亦云的时候，当很多人违心地说话、违心地做事甚至找出各种各样的理由为这种违心寻找道德依据的时候，当很多人放弃了固守的灵魂家园、为自己的杂念和私欲寻找出路的时候，王小波先生不仅保持了学者的清醒和做人的良知，而且，他还在勇敢乃至孤独地实践这种清醒和良知。这种实践既包括"不再沉默"的重要人生选择，也包括在他对一切生活细节的观察和反应。当然，还包括他骑士般的爱情。在王小波先生面前，有些人，甚至包括许多我中学时代乃至青春时代深深地喜爱和崇拜过的偶像级人物可能是卑微和有罪的。这种罪无须判决，只需要灵魂的拷问。

欣赏和品味王小波式的智慧一直是我最重要的快乐。他引用并且阐述罗素的"参差多态乃是人生本来面目"，让我懂得固守自己的道德底线和尊重别人的生活方式原来并不矛盾，那是一种让人心仪的境界，当面对不同的声音，甚至面对令人怒不可遏的愚蠢时，我突然明白了什么叫作佛无比优雅的"拈花一笑"。他能从一片终于吐出来的耳朵里发现人性的光辉，而多数情况下，我们可能更多地被现象感染，欣喜或者恼怒。在我由传统教育得来的经验中，自由主义一直是个"坏意思"，但从王小波先生娓娓道来的言辞和潜移默化的思想里，自由主义原来可以闪烁着如此美丽的光芒。

最近我在书店里发现了王小波先生和李银河女士合著情书集《爱你就像爱生命》。这本书在最近两个月来一直放在我的床头。如果说过去所读过的王小波先生的著作让我知其然，这本薄薄的小书让我对王小波之所以成为这样的王小波"知其所以然"了，包括那个稚嫩的水怪传说。每个人都有爱情，每个人的爱情都是值得尊重的，但只有少数的爱情能够让我感动和感慨。在王小波先生和李银河女士的爱情中，是平凡的灿烂，是超然的投入，是理想的现实，是让时间和空间都让步的东西。

我本来不知道昨天正是王小波先生远走的九周年，一个病中的朋友打电话告诉了我，并且希望我写些什么。其实，我这样的普通人在心里想一想也就可以了，但王小波先生给我了把内心写出来的激情。尽管这个世界充满了喧嚣，这样的声音可能是微弱的。但是，纪念王小波先生的声音还是大一点好。因为，仅仅为了富足，王小波是可有可无的；但如果在富足之余还需要智慧和尊严，王小波是不可或缺的。九年了。此时此刻，我比以往任何时候都感觉到，因为孕育了王小波，中国是值得骄傲的；因为生存过王小波，我们的民族是值得骄傲的。

2006 年 4 月 11 日

神农架纪游

豫西大峡谷

　　从灵宝川口镇向南约三十五公里至卢氏县官道口镇龙台路口，左拐进入通往景区的公路，走十二公里，即到了豫西大峡谷。

　　沿着一条曲折的山路缓缓上坡，两侧漫山遍野都是野生的槐树，清风徐来，槐香扑鼻，感觉十分惬意。信步上了山坡，沿着一条曲曲折折的小路，无意中走到山脊后的断崖边，放眼望去，群山连绵，满目葱茏，山脚下　弯溪水蜿蜒流淌，看来是漂流的所在了。想起整天在办公室忙忙碌碌，突然到了货真价实的大自然中，真有恍然若梦之感。

　　回到路上，继续前行，不久就到了土蜂瑶。这大约是峡谷景区内最高的地方了，极目远望，很有一览众山小的味道。在顶上待了一会，就顺着天梯往下走，坡陡沟深，路窄人众，只能慢慢地走，也正好慢慢地赏玩路边扑面而来的绿色风景，呼吸清新自然的空气。大约半个小时，耳边开始越来越清晰地听到喧腾的水声，山路一转，大棕瀑跃入眼帘。

　　水是山的亲密伴侣，山无水不秀；瀑布则是水的华彩乐章，水无瀑不奇。想那溪流，在山中蜿蜒游走，突然脚下一空，腾身跃入山涧之中，水花飞溅，巨声震天，不正像乐曲中的华彩篇章？"飞流直下三千尺，疑是银河落九天"，千百年来，人们对瀑布这种特殊的情结，不也正是渴望平淡生命历程中的某种闪光吗？

　　瀑下有潭，名曰土地，碧水幽幽，静如处子。缘潭边的石径走去，四周是巍峨的群山，旁边是飞泻的瀑布，一动一静，一仰一俯，人在景中，景在眼前，奇妙处真不可言传。

　　绕过土地潭，沿着依山开凿的小路拾级而上。两侧有大棕湖、挡箭石、圣母湖、白龙瀑、九曲瀑等景点若干。我们在景区是顺时针方向转的，走到这里正好是逆水而上。不久就到了漂流的地段，溪水中一个个橘红色的飘筏，漂流游人的惊叫声不绝于耳，也成了景区内另一道独特的风景。这时我们才明白，我们无意中选择的这条路正是游览大峡谷的最佳线路，由缓坡上，陡坡下，这样可以减少疲劳；同时，走到漂流的起点再顺流下飘，浑身肯定湿透了，这时结束行程回去洗澡，什么都不耽误。如果按逆时针方向走，先漂流，漂流之后肯定失去了继续游玩的兴致。

下午四点左右，走到了刘秀湖，眼前出现了一道状若水帘的人造瀑布，情态严整，却没有自然的韵味。无趣，遂出门继续上路。

卢氏温泉

开车继续向南。在崇山峻岭中的盘山公路上行进大约一个小时，到了卢氏县。从资料中看，卢氏是一个具有两千一百一十六年历史的古县，属我国河洛文化发祥地，地处豫西山区，横跨黄河长江两大流域，民风淳朴。驱车到县城内转了一圈，继续前进。晚上八点，到达五里川，下榻在附近汤河乡的一个宾馆里休息，宾馆的条件很差，但有温泉。

到了宾馆才知道，这里因为一种特殊的习俗，居然是大大地有名！汤河乡位于老鹳河上游，属于长江流域，老鹳河畔有一个温泉，名"汤池"。这里的温泉水，常年温度达到了五十七度，含硫、氟、钙等二十余种微量元素。经医学鉴定，常浴此水，可医人体关节炎、皮肤病，促进消化，且浴后增强皮肤弹性和光泽，促进内分泌及血液循环，有益于身体健康。由于温泉有这样的功效，年长日久，这里竟形成了一个独特的风俗——裸浴。不仅男人能够户外裸浴，女人也一样。1936年以前，汤河温泉因无人管理，男女洗浴以争先为序，谁先占得，当天谁洗浴。后经在汤河小学教书的著名散文家、翻译家曹靖华之父曹植甫先生界定，每逢农历三、六、九为女洗日，其他之日为男洗日。新中国成立后，又规定逢十为女洗日。这一习俗沿袭至今。可惜我们去的时候已经是晚上，没有机会目睹这一难得的民俗文化。舒舒服服地洗了一个温泉浴，洗后觉得皮肤十分光滑，温泉功效果然不一样。

早上八点起床，在宾馆门外的一个小饭店用了早餐，上路。刚出镇子，就看见远处温泉中有裸浴的男人，果然全裸且不避人。听说到女洗日，妇女也是如此，不免有些遗憾，转念又觉得自己无聊。想想这种奇特的风俗，感叹世界之大，无奇不有。

奔向神农

从十堰向房县一百二十公里，绝大多数的路段都在修路，中间的柏油已经磨去，暴露出砂石，汽车一过，黄尘弥漫。两侧堆满了建筑材料，有皮肤黝黑的筑路工人在忙碌。这样的路段，汽车能有三十迈的速度已经算不错。一直开了两个半小时，直到傍晚时分才到了房县。到县里的汽车站打听了一下，知道这里离神农驾还有一百一十公里，多是山路，但路况不错。商量了一下，决定继续前进，离神农架越近越好。

天已经完全黑下来。路面不宽，但路况很好，盘山公路，连续地走"之"字，时而有三百六十度的大回转。感觉汽车是在两山相夹的山沟里穿行，但外面究竟什么样，完全看不清。毕竟常年在城市里开车，这样曲折、起伏大的路段还是很少遇到，所以开车也是战战兢兢的。偶尔路边会有灯火，大约是山里的农家或者是路边的小店。在漆黑的夜晚里，灯光每每给人一种奇妙的感受，想起温暖的家，亲人，或者任何一种能让心灵温暖起来的事物。直至回来的今天，想起那种独特的感受，心里还感到异样的亲切。

走了大约一个多小时，终于觉得这样的行程还是过于危险，就在一片灯火前停下了。下去询问，是一个开饭店的农家，店主人是一个大约四十岁左右的妇女。看她的长相，叫人想起李娜唱过的《嫂子》。她楼上有空房，可以住，每间房子只收十元！而且可以吃饭。

立即决定住下。提了行李上楼，原来客房就是主人和孩子的卧室，旅游旺季，腾出来提供给游客，赚几个零花钱。房子里除了床空空如也，但收拾得非常干净。看得出女主人是个勤快和能干的人。聊天十分困难，因为她说的方言我们几乎听不懂，有时还得靠她上了初三的儿子来翻译。总算搞明白女主人的丈夫在内蒙古打工，她在家种田，同时开这个饭店赚些零用。孩子很勤快，跑前跑后帮妈妈打理。女主人又是老板又是跑堂又是厨师，干活相当麻利。

随便点了几道家常菜，在楼下厅内的小桌旁围坐着等吃饭。电视里正播出《梦想中国》，大家笑得前仰后合，心情十分愉快。

早上起来天气出奇地好，阴天，不热，正适宜爬山。出来外面一看，和昨夜的感觉完全不同。原来我们留宿的这个地方四周都是人家，是一个青山环抱的小山村。虽没有阡陌纵横，但鸡犬相闻是一定的。想象昨夜在这样的世外桃源中安眠，实在是舒畅。在北京看一个房地产公司的广告，有一句是"早上被鸟叫声叫醒"。城里的人听到鸟叫已是仙境，我们只花十元就住在这样的仙境，实在是大大地划算。

神农架

和殷勤热情的女主人告别，驱车上山。

汽车在神农架的盘山公路上蜿蜒行驶，盘旋在山岭叠嶂之间，细长的山路像一条盘卷的玉带缠绕在山水间，沿途奇峰竞秀，林海迷茫，云游雾绕，溪流淙淙，奇花异草竞相开放，草木芬芳扑鼻而来，到处都是幽谷清溪、飞瀑流泉、花香遍野的天然神韵，满眼皆是高山深壑、莽莽林海、云雾蒸腾的原始神秘，幻景一般，令人遐想。五十公里的路程，轻松自如地驾车。经过红萍，红萍有个美妙的名称叫作红萍画廊，原来是一道峡谷中，两侧风景如画而得名的。

神农架总面积三千二百五十三平方公里，是我国内陆保存完好的唯一一片绿洲和世界中纬度地区唯一一块绿色宝地。神农架旅游资源丰富，高岭白云，雄峰幽谷，古木秀林，悬崖奇洞，色彩神秘，引人探胜，构成了雄奇秀美的画卷。它东望荆襄，南临三峡，北依武当，在地理位置上有"南北分汉江，东西连巴楚"之称。神农架得名于一个古老的传说，相传远古时代，瘟疫流行，原始部落首领、始祖炎帝神农氏曾在这里尝草采药，架木为梯，以助攀缘；架木为屋，以避风寒；架木为坛，跨鹤升天，从此，这个地方就叫神农架。这里茂密的原始森林正是神农搭架扎根大地而成的。

目前开发的旅游风景区仅占神农架自然保护区的三分之一，包括神农顶、燕天垭、香溪源、玉泉河四大旅游风景区。一天的行程，最多只能赏玩一个景区。几个人商量了一下，决定先去海拔最高、自然风韵最浓厚的神农顶，主要景点包括小龙潭、板壁岩、神农顶、大九湖、太子垭、下谷坪等景点。

途经燕子垭做短暂停留，边继续驱车往神农顶方向进发。不久便到了小龙潭。停了车去看，感觉极其一般。山涧溪水蜿蜒流淌，聚水成潭，毕竟是随处可见的景致，清洌是有的，但韵致不足。游人甚众，也失去了潭应有的清幽。旁边有鸟兽笼子若干，里边关着黑熊、金丝猴等，不免遗憾，如此自然淳朴的地方怎么会把动物关在笼子里让人观看？后得知这些动物是在山野里负了伤送到这里来养伤的，才觉得平衡些。后面还有一个野人展览馆，好奇心起，进去看了看。结果发现这里是以卖东西为主的，所谓野人展览多是一些文字介绍和画工拙劣的图画，本意是告诉参观者这里有野人，但稍有常识就判断出神农架大约没有什么野人。失望之余，扭头出去。

拾级而上，美景扑面而来：深深的峡谷，陡峭的群峰，嶙峋的怪石，茵蕴的薄雾，如一幅惊世骇俗的图画。野风迎面从山谷吹过来，刚劲有力，狂野奔放，仿佛一个充满野性的少女狂放地舞蹈，又像一阵阵急促奔放的打击乐捶打你的心田，让你无法逃遁，又难以把握。

驱车继续向上走，不久就到了板壁岩。远远看见左侧的山坡上怪石嶙峋，风貌奇异，立刻被吸引。沿着石铺的小路，不久就到了岩顶。极目远眺，林海莽莽苍苍，修竹林立，冷杉接天，草坡黄中泛绿，大片的色块粗犷地随意涂抹，像一幅手笔奔放的写意。沿着蜿蜒的小径走进林中，时见怪石突兀而起，千姿百态，在背光的地方居然还能看见积雪。这才是心中的神农架，自然随意，不拘一格，处处体现着不经雕琢的美感。

很快就到了神农顶。这里是真正意义上的华中之巅，海拔高达三千米以上。放眼望去，满山的高山草甸，古树参天，巍峨挺拔，峰岩成趣，怪石林立，主峰周围有千万顷成片的原始箭竹林，连成一片浩瀚的竹海。浩瀚奇特的竹海，给人以原始的震撼。

从神农顶下来，继续驱车向前，途经凉风垭。沿着由松木铺就的小路向山峰侧翼走入一片草坡之上，放眼远眺，山势雄浑，草木葱茏，长风凛冽。草坡上灿烂的高山杜鹃竞相开放，将山峰装点得绚烂多彩。

再往前四公里，就是景区新开发的景点太子垭了。如果说以往所见的景观是以古朴苍凉见长，这里则以幽深秀美取胜。沿着一条曲曲折折的林间小径走向密林深处，苍松翠柏参天，奇花异草遍地，静谧处鸟鸣时闻，风过时绿叶沙沙，幽静得仿佛可以听得见自己的心跳。原始林木高达四十余米，遮天蔽日，直插云霄，林内松萝蔓藤密挂枝间，银须飘洒，把整个原始森林装扮得神秘莫测。沿途到处都是开着淡粉色花簇的高山杜鹃，开得灿烂热烈，开得蓬蓬勃勃，开得毫无顾忌。整整一个小时，我们仿佛朝圣般地在林间行走，在千年的静默和自然的本色中，迷失了自己。

2006 年 5 月

唐山大地震：我的记忆　我的哀悼

今年是唐山大地震三十周年。想起了在这次地震中失去生命的姨姥姥一家人，尘封已久的记忆突然涌出，忍不住想写些文字。

姨姥姥是我姥姥的妹妹。从姥姥的讲述中得知，姨姥姥年轻的时候是极为美丽的女子，新中国成立前就被大人包办婚姻嫁了人，似乎还有过孩子；1949年后新政府做主，和原来的丈夫离了婚。然后，大约是经组织上介绍，嫁给了从朝鲜战场回来的一个英俊的军官，也就是我的姨姥爷。长大以后想象这个婚姻的安排是很能理解的，因为志愿军是那个时代最受欢迎的人。后来，姨姥爷转业去了唐山，姨姥姥自然也随着去了唐山——他们一生的幸福和不幸都由此而来。

转业时姨姥爷是团级干部，到地方工作安排也很好，担任唐山市一个国有企业的党委书记。姨姥姥在唐山总共生了五个孩子，三男两女。三个男孩分别叫作进忠、利忠和新忠，两个女孩分别叫作丽玲和二姑娘——当然这都是小名了，而且二姑娘是否还有另外的小名我确实不大记得了。我记事起，就知道唐山有姨姥姥一家这样的亲戚，生活很富足。现在，这一家七口中，只有孩子中最大的丽玲姨姨和最小的新忠舅舅还在人世——其他的五人，都死于1976年那场可诅咒的地震。

记得姨姥姥曾经带了孩子们回来过我生活的县城。因为姨姥姥和姨姥爷都相貌出众，自然他们的五个孩子也都生得十分漂亮。虽然过去这么多年了，我依然能记起进忠舅舅和二姑娘姨姨的长相，进忠舅舅眼睛大而有神，鼻梁很高，嘴角永远有一抹淡淡的笑意，是第一等的美男子；而二姑娘姨姨呢，不仅美丽，而且还特有一种古典的气质，或者说，很像一个印度的美人。当然，另外三个姨姨和舅舅的长相也丝毫不逊色。这样的一家人回来，在我们生活的小县城里当然是轰动的消息。许多人都专门要去看看热闹，不仅如此，小伙子们还要去看看我的两个漂亮的姨姨，而大姑娘们呢，显然也要去看看我那个堪比电影明星一样帅气的大表舅进忠。

大约是 1971 或者 1972 年，我只有四五岁的时候，就随着爸爸妈妈去过唐山。记得是爸爸妈妈带我和弟弟去北京旅游，然后又从北京到了唐山。那时家里的日子并不富裕，能出门就很不容易，去北京简直就是梦想。可惜我太小，对这趟难得的旅行没有多少记忆。听妈妈讲，我对故宫之类的旅游景点全无兴趣，每每要赖皮坐在路旁的台阶上不起身，让大人们游览得也很不开心。但我对动物园还是充满了热爱，而我直到今天也能够回忆起第一次见到真正的老虎、狮子、猴子和长颈鹿时的欣喜若狂的感受。家里至今还保存着北京的一个亲戚给我们照的照片，有一张是我坐在台阶上开心地笑。看着"那个"四五岁的男孩那样的笑容，连我自己都会被深深地感染的。而更令人开心的是弟弟的照片，他似乎永远都是一副苦脸，也许是被车水马龙的北京城给吓到，谁看了都会忍俊不禁。

去唐山就住在姨姥姥家里，似乎是四间正房，在 个四合院里。和山西的房子正门从中间开不一样，房门是从最左侧的一间开的，然后一路往里走，直到最里边的一间房子。还能记住的是出了院门向左拐个弯才能上了马路，门口有个垃圾堆，环境似乎不怎么好，不过那个时候也确实没有环境好的地方。随了父母或者姨姥姥家的姨姨舅舅们在唐山城里转过，大约记得有一些三层或者四层的楼房，但不多，到处都是冒着黑烟的工厂。在唐山还做了什么就完全不记得了。现在想到我曾经待过的这些地方后来在一瞬间被颠覆成一片瓦砾，心里真是感叹造化的残酷。

1976 年我已经九岁了，对当时的记忆就深了一些。那一年，在唐山大地震之前，关于某处某处要地震的消息就很多，防震成了生活中每天都要面对的事情。那时家里还是住着木梁砖墙的平房，为了防震，每天睡觉前都要把两个吃饭的桌子竖起来放在土炕的两头，这是为了防止突然掉下的房梁直接砸住人，另外还要在地上或者桌子上放上一个倒立的酒瓶子，如果酒瓶子突然倒下，就会发出巨大的声响，提醒睡梦中的人们可能地震了，赶紧跑出门去。有一次，县城里突然拉响了声音巨大的警报，大家都从睡梦中惊醒跑到院子里，我记得还懵懂不知时，只穿着小裤衩就被妈妈抱到了还很寒冷的院子里，旁边是同样懵懂的弟弟，两人都怔怔地看着妈妈一趟一趟地冒着危险从屋子里往外搬东西。

待了一会消息传来，这原来是县里搞的一次防震演习，已经提前发了通告，可惜很多人都不知道，白白地被惊吓了一回。后来，关于地震的消息越来越多，也越来越离奇，人们的心里日益被这种隐隐的恐惧所影响，许多人开始每天吃好的，买新衣服穿，仿佛世界末日即将来临。有一段时间，姥姥家的院子里搭起了帆布防震棚，每天大家都在帐篷里过夜，对大人们来说，这平添了许多麻烦，但对孩子来说，却多了一个好玩的去处。那段日子的体会是，有时候，担心灾难发生对人造成的伤害，甚至会超过灾难本身。

终于有一天有坏消息传来，唐山发生了大地震，死伤无数。姥姥一家开始担忧姨姥姥一家的安危，因为大家都知道，姨姥姥一家在头一年就搬进了楼房，这当然是唐山市当时最好的住房条件了，但发生地震，楼房对生命的杀伤力却是远大于平房的。在差不多一个月的时间里，一直没有准确的情报，却不断有小道消息，说唐山已经整个夷为平地，所有的人都死了；也有的说政府正在全力抢救，解放军部队已经开了进去。妈妈在单位里有些办法，就几乎天天给当时在张家口当兵的丽玲姨姨打长途电话，那时电话真是极不方便，有时一整天也无法打通一个。其实姨姨和我们一样，也没有准确的消息。但感觉是悲观的，从各种渠道得来的信息都表明，一个巨大的灾难已经降临到了姨姥姥一家头上，大家其实只是在怀着一种侥幸的心理，期待着会不会有亲人幸存。对大人们来说，那段日子是不堪回首的。

大约是过了二十天的某一天上午，都快到了中午要吃饭的时候。终于赶赴唐山的姨姨给妈妈打来了电话，她压抑着巨大的悲痛，用了尽可能平静的语气说：姐姐，一家人全完了！妈妈立刻昏死过去，重重地倒在了地上。从那时起，妈妈就患上了癔症，只要心中受到什么打击，立刻就会昏死过去，牙关紧咬，不省人事，浑身颤抖，几个小时都不能醒来。即使是苏醒过来，好几天都说不出话来。

唐山的真实情况总算清楚了。姨姥姥、姨姥爷和三个孩子进忠、利忠、二姑娘都死在了地震中，只有最小的新忠舅舅因为恰恰掉在了一个死角，幸运地躲过了死神。丽玲姨姨大约是在震后一个月时候才得到批准奔赴唐山处理后事，她甚至都没有能够见到全部的亲人遗体——因为防止大灾之后的大疫，许多搜救出来的遗体已经被掩埋了。从见到的遗体情况看，有的亲人是当即就死亡的，也有的则是当场被砸伤甚至没有受伤，仅仅是因为没有逃生之路，被饥饿和恐惧慢慢地夺去了生命。我们现在能够想象，在巨大的灾难中，那些狭窄的空间中，无边的黑暗，极度的恐惧，曾经有多少人无助地挣扎，绝望地死去！我的在朝鲜战场上冒过枪林弹雨的姨姥爷、我的生活富裕仍然简朴得穿着补丁衣服的姨姥姥，曾经经受过多少生活的磨难，他们才刚刚过上了一个幸福而安定的生活，就被这无边的黑暗吞没了！我的像电影明星一样帅气英俊的大舅舅、我的像古典美人永远带着迷惘的微笑的二姑娘姨姨，我的调皮可爱的利忠舅舅，他们甚至都没有享受过爱情，就被这突来的灾难夺去了花儿一样的青春和生命！伴随着他们远走的，还有整整二十四万条鲜活的生命啊！

不久，丽玲姨姨从张家口回到了阳高，给姥姥一家讲述了她亲历的劫后唐山。特别是讲到一个细节，发现姨姥姥的遗体时，她还穿着一件打满了补丁的旧睡裤，而家里的存款呢，那个时候大约就有几千元！尽管姨姨因为部队的熏陶和劫难的考验变得坚强了许多，提到这个细节时仍然忍不住痛哭失声。姨姨后来转业到了北京，无论是在国家机关工作，还是自己辞了职下海，她都表现出了一种难得的坚强、自信和果敢，这使她在各个方面都表现得相当的成熟，在偌大的京城里站稳了脚跟，取得了成就。到北京出差，我会经常和姨姨长谈，交换对人生和对社会的看法。姨姨今年已经年近五旬了，尽管韶华渐逝，但依然保持着一种难得的成熟美丽，仿佛岁月的沧桑没有给她留下太多的印痕。我时常体味着像姨姨那样美丽而命运多舛的女人，没有父母可以依恋，哪怕是心理上的依恋；没有兄弟姐妹的照应，唯一活着的弟弟还每每要靠自己来关心和照顾，在北京城纷繁复杂的世界里，曾经经历过怎样的心路历程，才有了今天的成就与稳定。其实，细细想来，这也许正是家庭的灾难带给孩子们的一种特殊的历练吧。

因为是父母双亡的孤儿，当时只有十一岁的新忠舅舅被安置在了石家庄的育红学校，这是一所专门为唐山地震的孤儿开设的学校，在那里，这些苦难的孩子得到了政府所能提供的最好的照顾。由于我们年龄相仿，我和新忠舅舅成了非常要好的朋友，他甚至要求我和表哥对他都以兄弟相称，直呼其名就好——在我们生活的这个颇讲礼仪的大家庭里，这当然是不被长辈允许的，但我们背地里确实是这样互相称呼的。在以后的很多年中，尽管始终没有在一个城市生活，但我们始终保持了源于孩提时代的那份真挚的友谊。长大以后，新忠舅舅考上了南京解放军外国语学院。在与他不多的接触中，我发现成年之后他的身上始终有一种特殊的气质，那就是对女性充满了依恋。由于这个缘故，他甚至放弃了姨姨帮他联系好的到北京的跨国公司和中央军委外办工作这样的机会，始终把自己的爱情作为人生最高的甚至唯一的理想。我想，这大约也和他从小没有母爱有关吧。

　　唐山大地震已经过去三十年了。巨大的灾难，已经成为尘封的历史，留给人心中的，也慢慢成了一抹淡淡的印痕。对于长眠的死者，他们的灵魂应该已经安详地远去了。但活着的人，却不得不经受着这一灾难带来的命运转折和由此而来内心的转变。姨姨的孩子已经长大成人，正在妈妈的庇护下，开始了自己的人生之旅和爱情之旅；新忠舅舅继续追随着自己的爱情，漂泊到了异国他乡，即将成为一名美籍华人；妈妈的病情总算是好多了，但我们仍要小心翼翼，防止她受到任何过度的刺激。我知道，那场灾难是生活的一部分，现在，也成为很多人灵魂的一部分，它强烈地存在，永远抹不去。这让人伤感，也让人更加珍惜生活，以及生命。

　　值此唐山大地震三十周年之际，我想借手中的这支笔，表达我对已经长眠的姨姥姥、姨姥爷和三个舅舅、姨姨的哀悼，也表达对所有在那次灾难中失去生命的人民的哀悼。我知道，这种哀悼是苍白的，但我还能做什么呢？

2006 年 7 月

爱是花时间给他（她）

　　哲人说过：爱情的定义就是无定义。古往今来，芸芸众生，谁没有过爱情呢？但就是没有人能给爱情下个定义。我查了《辞海》，大部头的一本，里边干脆没有爱情这个词条，也从中说明爱情无定义。发生如此频繁，却又从来说不清楚的事物，除了爱情大约还有美。美是什么，也没有公认的定义。古往今来哪个哲学家能回避美这个命题呢？唯心主义和唯物主义在这里打得火热，但谁也说服不了谁。

　　其实这个问题也好解释，学过理工科的都知道，所有的理科学问都建立在一些公理上。比如平面几何，公理之一就是平行线永不相交，这一个命题就没法证明，只是大家都承认。由此推论出的结果叫做定理。定理有办法证明，公理就没有。如果你能证明平行线可以相交，那说明整个平面几何错了。那麻烦大了，因为建筑工程学的基础理论也有平面几何。要是平面几何不对，所有的人首先就得从楼里搬出去。要是还能证明万有引力错了，飞机就不能上天。幸亏这事没发生。

　　爱情的道理大致近似。你首先得承认有爱情，但没法说清楚它是怎么回事。由此可以进行生理学、心理学、哲学、文学或者其他什么学的推论。比如阿城先生写过一篇文章《爱情与化学》，说爱情与人的脑垂体的激素水平相关，就是说，"窈窕淑女，君子好逑，求之不得，寤寐思服。悠哉悠哉，辗转反侧"这么复杂而强烈的反应，都是脑垂体里边分泌的那一点点液体闹的。要是把哪个人的脑垂体割了（这是假设啊），人就没有了性别的概念，自然也无所谓爱情。这似乎很有道理，但也经不起深究。总之别对试图对爱情下定义是对的，最多谈谈感想。

　　下面我也谈谈感想。

　　我认为爱情可以很多解释，但至少有一点，就是你要花时间给你爱着的那个对象。恋爱的时候，天天想见面，见了不想分手，就是愿意花时间给对方。换过来说，愿意花时间给对方，证明你就是爱着对方。柳永的《雨霖霖》，写到"留恋处，兰舟催发，执手相看泪眼，竟无语凝噎"，年轻的时候看了这一段就想哭。花不成时间给对方，居然哭得这么惨苦，可以肯定是写给爱人的。恋爱成功后的归宿是结婚。人为什么要结婚？就是愿意把自己的余生——余下的时间花给对方。最强烈的爱情，可以为对方而死，就是一次性地把自己的全部时间都给了对方。其实想想不难理解。人的生命是什么呢？财富吗？你来的时候肯定没有，走的时候一分也带不走，所以财富其实不是你的，由此类比，知识、官位等等，也不是你的，你没带来，也带不走。只有时间是你的。活八十岁，八十年的时间是你的；即使只活八岁，八年的时间也是你的。别人抢不走，至少抢不走全部。

　　哲人觉得自由可贵，文明社会对犯罪的惩罚其实就是部分和全部地剥夺自由。死刑是全部剥夺，徒刑是部分剥夺。从中可以看出，其实所谓自由也就是你按照自己的意愿支配时间的一种可能性而已。别的东西，财富知识之类，都是你用时间换来的。马克思在资本论里说过一个概念，价值是劳动的产物，而衡量商品价值的尺度是社会必要劳动时间。正说明所有有价值的东西都是时间换来的。时间是劳动的尺度，劳动是价值的尺度。你能够自由支配自己时间的余地越大，你就越自由。奴隶没有自由，其实就是说明他支配自己时间的机会很小。正巧，奴隶也往往没有爱情。当然也不是绝对没有。偷偷瞄一眼自己喜欢的人的时间还是有的。这也说明了爱情与时间相关。你肯为爱人花多少时间，你对她就有多强烈的爱情。

　　这个道理，对广义的爱也是成立的。爱古玩的人，通常肯花时间到旧货市场；爱听戏的人，时间通常花的戏园子里。儒家要求"父母在，不远游"，也其实是要求你花时间给父母，守孝三年，恐怕也是这个道理。

　　我过去是不懂这个道理的。所以花了更多的时间给工作和朋友，爱人那边自然就少了。婚姻的解体有很多原因，恐怕这个很重要。现在看见很多人善于处理工作和家庭，其实也就是掌握好了工作占用的时间和家庭占用的时间的比例关系。当然，也有些人是有办法的。他让自己花在爱人身上的有限时间效率更高。用前面的道理，这是对我的"爱是花时间给他（她）"这一重要命题（一笑）的推论而已，基本的道理是不错的。

活到四十岁了。很多事情开始明白。这是其中之一。我设想，如果有一天我有了爱情，要争取多花一些时间给她，即使没有爱情，也要想办法多花一点时间给你爱着和尊敬着的人。毕竟，找的时间已经花掉一半了。不论能赚多少钱，当多大官，真正的财富可是越来越少了，需要珍惜啊。

2006 年 8 月 20 日

谁又在"恶搞"《无极》?

　　《无极》曾经被"恶搞"过一把,一个叫作胡戈的年轻人因此而被斥为"无耻"。后来,连无耻这个词也成了恶搞的对象,以至于我们后来使用这个词的时候,都搞不清楚到底是褒义还是贬义。不管怎么说,大片《无极》能让人"恶搞"到《一个馒头的血案》这样妙趣横生,实在是大家的福气。当我们笑得前仰后合之后,心里肯定要想,如此"恶搞"还能再现吗?

　　就在我们渐渐淡忘了《无极》乃至《馒头》的时候,居然看到《无极》又被"恶搞"了一把。这回"恶搞"的主角可不是草根胡戈,而是堂堂的国家建设部!因拍摄过程中对香格里拉生态环境造成破坏,《无极》剧组被处以九万元罚款,香格里拉县分管副县长因负有领导责任被免职。

　　有人可能会说,这怎么能叫"恶搞"呢?这样说话的人显然缺乏幽默细胞,至少是健忘的。所谓"恶搞",无非是拿本来不存在的事物,以移花接木、无中生有、小题大做、张冠李戴等方式,对某事某人调侃一番。如果大家对这个定义没有争议,那我们且来看看,建设部是如何"恶搞"《无极》剧组的?

　　早在两个月前,我们就知道了,影片《无极》中那片令人惊艳的高山杜鹃花海,取景于云南省迪庆州香格里拉县深山里的"圣湖"——碧沽天池。但因为《无极》的拍摄,给世外仙境般的碧沽天池留下了难以抚平的伤痛,导致当地的生态和环境遭到了极大的破坏,美丽了百年的花海盛景将难以再现。如果这些都是实情,那建设部的处罚还不是"恶搞"。但此新闻发布后,《无极》剧组的制片人陈红接受了记者采访,针对《无极》破坏自然景观的说法,一脸委屈地告诉记者:"剧组曾给当地政府留下一笔清理现场费,并以公文方式正式委托对方恢复景观原貌",表示"当地政府表示因为香格里拉碧沽天池还处在大雪的情况下，对方表示在大雪融化后将尽快处理完有关事务"。同时还透露，"陈凯歌非常热爱云南，他不仅在云南度过了最美好的十年，而且他会把《无极》和网络外女作搜星的广告片都确定在云南拍摄，也说明了他身上有很强的云南情结"。作为对陈红上述言论的呼应，当地政府立刻发表了一个声明，肯定了陈红的说法。

看看，大导演陈凯歌如此热爱云南，自然不大会破坏云南的环境，而当地政府又出面作证，自然也印证了陈凯歌夫妇所言非虚。如此说来，建设部的处罚，委屈了陈导的良苦用心，忽略了当地政府的倾情旁证，似乎颇有无中生有、移花接木、小题大做、张冠李戴的嫌疑，不是"恶搞"又是什么？

当然，《无极》虽然屡遭"恶搞"，但陈红女士也不必觉得委屈。因为细细算账，其实不但吃亏不多，且多有收益呢。第一次被胡戈"恶搞"，看上去有些滑稽，但笔者可以佐证，许多人确实是看了《馒头》觉得好奇，才改了从来不去电影院的习惯，破例去看了《无极》，这样，尽管被"恶搞"多多少少有些尴尬——陈导怒不可遏地说"做人不能这样无耻"，并欲提起诉讼，大约也是因为这个尴尬——但看来，《无极》的票房，还是有胡戈之功劳的，陈导后来放弃诉讼，估计也与此有关。而此番又被建设部"恶搞"，似乎又有些尴尬，因为这个处罚大致证明了陈导的"云南情结"有些离奇——因为这种"情结"颇像施虐狂，爱之弥深，伤之弥切，也证明了陈红女士没有完全说实话，但总的来看，造成"世外仙境般的碧沽天池留下了难以抚平的伤痛，导致当地的生态和环境遭到了极大的破坏，美丽了百年的花海盛景将难以再现"这样的严重后果，才罚款区区九万元，还不及《无极》剧组一个次要演员的片酬，这种罚款，简直像是打碎了家中价值连城古董的孩子，被父母在额头上轻轻地一弹——效果简直是鼓励！这种更深层次的幽默，胡戈估计就玩不出来。有了建设部这样的大衙门"配合"，《无极》影片早已失去的市场效应没准还能失而复得，省得天天看着《疯狂的石头》疯狂而无可奈何。这样算下来，虽则屡遭"恶搞"，《无极》实则收益有加。怪不得前有《神雕侠侣》剧组在九寨沟森林公园破坏神仙池钙化堤、珍珠滩植被，后有谢霆锋主演的《情癫大圣》在神农架用水泥浇筑成蘑菇形状，使原有地貌无法再复原，再有《大旗英雄传》剧组在仙都风景区拍摄期间，毁损景区内国宝级摩崖石刻事件。原来都是试图让建设部这样的大衙门"恶搞"一把，也好抓住机遇、乘势而上呢。可惜建设部只对《无极》情有独钟，别人想让"恶搞"，还要看看配不配呢。

如此，倒是可怜了香格里拉县那位可怜的副县长，混到县太爷实属不易，多年修炼一朝废了。不过，笔者建议陈导拍部新片，请这位昔日的县太爷扮演男一号，片名笔者也有个建议，叫作——《无欺》。

2006 年 8 月

以人为本，还是以权为本

近日，西安市的开先生到派出所办理换发身份证事宜，交款拍照后，开先生发现自己被拍成了"凶神恶煞"，很是"惨不忍睹"，当即要求重拍，被工作人员以忙碌和照片已上传不能更改为由拒绝。开先生为此很不是滋味。

开先生的这种遭遇，笔者也碰到过。二十多年前上大学时，赶上第一次制作身份证，似乎是派出所派了摄像师来拍照。那时没有数码相机，直到一个月后才发现，扫描技术不过关，多数人成了"刑满释放人员"，要是都用身份证照片搞对象，估计中国大龄青年会大幅度增加。

从二十年前的"刑满释放人员"到二十年后的"凶神恶煞"，技术进步了，公安部门的服务意识依旧。这一现象的原因，从公安部门指定承担照相业务的北京某国际投资公司工作人员的话中可以略见端倪："只要符合身份证照标准就合格，身份证就是起个辨识作用，不用太苛求。"

投资公司搞摄影就很有意味，但没有上面这番话更有意味。关键词是"标准"，一明一暗包含两层意思：第一层是身份证照片不管像不像本人，只要符合公安部门的身份证照"标准"就可以；第二层呢，对制证者的服务"标准"是"起个辨识作用，不用太苛求"。

好个"不用太苛求"。收了顾客的摄影费，该公司本来是与顾客建立了一种基于互利诚信的双边买卖关系。开先生付出货币，理应拿到真实反映自己面目的照片，但拿到的居然是"惨不忍睹"的"凶神恶煞"照，还要强行印到经常示人的身份证上。开先生要求重拍，天经地义。但在这个公司的眼里，开先生居然是"太苛求"！

消费者维护自身权益常有，被责"太苛求"并不多见。在街上随便找个照相馆拍照，别说拍成"凶神恶煞"，即便稍有瑕疵，也能义正词严地说理。这家公司所以有如此底气，恐怕在于服务关系的倒置。他们的经营理念，不是对消费者负责，而是对委托他们的公安机关负责；他们的工作标准，不是消费者认可的市场标准，而是权力机关的技术标准；他们的行为准则，不是"以人为本"，而是"以权为本"。

因而，开先生遇到的麻烦引起记者关注时，派出所分管领导立刻就表态："我们工作量相当大，要达到让每个人都满意很不容易。"此语一出，他们委托的公司"不到十秒钟"为居民照一张相的粗糙服务，立刻就具备了来自官方的合理性，公司底气十足地责备开先生们"太苛求"，也就不奇怪了。

高唱"以人为本"，大行"以权为本"，不止此一端，也不独于公安。见诸报端的行政机关摊派内部刊物、煤气公司强卖热水器、政府发文推销本地酒，都是把公权转化为私权，从而侵犯公民权益的典型事例。如此无视群众利益、漠视服务意识，恐怕政府在人们心中的形象就会大打折扣，甚至"惨不忍睹"。

2006 年 8 月

空城计的三个版本

《三国演义》里有一个故事是空城计，说的什么恐怕是"地球人都知道"。但最近读书有些心得，忽发奇想对《空城计》的故事做些另类的解释，名之曰：《空城计的三个版本》。

第一个版本当然是文学版，也就是《三国演义》里的正常版本。诸葛司马斗智，诸葛胜司马败，不在话下。

第二个版本是博弈论版《空城计》。从博弈论的观点来理解，《空城计》中双方的心理状况就有所不同。从博弈一方诸葛亮来讲，马谡无能，众将远离，城中无兵，司马兵临城下，可供选择的策略只有两个：一是弃城逃亡，二是使用《空城计》。率领老弱残兵弃城逃亡，五十里内必然被擒。所以，相比之下，唯一的优势策略只有摆《空城计》。诸葛一生谨慎，无奈弄险，但面对具体情况，《空城计》确实是优势策略。而司马懿呢，他的策略实际上也是两条：一条是大兵攻城，一条是退兵。前者从结果看本来是优势策略，但站在司马的角度，他面对的问题是有限信息下的策略选择问题。就是说，对诸葛究竟有兵没兵，司马并不知情。按照当时的实际，大致可以判断诸葛70%的可能性是无兵，正像司马的二儿子司马昭说的"莫非诸葛亮无军，故作此态？父亲何故便退兵？"但"莫非"两字，正反映了司马一方的信息不完整。这样，司马面临的问题就是：在具有30%风险的机会面前，需要不需要冒这个风险？从实际看，司马大兵在手，即使退兵，仍然可以在以后彻底查清敌情的情况下再行决战，万一30%的风险真的发生，战争的主动权将丧失，失败不可避免。因而，司马选择了一条尽管收益为零但自己毫发无损的策略——退兵，正是当时信息不完整情况下的优势策略。说得直接点，我已经取得了战争的优势，所以不和你玩刺激。正像下围棋，取得优势的一方总是试图把局面简单化，稍有风险的下法决不尝试。双方都选择了自己的优势策略，这个博弈又哪里是简单的诸葛胜司马负呢？按照三国演义的描述，实际战争的结果也是如此。诸葛尽管在空城一役中获得局部优势，但仍然不得不退回关中，又一次征伐失败。

第三个版本是权谋学的《空城计》。按照权谋学的观点，可以假定司马懿其实是知道诸葛无兵的，但他仍然选择了退兵，宁可让世人嘲笑自己。这似乎令人不解，但试想他进兵以后会如何？自然是诸葛被擒，捉回京师，或者开刀问斩，或者长期监禁，总之西蜀大患一战而平，从此魏国西线无战事。但想想这一结果，司马的心里就不是滋味了。后来有"司马昭之心，路人皆知"的说法（司马昭正是司马懿的儿子），就是说司马一家其实早就志在天下了。只是在老司马这个时候，其家族还羽翼未丰，时机不成熟而已。在这种情况下，司马一家特别是司马本人的重要价值，就在于只有他和他一家才能阻挡诸葛的屡屡进犯。倘若诸葛被擒，西线平安，魏王必然的选择就是夺去司马的兵权，或者逼他告老还乡，或者找个借口除了他，总之司马一家不但夺不了皇位，极有可能还丢了性命。这样想来，从战争的角度诸葛当然是对手，从政治的角度诸葛还是司马的朋友呢。其实后来发生的事情也表明，诸葛六出祁山，九伐中原，客观上正是一次次地帮助司马强化自己的力量，扩大自己的地盘。这样的"朋友"，哪能除掉呢？因而，老司马以高度的政治敏锐性和装傻的方式，成全了诸葛的《空城计》。他的智慧，真是让人惊叹啊！

当然，从历史学的角度，还有《空城计》的第四个版本。那就是，真实的历史上，诸葛亮和司马懿从来没有发生过什么《空城计》。《三国志》里没有，任何一本记载三国史实的古籍里也没有。这就是说，其实是罗贯中先生根据民间的一些传说，给大家"演义"出了一个子虚乌有的"空城计"。所以，对一段子虚乌有的故事发表这么多言论，您也应该理解，我也只是想摆个《空城计》嘛。

2006 年 9 月

电脑量刑又如何？

　　山东淄博市淄川区法院研制了一套"电脑量刑"的法律软件。输入案件的具体定罪情节，电脑就能判决出一个刑期。这引起了不少争议。支持的人认为这能够弥补法官的人为因素对量刑的影响，有利于审判的"阳光作业"；反对的人认为电脑无法对千变万化的案件情节做出准确判断，可能会造成新的不公正。支持和反对的声音都有些道理。争论起来，这事就成了个热门话题。

　　自从有了电脑，人们的生活就有了很多改变。银行靠电脑存取款，医院靠电脑搞诊断，学校里用电脑教学生，股民们用电脑炒股。电脑能干的这些事，没有电脑之前大家也都干，用了电脑之后，似乎效率提高了些——但实质性的变化也说不出太多。存取钱比以前多了，但钱也比以前多了，很多银行还是排队；医院诊断应该是更准确了，似乎医患纠纷比以往更多了；电脑教学似乎有很多优点，但学生还得多学一门电脑课，更令家长头疼的是，电脑游戏成了洪水猛兽；股民呢，炒股本来就不赚钱，现在还得多花买电脑的钱。总之电脑已经慢慢地走进了老百姓的生活，大家已经习惯了。以往大家接受电话和电视之类，都经历了这个过程。

　　三十年我上小学的时候，我从一个语文老师那里听说电脑的。老师说电脑能当人的管家，想喝稀饭，立刻就给你端来稀饭；想睡觉，立刻就给你铺好了床。现在看来，这些都似乎是天方夜谭，但当时大家都信以为真。我的想法就是不想做作业的时候，电脑可以帮我做。老师那时还是个光棍，很需要管家的人，所以就把电脑想象成和老婆一样，除了生孩子，其他都能做。这种对电脑的想象一直带到大学里，开始上电脑语言课的时候，我心里一直试图把学的这些东西和脑子里的想象结合起来，学得很认真——但始终也没有联系起来。

　　现在电脑普及到这个程度，确实是出人意表。有人把这称为发展，还有些人就称为异化。就是说，电脑确实给生活带来了方便，但他也反过来影响人甚至左右人。这个道理其实不复杂，汽车带来了方便，但也带来了交通事故——要是这世界现在仍然只有马车，那很多交通事故中死亡的人现在还应该是好好地活着呢。但恐怕只有很少的人认为，人类应该消灭汽车。新千年的时候，英国的一家报纸总结了人类有史以来一百项最伟大的发明，排在第一位的不是电脑和汽车，而是抽水马桶。这大约是因为抽水马桶最少异化，但抽水马桶也有堵了的时候，然后脏水遍地，一屋子的恶臭。看得出，脏水和恶臭就是抽水马桶这一伟大发明的异化。这种异化是随着发展来的，你可以不要异化，但你也就享受不了发展。其实老子的《道德经》就是这个观点，不要发展，也不要异化。说实话，很多人都同意他的观点，但很少有人奉行。至少，你要是让我放弃抽水马桶，一定要到旷野上找个没人的地方方便，那我肯定和你急。

　　当然，用电脑来断案，这事比要不要抽水马桶复杂些——但我不认为有什么实质性的区别。你可以说人脑总体上讲比电脑优越，电脑再好，也是人脑搞出来的，何况，能搞出来，也无非是对人脑的模仿而已。从这个意义上讲，我们不需要电脑断案，有法官的人脑就好了嘛。但这个道理细细想来就可疑。重要是你是要让电脑做主还是把电脑当成工具。要是让电脑做主，那确乎有些问题——别的不论，只一条，万一哪天出来个电脑病毒，岂不枉杀了好人？要是从审判一直到执法电脑全给做了，这事可就闹大了。当然，这样想问题，恐怕是低估了出主意让电脑断案的人的智商，连这事都不明白，恐怕也想不出电脑断案这样的主意。要是只把电脑作为工具，我看这就不是什么洪水猛兽。你说人脑比电脑优越云云，这是从总体上讲的，具体到某个方面，我看就不一定。要算成千上万的数字，恐怕算盘也比人脑好使，何况电脑？我们利用这个工具，能做很多我们以前做不了的事情。这道理原始人就明白，远古有旧石器时代和新石器时代，就是用石头来做工具的时代，人的手再灵活，也没有石头坚硬；手打在猛兽的头上，等于给它瘙痒，用了石头以后呢，大家才有肉吃。现在电脑当然比石头复杂，但依我看，第一个想到用石头来砸野兽的人，虽说也可能遭到了部落长老的奚落，其实现在看来，这个发明的重大意义，不亚于发明电脑。电脑过去用在里存钱、看病、上课、炒股之中，尽管各有毛病，但没有一个人认为应该把电脑砸了不用，改用原来的办法，说明大家同化了电脑，所以不怕异化。现在淄博市淄川区法院的法官们想出了这个主意，我们也不要怕，先试试再说。这事说不定有弄好的一天呢——至少，不会让我们的生活变得更糟。

2006 年 10 月

你今天胡说了吗？

小时候，在别人眼里我还算是个诚实的孩子。但回忆起来，我实际上说过很多谎话。比如上大学的时候，经常不去上课。对此种现象，可以说是老师讲的课不够精彩，这比较容易引起共鸣；当然也可以说是自己不喜欢专业，是一个被应试教育误导、每天苦不堪言的孩子，这样也能引起共鸣——别人上课的时候自己在宿舍里睡大觉这样的行为就能获得一个合理的解释。其实我清楚，上面这些理由，当然不能说没有，但多半还是因为懒惰。但即使有人指出了这一点，我还是能够给自己找到合理的解释，比如说懒惰是人的天性，甚至说聪明人多数是懒惰的等等。终归，我总是能够为自己的不合理行为找到解释，而且，别人也会乐于听这样的解释。这使我在多数的情况下能够活得心安理得。

类似的情形还有听音乐会的时候。上大学时有一个国内著名的钢琴家来演出，有一些同学很激动地组织大家一起去看。对于我们这些兜里没有几毛钱的学生，音乐会的票价令人望而生畏。而且说实话，其实我不喜欢听那些所谓的外国名曲，因为确实听不懂——至少在那个时候，外国名曲在我心里引不起共鸣。但我咬咬牙还是去了。因为一同去的还有几个城市里出生的女孩子，我担心如果不去，她们可能会因此小瞧我。那个时候你要证明自己是个有品位的人，那就必须说自己喜欢音乐，当然，要说喜欢读世界名著也有类似的效果。这件事情证明，人有时候不仅用语言说谎，还会用行为说谎，说谎是人逃避压力的一种方式。人在不愿意太过于辛苦又担心别人的轻慢的时候，就会本能地选择说谎。

荀子说过，察已可以知人。就是说，人尽管看上去有很大的不同，但还是相同的地方多一些。只要花些工夫了解自己，其实也就明白了别人。所以现在我怀疑，那时很激动地组织大家听音乐会的那几个同学，其实也未必听得懂世界名曲——也只是为了博得女孩子的青睐。至少有一个在听音乐会的过程中睡

62

着了——他的解释是头一天晚上看书太晚。当然，这个场合里说看书当然不是功课，而是世界名著。我甚至记得他说的那本书是《静静的顿河》。那时学校里正流行这本书。

现在我明白了这样的事情，很多情况下就不撒这样的谎了。这倒不是我的道德水准有了什么提升。说实话，上面的那些情况，我到现在也没有觉得与道德水准有什么关系。我一直认为，自私、贪婪、胆怯、懒惰和说谎这些东西，多半是人的天性，至少可以说，是天性的一部分——爱智、爱美、爱崇高等等是另一部分。既然是天性，你就不能把道德标准定在这个地方，那未免太高，因为人人都做不到不自私、不贪婪、不胆怯、不懒惰和不说谎——当然也有人认为这太低，他们觉得人天生应该是无私、自律、勇敢、勤劳和诚实的。这种说法尽管可疑，我还是不敢辩驳，因为这样会过多地暴露自己，比如，无法证实别人去听音乐会仅仅是为了讨女孩子的欢心，而恰恰让别人知道了自己的弱点。我现在的办法是说实话，如果实在没有说实话的条件，那就不说话。我之所以这样做，上面说了，和道德无关，只不过是人变聪明了些——因为荀子的话放在谁身上都是成立的，所以我相信，有些说谎的情形，其实大家心里都是明白的——好比我们去听音乐会，大家都说音乐如何优美之类的话；也好比我们现在开会的时候，还能见到的那种情况。既然大家心里都明白，再那样胡说，难免就让我有些另外的压力——因为一旦我说用语言或者行为胡说，我就知道大家都能知道到我在胡说。这种感觉一点都不好，所以我就改变办法，不胡说或者不说。这当然也可能是我的"水平"还不够高——因为我确实看到了一些与我不同的人，他们明明了解别人知道他们在说谎，但还能毫不脸红地说下去。这种定力让我钦佩——但我不想学习，因为我有自知之明。我只是努力地理解这些情况，从中知道大家情不自禁地说谎，多数是为了保护自己，使自己看上去不那么离经叛道，目的是逃避压力。大家都这样，就造成了一种场——古时候叫作纲常，后来有时候叫作政治，有时候叫作文化，有时候叫作时尚。这种场如果足够大，还曾经出现过更严重的情形，比如一亩地可以打几十万斤粮食。当然，岁数大些的人都知道我是在说什么。

我原以为大家明白了一亩地几十万斤这样的荒唐之后，大约能够吸取些教训，以后就不再胡说。现在看来，这未免天真。因为现在还是能看见这样的情形。前几天浏览网页，看到一个七十八岁的老太太怀孕了，肚子变大且有妊娠反应。说实话，我第一反应就觉得这有些离谱——前面说了，我变得聪明些了，很重要的一个标志就是太不合逻辑的事情首先是不相信，这几乎成了一种习惯。但很多的媒体都报道，一直到有一家媒体出来说，那个老太太隆起的肚子只是一个将军肚。我当然不知道最初报道的那家媒体的记者是否有正常的智商，我觉得是有的，估计他是想制造某种效果——究竟是为了满足自己恶作剧的心理还是其他的心理则不得而知。其实这不重要，重要的是大家津津乐道且争相传播的反应，使我怀疑大家也是进了一个场。这个场让人变得疯狂，而人一旦疯狂，那就很难保证有正常的智商。

小时候读《水浒》，看到鲁智深倒拔垂柳，心里真是羡慕他英雄了得。长大了学物理，就开始怀疑这个故事的真实性。因为按照力的传递原理，要是柳树真的可以拔出来，那先断的应该是鲁智深的指头。后来看电视剧《水浒》拍摄花絮，知道拍这个镜头的时候是用了吊车，演员在下面装模作样，其实是大功率的吊车拔出了那棵柳树。这印证了我的判断，但我知道，说出这样的事情并不讨好。很多人对此的解释是那只是一种文学描写，不能当真——张飞喝断当阳桥的故事与此类似。但不仅是文学作品，即使是严肃的史书里，也有很多这样的例子。从中我知道，我们的文化里，确实有一种逼迫着你胡说的场。重要是不是谁要胡说，而是大家愿意听这样的胡说。在这样的场里，你简直不能说实话。我当然不是试图为自己上学的时候逃课找借口。但可以肯定的是，从我注意到这个问题起，我对自己观察的结果是，我至少天天都在胡说，尽管很多谎言不一定说了出来。我认识的和不认识的人也一样。这种感觉一点都不好——更糟糕的是，我不仅对此无能为力，而且还推波助澜。

2006 年 10 月

中国人为什么不怕死

突然觉得自己有个很了不起的发现，当代中国人不怕死。

回忆过去，中国人不怕死的例证比比皆是。老子说：民不畏死，奈何以死惧之？就是说中国的老百姓不怕死，想以死相威胁是没有意义的。农民起义的领袖黄巢说过，头如韭，割复生；颈如鸡，割复鸣。想想看，头可以像韭菜一样随便割，还会怕死？文天祥写《过零丁洋》，最让人激动的是最后两句：人生自古谁无死，留取丹心照汗青。毛泽东在解放战争的时候曾经豪迈地说过："中国人死都不怕，还怕困难吗？"明确地表达了中国人不怕死的气概。许多古代的英雄豪杰到了刑场，也都会豪迈地说：二十年后又是一条好汉！穷人被地主逼债逼急了，也会说：要钱没有，要命有一条。所以说，过去确实有许多中国人是不怕死的。

其实，怕死是人的本能。无论是多么无望的情况下，人都有求生的欲望。常见的一个现象，快淹死的人连一根稻草都要抓，抢救落水昏迷的人，往往被遇难的人死死抱住，最后双双淹死。可见求生欲望之强烈。但过去为什么有不怕死的情况？我想大概有两种情况：一种是许多英雄豪杰，无论是过去的绿林好汉，爱国志士，还是战争年代的战斗英雄、革命先烈，因为怀了坚强的信念和大无畏的精神，慷慨就义，杀身成仁。这些人确实不怕死。还有一种情况，则是草民百姓，穷困潦倒，受尽欺凌，吃了上顿没下顿，活得生不如死，所以也不怕死。

现在不是战争年代，大家的日子也一天比一天好了。从这个道理上讲，人们应该是怕死了。但我观察到，现在的很多人，还是不怕死。当然，不怕死的情况，与过去相比发生了一些变化。

下面说说我的观察。

我是经常出差的人，自然也经常坐汽车。我注意到，绝大多数的中国人，开车都不系安全带。据我所知，汽车安全带早在1902年就发明了，到了20世纪70年代，已经在世界上绝大多数的国家普遍使用，许多国家还制定了强制使用安全带的法令。这其中不言而喻的是，汽车安全带的使用有助于驾驶者和乘车人的安全，也就是说，系安全带和不系安全带，前者意味着更小的事故伤亡概率。那么，如果你怕死，理应一开车就系安全带。我曾去过十几个国家，几乎没有看到过不系安全带的。但国内就不同了。在我生活的城市，警察对不系安全带的行为管辖很严，有的人为了避免被罚款和扣分，往往就系上了。但还有很多人只是把安全带随便地搭在肩上骗过警察，还有的看见了警察才系，其他的时候就摘下来。安全带既然是替驾驶者而不是警察的安全设计的，本来用不着警察提醒和强制。而且，安全带的设计是很合理的，不会给驾驶者和乘车者造成太大的不便。那么，大家不系安全带，只能有一个解释——中国人，至少是中国的许多驾驶员是不怕死的；乘车的人一般也不提醒，证明坐车的人也是不怕死的。

　　类似的行为还有在高速公路上超速行车。十次肇事九次快，在公路上限速，是为了保障驾驶员和乘车人，以及其他在路上的人员和车辆的安全的。这和安全带的道理是一样的。但我观察到，很多人就是为了超速，可谓用尽了自己的智慧。有的一过收费口，就把汽车的牌照摘下来，让雷达测速的照相机拍不着；还有的用胶布贴了牌照，比如把牌照里的数字1贴成4，这样即使被拍到了也无法找到真正的车主；还有的在牌照上喷了一些小白点，不注意的话以为是溅上的泥点，这样就影响了照片的质量，同样难以认定是哪辆车超速了。最令人惊讶的，是现在市面上还出售一种叫作"电子狗"的产品，在行车过程中，只要附近有测速装置，电子狗就会发出警报，提醒驾驶者减速以逃避检查。在这样的事情上，我的同胞真是相当聪明，可惜这种聪明似乎用错了地方。当然，有些人确实是有急事，赶火车飞机送病人等等，万般无奈之下，尽管仍然违规，总算情有可原。但从我自己的记忆看，大多数超速的人并无急事。在没有急事的情况下仍然选择很不安全的超速，似乎也只有一个解释——不怕死。

　　不仅开车如此，其他行为也一样。吸烟有害健康，这是现代社会的公论。但很多人仍然大量地吸烟，佐证是中国的卷烟销售量居世界第一，中国烟草专卖局每年给国家交纳的税收达到了2600亿，居各行业之首。这种行为与不系安全带和超速相比，在不怕死这一点上很有异曲同工之妙。当然，我们必须说的是，吸烟成瘾，有时确实很难戒掉，所以不能完全说这些人的不怕死的，只是他们意志力薄弱。而喝酒就不同了，喝酒也是有害健康的。但中国的白酒消费量总量居世界第一，这是因为人多；平均消费量也位列前茅，这就不能用人多解释了。我的许多朋友，一点酒瘾都没有，回了家滴酒不沾，但一到宴会场合和朋友聚会，立刻豪饮起来。而且要互相劝酒，经常搞得面红耳赤，寸步不让。服务员经常要为如何把一瓶酒分匀而犯难。所以从抽烟和喝酒看，中国人还是不怕死。

再举一个例子。中国的国粹之一是麻将，是中国普及率最高的一个娱乐项目。当然，几个朋友坐在一起，打打麻将，以牌会友，消磨时间，只要不是赌博，本也无可厚非。但许多人常常通宵达旦，屋内烟雾缭绕，空气浑浊，让人窒息。在这样的环境中长期生活，怎么能健康呢？反过来，体育锻炼是争取健康长寿的最佳选择，但令我们尴尬的是，许多地方的锻炼人群呈现出两头热中间冷的特点，就是说，老年人锻炼热情高，坚持好，少年儿童呢，因为教育规定的两操两课一活动，有的还被家长送去游泳、打乒乓球等等，锻炼的时间也比较充分，但最需要锻炼的中青年反而锻炼的时间最少，坚持的人数更少，很多人是宁可在屋里打麻将也不肯出去锻炼。这种现象似乎也说明，中国人是个怕死的。

中国人为什么不怕死？这个问题值得深思。

2006 年 10 月

女性的酒量与社会宽容有关

关于男性与女性社会行为的区别，一个显而易见的现象就是女性更为中庸，而男性似乎更走极端。比如，上学时，班里最优秀的学生和最差等的学生一般都是男生，女生多数是处于中间；百万富翁当然是男性居多，而一文不名的流浪者也是男性居多；女性成为伟人和名人的要较男性为少，而同样，监狱里的犯人，也是女性较男性为少。这种现象能够折射出很多有意味的东西，有的和男女性别带来的特征相关，也有的和文化相关——当然，不论什么样的文化，也必然要依附在性别这个基本的特征上的。

当然有一个现象是例外的，那就是喝酒。在生活中观察，大多数女性可能是终生很少喝酒甚至不喝酒的，但确实有一些女性，似乎显示了让男性难以企及的超强的酒量。就是说，在喝酒这个人类独有的文化现象中，往往不是男性，而是女性更处于极端。

为什么女性要么不喝酒，要么特别能喝酒呢？这个问题似乎值得探讨一番。

先看看多数女性为什么不喝酒。一般说来，我们能想到两个原因，一个是生理上的，一个是心理上的。那么，是不是女性的生理特征就是不胜酒力呢？我们知道，人消化酒精，主要脏器是肝脏，至少现在还没有证据表明，女性的肝脏功能弱于男性。事实上，由于大多数女性比男性的生活更有规律，也由于大多数女性淤积的情绪更有可能得到舒缓，其实女性的总体健康水平反而要好于男性。这正好证明了为什么世界上几乎全部的国家，女性的平均寿命都要长于男性。也就是说，从生理的角度，没有任何证据表明女性的身体比男性更不适合饮酒。那么，这也就意味着大多数女性不饮酒或者很少饮酒并不是因为身体的原因，而更多的可能是心理上的原因。

有一种解释是女性比男性更容易恐惧——在这里，大约是恐惧喝醉的后果。

我所知道的是，女性更容易恐惧，并不是天然如此的。在社会生活中，女性常常是以一种受保护者的形象出现的，这样长期的暗示，使她们比男性更有依赖性。换言之，也许是在男性在场的情况下，女性才更容易恐惧，甚至无意识地"夸大"这种恐惧，以期加大自己受到保护的程度和可能性。但我们知道，在许多危急关头，失去保护的女性往往表现得出乎预料的坚强和镇定——有一个母亲甚至在大火熊熊中能够从容不迫地用棉被包好自己的孩子丢出窗外——让孩子安全，自己被烧死，但极少有男人能够做到这一点。这当然不是说女性比男性更有"道德"，因为我们知道，求生本能这样的东西，与道德是不搭界的，所以更合理的解释是女性的天性。许多失去了伴侣的老太太可以坚强地生活，而反过来，男性老年人却往往因为失去伴侣而迅速地衰老和死亡。这似乎提醒我们，女性很少喝酒不是因为恐惧，至少，不是因为恐惧喝醉酒的难受。在忍受痛苦这一点上，女性其实还是优于男性很多的呢。

说到这里，我们可以清晰地判断，女性之所以不喝酒或者少喝酒，很大程度上是因为社会对女性饮酒及其后果更不宽容造成的。容易见到的一种情况是，男性喝醉了，尽管也难免遭到责备，但一般的看法总是男人是应该喝酒的，偶尔醉一次是可以理解的，甚至在某些地区，经常喝醉的男人会被理解为豪爽、够义气和真诚。这些正面的社会评价自然会使男人对喝酒的后果极少担心。相反，如果女性发生同样的情形，则会被想象成另外一种形象，比如不检点、不自重甚至放荡。从古至今，关于男人喝酒乃至喝醉的故事多多，但几乎很少是负面的，打虎的武松、"天子呼来不上船"的李白乃至金庸笔下每遇大战必豪饮的乔峰，当然都是"正面人物"，连醉到天天不省人事的"竹林七贤"、醉打山门的鲁智深、贪杯丢了徐州的张飞，也多有可爱之处。而女人呢，大约就是霸王身边的虞姬和玄宗身边的贵妃喝多了还有可原谅之处，——但真正体察国人对此二人的态度，其实也是暧昧多于首肯的，其余呢，喝酒的女性要么是青楼里的红粉，要么是独守空房的怨妇，前者有大量的艳诗为证，后者呢，看看李清照的"浓睡不消残酒"也就明了——所谓的良家妇女是沾不得酒的。由此看来，所谓的酒文化，多半正是一种男性为主的文化。在阳春白雪时，男人们喝酒吟诗作画，女人只是拭去英雄泪的红巾翠袖；在下里巴人处，男人们贪杯忘形，女人多半就成了男人醉酒后练拳的沙袋。时至今日，这种对男人更为宽容而对女性更为苛责的酒文化，不但是阴魂不散，而且还处处显形呢。由此类推，这也能够解释为什么北方人比南方人能喝酒，甚至联想起来，还能够解释为什么中国人比外国人能喝酒。

但在生活中，也颇有一些女性是善饮乃至豪饮的。笔者前日就遇到一位这样的漂亮女性——自称是开着跑车的——不知为何把笔者作为了证明自己酒量的对象，上来不由分说就要敬一大杯，且不等反应仰头便喝下去。这时笔者当然有些尴尬——这种尴尬的产生证明笔者无论从国籍户籍到文化骨血都毫无疑点地是一个中国男人——一个骨子里浸染着面子心理的中国男人。众目睽睽之下，万分不情愿但又无比豪爽地喝下那开始还有些酒味、后来就不知何味的一大杯白酒。其后的结果当然是醉。醒来以后才记起无数酒场上的革命先烈的遗训：千万不要和女人喝酒！

酒醒之后，恍惚间记得这位女士说过的话，问我可曾注意她是开着一辆跑车的。突然让我悟到了某些女性善饮甚至豪饮的原因所在——原来还是与经济地位有关的。七十年前，鲁迅先生写了《娜拉走后怎样》，设想了易卜生笔下因不愿做丈夫的"玩偶"、终于觉悟了要出走的娜拉走后的情形，先生谈到，娜拉的结局无非是讨饭、饿死、做娼妓以及回来，当然，核心问题是娜拉没有经济地位——先生甚至幽默地讲：谁不同意这样的观点，大约是腹中尚有没有消化的鱼肉，倘饿上三天再谈，结论就会完全不同（大意如此）。现在毕竟是一个更加开放的社会了，城市里的多数女性和农村里的一些女性是有经济地位的，且得到法律的保护和社会的认可。因而在笔者遇到的这样的一个可能有些个别的情形下，把一辆显然是私人财产，且象征某种财富的跑车和豪饮这样的行为联系起来，就不难发现，解释大多数女性不喝酒和解释某些女性善饮的原因是一致的，而且竟然是如此的简单和不能免俗——原来还是孔方兄在作怪啊。当然，喝酒的理由，就某个男性或者女性的个体而言当然是具体的和多样的，但就普遍的社会现象而言，经济的原因确实是无论我们愿意不愿意都难以逃避的某种法则所在。社会之所以对女性的喝酒不宽容，社会之所以对某些女性的豪饮更宽容，以至女性由此而形成的自我感觉，都在印证着这个简单的结论。你可以说有些女性是天生不喝酒的，但我要说没有哪个男性是天生爱喝酒的——你可以解释这是文化；再联想外国人似乎没有中国人喝酒多，而且越发达的国家喝酒越少这样的事实存在——你也可以解释这是文明。但我总愿意绕到文明或者文化的背后去看个究竟。古人说了，"仓廪实而知礼仪"，拿现在的话，没有超越了物质文明的精神文明。

当21世纪的娜拉们开着跑车出席宴会的时候，看来我们所能做的事情是应该提醒她们，开车千万别喝酒。

三个和尚为什么没水喝?

今天晚上和朋友卡拉 OK，无意中发现还有一首叫作"三个和尚"的歌，歌词是这样的（删去了中间的咏叹）：

一个和尚挑水喝，
两个和尚抬水喝，
三人和尚没水喝，
你说这是为什么。

为什么和尚越来越多？
为什么和尚越来越懒惰？
为什么长老不来说一说呀？
睁着眼闭着眼阿弥陀佛。

大和尚说挑水我挑的最多，
二和尚说新来的应该多干活，
小和尚说年龄幼身体太单薄
白胡子的长老说我年老不口渴。

从此以后和尚都不抬水喝，
不挑水的日子还是一样过，
谁也不用奇怪也别问为什么呀，
几千年的奥妙谁也不会说。

　　歌曲的旋律很轻松上口，有点儿歌的味道。从歌词的内容看，显然词作者是从"一个和尚挑水喝、两个和尚抬水喝、三个和尚没水喝"这个古老的说法中得到灵感的。查了查，首唱是甘萍，这就让人联想起也是甘萍演唱的《女人是老虎》。大概词作者的初衷，是想把过去流传下来的一些民间的说法演绎成歌曲，既轻松诙谐，又有些道理在里边。这个目的确实达到了。

　　听朋友唱的时候，我有些走神。忍不住想琢磨琢磨，为什么三个和尚就没水吃了呢？

　　看得出，《三个和尚》歌曲的作者是想给出答案的。他设想了在和尚没有水喝之前，庙里发生了什么：只有一个和尚的时候，这个和尚为了自己喝水，不得不每天挑水，虽然很辛苦，但并无口渴之患；而第二个和尚出现的时候，他们采取了合作的方式，每天抬水，显然，虽然仍然没有口渴之患，但效率下降了，从故事里看，因为水源的位置没有变化，一个单位时间里的运水量由过去的两桶下降为一桶，且这一桶还是由两个人完成的，所以效率下降了四分之三，这样的效率，解决两个人的喝水问题不大，但如果和尚还想用水洗洗僧衣、浇浇花草之类就有问题了；而当第三个和尚来了之后，似乎他们之间出现了一些争议，导致三个和尚都拒绝了工作，难题出现了，最早来的和尚认为自己过去贡献大，理应由其他两位和尚多工作；而第二个来的和尚也有过抬水的历史贡献，按照同样的逻辑，把责任推给了最后来的和尚；最后来的是个小和尚，尚未成年，还挑不动，抬呢，两位师兄又拒绝和他合作，所以尽管口渴也无可奈何。歌词里还有一个与众不同的地方，那就是还设计了一个"白胡子长老"，给三个口渴难忍的和尚安排了一位领导，使三个和尚的说法变成了四个和尚的故事。这是歌词的妙处，想象出一个具体的情景，解释了三个和尚没水吃的原因。当然，显而易见的是，这样的解释可以有 N 种之多。

　　歌词就是歌词。当然不能用歌词解决和尚喝水，也不能要求词作者搞清和尚没水喝的原因才创作。但不仅是和尚，所有的人都必须有水喝，所以这个问题还值得较真一番。

　　从道理上讲，如果一个和尚能够解决自己的吃水问题，那么，在吃水需求扩大三倍、人数也扩大三倍的情况下，和尚们还是应该解决自己的吃水需求问题。何况，在人多的情况下，通过对个人禀赋和特长的合理搭配，和尚们甚至有可能运回比一个人的三倍多得多的水。也就是说，如果出现了和尚没水喝的问题，肯定不是因为和尚没有运水能力，而是和尚在运水工作的管理机制上出了一些问题。用经济学的概念来讲，和尚没水吃的问题，不是生产力出了问题，而是生产关系出了问题。

解决这个问题的办法很多，比如，由三个和尚轮流值班，轮到谁，就由谁负责解决喝水问题，小和尚挑不动，可以要求他去提水。这个办法当然解决了喝水问题，但问题在于三个和尚的运水能力不同，轮到小和尚值班的那一天，大家的水就可能不够；还有一个办法是每天都一起去打水，大和尚挑，另外两个和尚抬，这样每天肯定会有充足的水，但时间长了，大和尚肯定觉得吃亏了，拒绝执行这个制度；第三个办法是干脆选出一个人担负运水的任务，最好是选身强力壮的大和尚，另外两个和尚负责烧饭等其他事务，这样水的问题当然也能解决，大家也都没闲着，但问题是时间长了，大和尚就会强调自己工作的重要性，如果得不到满意的评价，就可能撂挑子，这样就又没有水喝了。还有一个办法就是自己解决自己的问题，谁渴了谁去运水，谁运回来的谁喝，这个办法比较简单，但从维护寺庙整体事业的发展看，不利于发展，时间长了，万一大家要联合起来做个法事什么的，合作的意识都没有，难免让别的寺庙看了笑话去。当然，还有一个办法就是大家句天念佛烧香，希望佛祖显灵，柳枝轻拂，立刻要多少水就有多少水。不过恐怕和尚们也觉得这是个馊主意。

有一家报社征集治疗打嗝的方法，令编辑惊讶的是读者提出的方案有 50000 种之多，但经过咨询专家，他们得出一个很有趣的结论：这 50000 种办法都有成功解决打嗝的例证，但没有一个办法是绝对有效的。上面为和尚们提出了五个解决喝水问题的办法也是如此，个人认为除了第五种有些离谱外，其他的办法肯定是有效的，但同样，没有一个办法能够解决天下所有和尚类似的喝水问题。如果大家愿意，还可以想出第六个第七个以至第 N 个办法（比如建议地方政府给庙里安装自来水，再比如发动虔诚拜佛的居士或者香客每天送水来），但恐怕结论也是一样的——都有可能有水喝，都有可能还是没水。这就是说，对于解决和尚的喝水问题，任何具体的建议都可能是短效的，但有没有普遍适用的道理呢？

第一，口渴是硬道理。和尚在修炼成佛之前，还是肉身凡胎。既然是肉身凡胎，就难免口渴。既然口渴，和尚就有找水喝的动机。这看上去是废话，其实是个关键问题。以前我们有念念什么主义、学学什么精神就不渴不饿的错觉，后来发现，如果真的一直没水喝没饭吃，主义也罢，精神也好，念得越多学得越勤，饿得越快渴得越结实。这个道理是说，和尚不是天生懒惰的，原先也有过挑水吃的光荣传统，所以和尚的问题要靠和尚自己去解决，要相信和尚有这个能力和智慧解决这个问题。

第二，不能太指望老和尚。原来的说法里本来没有老和尚，但歌词的作者估计是在单位里工作的年头久了，尽管经常不免对领导有些意见，但从内心深处并不能接受没有领导的日子，所以就给三个和尚安排了一个领导，就是那位睁着眼闭着眼阿弥陀佛、口渴也装不渴的白胡子长老。长老快退休了，肯定是挑不动水了，又不愿意得罪人，只好装聋作哑地打哈哈，不肯思考和解决水荒问题。其实想想长老的来历不免有些可疑，他怎么就成了领导呢？一种可能是上级寺庙派来的，一种可能是在这个庙里熬年头熬到的，但不大可能是三个出现了工作争议的和尚选出来的。总之，在吃水问题成为主要矛盾的情况下，凡是解决不了这个关键问题的领导都不能指望。最好的办法，就是重新选举一次，把那位身强力壮、富有挑水能力和经验、也有丰富挑水实践的大和尚选出来。我估计，他之所以宁可渴着也不愿意挑水，和上级没有任命他担任长老有一定的关系。

第三，靠民主靠制度。上面说的前四个办法，其实就是不同的四种解决水荒问题的管理制度设计。如果三个和尚都没有运水的能力，问题的关键就是技术层面或者叫作生产力层面的，但现在看来，大家是有运水的能力的，那问题的关键就在制度上了。上面设计的几种制度，都可行又都有问题，关键在于三个和尚得在一起商量，充分认识没水喝问题的严峻性，搞清楚庙里各项事务的轻重缓急、每个人的能力和专长，大家一起商量好一个解决问题的办法。歌词里讲"几千年的奥妙谁也不会说"，我看本来是谈不上奥妙的，真有些奥妙，恐怕也是制度设计不合理、程序不科学造成的。

写到这里，正巧楼下的看门老王给我打了壶开水送上来。谢过王师傅，泡了杯铁观音喝着，心想，昨天朋友给的那条烟，应该给老王送几盒去抽抽，要不，老让人家送开水，多不好意思啊。

2007 年 3 月

人生何处不快乐

　　我是善于倾听的，大约也善于沟通。所以经常有朋友向我诉说些内心的困境。我知道他们是不快乐的。或者因为过于平庸，羡慕着别人的不凡；或者是因为命运似乎不公平，慨叹着人生的无常；当然还有确实遇到的麻烦，比如失恋，比如失业，或者突如其来的灾祸。听了之后，觉得这些朋友的困境是真实的，令人同情。

　　听得多了，大约是受了他们的感染，潜移默化间，觉得自己过去傻乎乎的快乐实在没有道理。是啊，我有什么值得快乐的呢？工作无比辛苦，人际交往又异常复杂，婚姻无奈离异，恋爱异常不顺利，钱实在赚不了多少，应酬往往不胜其烦，等等等等。心念至此，心情不免沉重了起来，老天实在是不够公平的。我的付出为什么没有相应的回报呢？

　　最近发生了一件事情，让我对自己这样的想法产生了怀疑。

　　周末和朋友去打羽毛球，在最后一局的最后一颗球的时候发生了意外。朋友冀伦文突然痛苦不堪地蹲在地上，感觉左腿突然不听使唤了。连忙请来大夫，一检查才发现问题十分严重——他的跟腱断了！

　　跟腱断裂当然不是小问题。旧社会黑帮相争，武林中惩罚异己，都有极为残忍的手段，就是挑断对方的脚筋，往往令人武功全废，生不如死。打球的朋友们都神色严峻。立即将不幸的冀伦文送往医院。大夫很认真地检查之后，告诉我们，必须立即住院，马上手术。手术后，大约要休息三个月甚至更长的时间方能痊愈。大家都为他担心。

　　受伤的冀伦文反而很轻松。他是一所大学所属的一个学院的副院长，平时工作很忙，很辛苦。年届中年，总感觉疲惫，打羽毛球本来目的就是健身。现在成了这个样子，居然毫不烦恼，反而笑嘻嘻地告诉我们，这是好事啊。

好事？大家都不明白，伤到这个地步，哪里会有什么好事呢？

冀伦文解释说，去年他就想考副厅级职位，但由于工作太忙没有时间复习，只好放弃了。现在受了这个伤，想忙也没有机会了，正好在家里好好地看看书，说不定，还能因祸得福，考个更大的官做做呢。

他还补充说，前一段很喜欢中央台播出的电视剧《乔家大院》，可惜播出的时候往往因为加班不能回家看，后来搞了全套的 VCD，但实际上也没有时间看，一直觉得是个遗憾，现在好了，终于有时间看个过瘾了！

大家都非常惊讶。这种心态，真是不容易啊。顿时轻松了许多。

很快，医院就做好了准备，冀伦文被推进了手术室。一会，他的妻子闻讯赶来，满脸的担忧。不停地询问结果会怎么样？话语反复，几欲泪下。我们机械地安慰他，心里也十分担心。

已经是深夜了，手术室外面安静下来，甚至能听到大家的呼吸声。

大约过了两个小时，估算着手术应该差不多了。突然手术室里出来一个大夫，问谁是病人的家属。冀伦文的妻子连忙冲过去说我是我是，情况怎么样？

大夫满脸疲惫，说你的丈夫让我告诉你，他在里边情况很好，请你放心！手术马上就结束，请你不要担心。

冀伦文妻子的泪当时就涌了出来。

又过了一会，冀伦文被护士推了出来。大家立刻涌过去看他。他仰面躺在手术车上，试图抬起头和大家打招呼，但被护士按住了。只听他用轻松甚至略带欣喜的语气说：

"想知道里边发生了什么吗？等我好了，到我的博客上去看吧！"

我突然明白，人永远是可以快乐的。这种快乐，与跟腱是否断裂无关，和生来的平庸无关，和命运的不公平无关，和失恋、失业和突如其来的灾祸无关。你没办法改变已经发生的一切，但你仍然可以快乐，哪怕你刚刚做完手术。

2007 年 4 月

为了成星，让我们砸星！

　　杨丽娟事件余波未平，砸星团就横空出世。4月8日，砸星团砸毁刘德华的光碟后，又在4月15日下午组织成员抵制超女，撕毁超女的海报，以此呼吁大家抵制追星。

　　砸星团的出现，似乎有其现实的合理性。正如他们一再声称的，时下一些青年学生，包括初中生乃至小学生，放弃学习，整日追星，把家长给的学费、生活费全部花在追星上，购买和明星相关的东西。这种情况的普遍出现，给家庭乃至社会造成了很大的压力。许多家长为此忧心忡忡。杨丽娟就是这种追星族的典型。对这种无理性追星的现象加以研究、引导乃至制止，自然是必要的。

　　可惜的是，以砸星来对抗追星，完全抓错了药方。

　　砸碎刘德华的光碟、撕碎超女们的海报就能让其粉丝放弃追星？只要有正常的智商就能够明白这是徒劳的。如果深入研究追星者的心理，恐怕这样的行为只会激发他们进一步追星的热忱。"文革"中许多人加入红卫兵，最初的动因就是听说了毛主席有了危险，才动了保卫的念头。那时毛主席是最大的和唯一的星。研究"文革"总是从政治的角度，倘考虑到"文革"的主角其实就是一群和现在追星族年龄差不多的半大孩子，也许会有另一种发现呢。

　　问题还不仅于此。据说砸星团的组织者说了，"表面现象是我们在砸刘德华，但我们是想通过这种行动来唤醒社会上很多人的意识，希望他们能够清醒"。问题在于，追星自然是一种非理性的行为，即使其是非理性的，就必须用非理性来对抗吗？

　　用非理性对抗非理性，是老祖宗就熟悉的处事方式。乱治更替，每到改朝换代，不论前朝积淀了怎样的文明成果，总是一把火烧了了事。直到现代，"文化大革命"本来应该是灵魂里闹革命，闹着闹着就革了许多人肉体的命。打砸抢这个词，没经历过那个时代的孩子们真还不明白说什么。不过现在他们大约也可以约略明白些，虽说刘德华、超女诸位不是"封资修余孽"，不是也一样砸将过去了吗？

砸了几张光碟，再到媒体发表些宏论就能制止了追星，估计砸星族们自己也不相信。所以似乎可以想明白的是，以砸命名，其实是为了某种可以期待的效应。关于期待这种效应的迫切性，砸星团的主要负责人付鹏举倒是毫不讳言：

有时候我真是想说点儿什么，谁能理解我？我学诗，写了十几年诗，可以这样说，一日三餐都难以维持，哪一天我站在桥上真是差点往下跳，一百多首诗放那儿，没人出版，没人喜欢看。我的痛苦谁能知道？可以说那真是生活在最底层，我的心理能平衡吗？

对成名的渴望和对"底层"的厌倦如此真切！原来这才是砸向刘德华和超女们时候内心的真实想法。这样我们就明白了，诸位砸星团"砸星"之义举，本来似乎是为了成星的。所以我们倒不妨成全了几位砸星之星的心愿，等他们真的某一天由此而成星的时候，我们不妨也拌做砸星二团三团，一股脑地砸将过去，也好博个乐子。

不过这也就是说说，我觉得，要是谁想做点实际事情，那就是把砸星留下的满地垃圾清理清理。然后对他们断喝一声：别闹了，成吗？

2007 年 4 月

快而好才好

——火车提速及其他

　　看新闻，知道中国铁路开始了第六次大面积的提速。媒体这样评价：一百四十对时速两百公里及以上的国产化动车组，飞驰在祖国的铁路大动脉上，中国铁路发展进入到一个新的历史阶段。

　　这话听得不陌生。回忆起来，从我记事起，我们好像总是能够不断地"进入新的历史阶段"。起初遇上这样的事情，我们难免有兴奋感，至少会毫无道理地觉得自己似乎特别重要、老能赶上好事情。但后来遇到这样的事情多了，感觉就有些疲劳。这次听见又提速，本来感觉是迟钝的，但这时候我就在心里想，如果是一种妇科药品不小心"进入了新的历史阶段"，那似乎和我关系不大，但像我辈这样经常坐火车的人，铁路提速还是有关系的。

　　坐火车很多年。我考上大学来太原报到，坐的就是火车，那时的火车很慢，且旅客多，从我们县城的车站上车，一般不会有座。因为是上大学出远门，爸爸妈妈很高兴，临走的时候像添鸭子似的给我吃东西，导致我上火车后需要一趟趟地上厕所——在那样的火车上，上一趟厕所比淮海战役双集堆的蒋军突围还困难。几番折腾下来，上面的肚子好些，下面的腿肚子成了主要矛盾——实在走不动了。那时谁告诉我火车要提速，我没准会拥抱他。

　　现在好了。新世纪以降，火车已经六次大提速。运行速度大大加快，而且看得出，以后还会越来越快。我认为，尽管不是为了解决拉肚子的问题，但火车快了总还是好的。如果有一天能超过了飞机就更好。这样想似乎有些荒唐，但仔细想想，谁也没有规定地上的就一定比天上的慢啊。

　　与火车提速相适应，现在还有很多事情也都在提速。经济发展快，社会转型快，观念更新快，上街走路快。电脑普及的速度快，自身的运行速度也越来越快。人们对快越来越充满了期待，同时对各种各样的慢越来越充满了厌倦和不耐烦。麻将桌有了电子的，为的是跺牌快。街上只要有堵车，喇叭就按得像示威。随便出去走走，满大街都是速食面、速冻饺子、速成培训、立等可取之类的广告，连婚姻介绍都出现了八分钟制，大家赶集挑新货一样挑选对象——但每一个只能见八分钟。大家仿佛被拧紧了发条一样，都一种巨大的力量推着向前走，快马加鞭，欲罢不能。

　　这样本来没有什么。但浏览这几天的新闻，突然对快有了些另外的疑惑。比如，有报道一季度中国经济同比增长 11.1%，增速较前明显加快，难免就让人怀疑这种增长中的质量和效益。再比如，山西侯马公安局长两天提干九十二人被免职，把提拔干部搞成甩卖萝卜白菜，恐怕创下了古今中外吏治中提拔干部快速之最，但局长大人被免职查办的结果说明，这样的快不仅脚步不稳，而且方向有误。最让人无话可说的是沈阳苏家屯枫杨街建设银行的那声枪响，怎么说枪响得也太快了吧？

　　这样的事情多了，就难免让人觉得，有些时候，倘大家都抽了风似的追求快，这个社会就会出现很多意料之外的毛病。想想大些的事情，有些工程质量问题，其实是一味地追求快引起的；有些劳民伤财的改革，其实也是为了快速改变面貌而造成的；更远些，所谓"大跃进"，无非也是心里存了"跑步进入共产主义"的念头，其结果，是搞得许多人什么主义也没有见到——饿殍遍地啊。

　　言而至此，我们大致就能明白——做任何的事情，快似乎都不应该是主要的目的，好才是目的。倘好而快，快也不妨；倘因为快而不好，那就宁可不快。比如铁路吧，速度快些自然不错，但运营的服务质量如果不拿出提速那样的热情和精力来改善，恐怕提速对旅客的意义就仅仅限于"快点到达，少受委屈"了。这样的快，早有哲人提醒过，叫作浮躁。

2007 年 5 月

西行我记

不论多么宏大的举动，最初都是一个想法。

一趟计划中的西部之旅，缘起一本自驾游手册，描述了黄河上游流淌在内蒙古西部荒凉的大漠上的情景。书中没有图片，但我的心中马上就有了，那就是——大漠孤烟直，长河落日圆。从那一刻起我就决定，今年五一到西部去，看看黄河，看看大漠，看看那里的一切。

那就出发。

大运路

没有比在太原到大同的高速公路上驾车更让人舒畅的了。路面宽阔平整，车辆不多，最重要的是，汾河河谷的周边多丘陵，路两侧多是开阔的缓坡地，低矮的庄稼或者灌木丛连绵不断，间或是几排或者一片被当地人称做"小老汉树"的杂树，正是北方常见的风景，无论是春天的淡绿，夏天的葱茏或者秋天的萧瑟，甚至冬日单调的开阔，都透出一种无可名状的原始美。

今天驾车上路又是一番风景。正是暮春时节，草木都已日渐长成，早春的嫩绿变成了更厚重的深绿。透过车窗看，山峦起伏，前方天际云层厚重，看得出山雨欲来的光景。西边，太阳被云层遮挡，但从云层的缝隙中激射出水线般的光线，让人的心情为之振奋。

不久，云层愈加厚重，雨不经意就飘来了。不是天河倾覆般的暴雨，却也来得急促。汽车开了雨刷器慢慢地行进，享受着雨的节奏，雨的沐浴和雨声带来的独特的宁静。

到朔州，雨停了。令人欣喜的是，东边的天际，竟然出现了彩虹！骤雨初歇，阳光明媚，空气竟是格外地清爽。

敕勒川

早上不到七点就起床了。天气晴朗，毕竟是塞外，虽然已经是五月份了，出门外还是很凉。这是这趟漫漫西行路的第一天，心里有些兴奋。

很好的早晨。

从大同东关出城，走张同公路约五公里，右转就上了得大高速。一直不知道得大的"得"是哪里，后来终于知道了，就是大同和内蒙古交界的得胜堡——古长城沿线一个非常有名的关隘。

一路是熟悉的塞外风景，舒缓起伏的丘陵地带，已经初绿的田野，间或是苍凉的黄土地，与雨水冲刷的断裂带形成沟沟壑壑。没有多少车辆，汽车疾驰，不久就进入内蒙古——过丰镇、集宁而向西，我们正走在著名的敕勒川中了：

敕勒川，阴山下，天似穹庐，笼盖四野。天苍苍，野茫茫，风吹草低见牛羊

这首脍炙人口的《敕勒歌》中所说的阴山，就是现在的大青山。它东起灰腾梁，西至乌拉山，北部大草原与蒙古国相连，南有土默川，东南部的蛮汉山又与晋西北山水相连。大青山如横亘在内蒙古高原上的一条巨龙，自古就是游牧文明与农耕文明交汇之处，战略地位十分重要——不记得"但使龙城飞将在，不教胡马度阴山"吗？

在大青山宽厚的臂膀内，怀抱着一块阡陌纵横、林网密布、河渠交错、瓜树飘香的大平原，这就是《敕勒歌》中提到的敕勒川，即现在的土默川平原。内蒙古的呼和浩特、包头、额尔多斯、巴彦淖尔，都坐落在川中。

昭君墓

去内蒙古，自然要看明妃昭君墓。看过一些资料，知道昭君墓有很多，但以呼和浩特南郊的这一座最为"正宗"。穿城而过，一路向南，大约十公里的样子，路边的指示牌指示：昭君墓到了。

墓门朝南开。站在门口向北看，远远的正面是一个高约十米、宽约四五十米的土堆，估计就是昭君墓"青冢"。一条宽阔的甬道直通向墓前，大约有二三百米的距离，中间有牌坊和雕塑，把整个院子分成了类似中原民居的三进，两侧有四五座风格各异的建筑，起初不知是何功用。看门前的牌匾，昭君墓是习惯性的说法，正式的名称是昭君博物馆，这就猜得出两旁那些建筑物的用途了。整个陵园内气势宏大，风格素朴庄严，进得门来，肃穆之心顿生。

昭君出塞是每一个中国人都耳熟能详的故事。昭君名王嫱，湖北秭归人，汉元帝时入选宫中，但始终未承皇恩。不久匈奴单于呼韩邪来朝见，自请做汉家婿，元帝就赐给他五个宫女——昭君是其中之一。与其他四个不同的是，昭君是自愿远赴匈奴的。后来，只有二十岁的昭君随已经五十八岁的呼韩邪北归，成为呼韩邪的第五个夫人，颇得呼韩邪宠爱，被封为"宁胡阏氏"——这也是五个夫人中唯一一个获得封号的。"阏氏"是匈奴语的夫人，而"宁胡"，自然是罢战息兵之意，从中看得出昭君和亲之效。

后来的故事就不是很多人都知道了。昭君出塞后，从长安（今陕西西安市）出发，经右冯翊（在长安东北）、北地（今甘肃庆阳市）、上郡（今陕西榆林县）、西干河（今内蒙古鄂尔多斯市）、朔方（今内蒙古杭锦旗）至五原（今内蒙古包头市）。过五原后，一路西行，至朔方郡临河县（今内蒙古临河东北，靠近乌加河南岸），渡北河（今乌加河），向西北方向出高阙（今石兰计山口），越过长城，而后进入匈奴所辖地区。之所以把这条路写得这么详细，原因是这些地方这次我几乎都经过了。

进入匈奴草原后，大约再行进一千多公里，才能到达漠北的单于庭（约在今蒙古乌兰巴托附近）。在匈奴王庭，昭君甚至为呼韩邪生了一个儿子，名伊屠智伢师，被封为右日逐王。可惜两年后，呼韩邪就去世了。按照匈奴"父死妻其后母"的"收继婚"制，昭君被迫嫁给了呼韩邪的大儿子雕陶莫皋，也即继位的复株累若鞮单于。据说，昭君曾经上书汉成帝要求回国，但成帝令她"从胡俗"。昭君遵君命再嫁，先后为复株累若鞮单于生了二个女儿，成年后均嫁给匈奴贵族。昭君大约死于公元前数年，终年五十岁左右。她和她的后代一直致力于汉匈和平事业，为汉匈之间结束此前长达数十年的冲突，开创六十多年的和平，做出了一个弱女子所能做出的最大贡献。

关于这段历史，班固的《汉书·匈奴传》是这样记载的：

元帝以后宫良家子王墙字昭君赐单于。

文字很少，态度冷淡，这当然与班固反对和亲、崇尚武力征伐的立场有关。而范晔的《后汉书·南匈奴传》的记载就要清楚得多：

昭君字嫱，南郡人也。初，元帝时，以良家子选入掖庭。时呼韩邪来朝，帝敕以宫女五人赐之。昭君入宫数岁，不得见御，积悲怨，乃请掖庭令求行。呼韩邪临辞大会，帝招五女以示之。昭君丰容靓饰，光明汉宫，顾景裴回，竦动左右。帝见大惊，意欲留之，而难于失信，遂与匈奴。

我看这一段记载的时候，心里总是很痛快。可以想象，一个绝代佳人，被选入宫中，原本自然是抱了许多美丽的幻想的。可惜很多年过去，竟然连侍奉的对象都不得一见，心里"积悲怨"是再正常不过的。不是有那么一首唐人的诗吗？

寥落古行宫，
宫花寂寞红。
白头宫女在，
闲坐说玄宗。

如果没有呼韩邪来朝，这首诗描写的状况，大约就是昭君后半生的命运——任你风华绝代，任你美貌无双。昭君的不凡之处，在于她没有甘心于这样的命运，而是抓住机会勇敢地做了一次赌博——用自己的生命和爱情。尽管北地苦寒，她显然算得出，与其幽闭长门、郁郁终生，不如挣脱枷锁、放手一搏。当然，这是不得已而为之，是没办法的办法。在这种情形下，她的心情自然兴奋而又悲怨，畅快而又辛酸，"丰容靓饰，光明汉宫，顾景裴回，竦动左右"十六个字，活脱脱地写出了昭君的这种心态，想来令人动容无言，扼腕叹息。

沿着石板铺就的甬道向里边走，先是看到了一块石碑。上面铭刻了董必武先生的一首诗：

昭君自有千秋在,

胡汉和亲识见高。

词客各抒胸臆闷,

舞文弄墨总徒劳。

董老的议论是针对历朝文人多对昭君报有同情甚至惋惜的观念而发的,称赞昭君自愿和亲远嫁是"识见高"。我个人以为,倘站在昭君的角度,历朝文人的同情与惋惜当然大可不必,而董老以昭君自愿和亲而认为其"识见高"也似乎简单——识见是高,倒不是因为和亲能够改变国家与民族的命运,而仅仅是改变了昭君的命运而已。其实,多数的历史确乎是这样写就的,某个人成为推动历史潮流的人物,很多也仅仅是他追求个人价值的努力恰恰与国家民族的发展大势相一致而已。

再往前走,又经过大理石牌坊一座——如同北方民居的结构一样,这应该是二进了。正中有昭君站立的塑像,仪态优雅,品貌端庄,正是母仪天下国母的形象。牌坊上"青冢"二字是乌兰夫的字迹。字体规整,有柳书风韵。据说这是内蒙古地区唯一的石制牌坊。

接着便是昭君与呼韩邪单于并驾前行的塑像了。呼韩邪勒马侧首,充满爱怜地看着爱妻,昭君呢,眼望夫君,饱含爱慕和信任。塑像极生动地描写了两人共同生活的快乐图景。

最北边的巨型土堆就是昭君的墓体——青冢了。拾级而上,视线渐渐开阔。周围皆平地伸展,方圆数里之内,确乎只有这一土堆隆起,是人工堆砌的坟茔无疑。但询问导游这里边是否有昭君的遗骨,答案是不知道。其实推想得出来,昭君远嫁匈奴,其王庭离这里差不多有三千里路途,如何能够在死去后将尸骨运送到这里埋葬? 显然,这一座墓冢很可能只是衣冠冢,或者套用现在的一个词,是"概念冢"。不过,遍及草原各处的诸多青冢,充分说明了人们对昭君的爱戴和对和平的向往,这倒是显而易见的。极目望去,四周皆田舍人家,暮春季节,已是一片葱茏,阡陌纵横,鸡犬相闻。原上草青青,田园自丰韵,确乎显示着昭君以生命和爱情所追求的牛马布野、袅袅炊烟的和平。

登高回头望去,整个陵园一览无余。问导游,知道左侧的两幢具有蒙古风情的建筑是匈奴博物馆和一个表演大厅,前者属于三期工程,刚刚建成,还没有投入使用;后者呢,下午会有以昭君出塞为主题的歌舞表演——可惜没有时间看了。右侧呢，靠北一幢汉代风格的建筑是游客服务中心，而靠南的一幢具有典型江南风格的建筑则是昭君秭归故居的复制品。复制品本来无足轻重，但重要的是，由于三峡工程建设，这幢建筑物的原型已经永远地沉入滚滚长江水下，不复存在了。人们要寄托对这位奇女子的情怀，寻觅白墙灰瓦的徽派建筑风韵，竟只能到这远在塞外的大漠中来了。

响沙湾

到内蒙古西部游玩，不可不到响沙湾。这个名气颇大的景点地处包头与额尔多斯之间，从包头出京藏高速，转而向南，大约五六十公里的样子下路，向右走几公里就到了。

从地图上看，北起包头、巴彦淖尔，东至额尔多斯、陕西的榆林，南至银川东南的定边，西至内蒙古杭锦旗、额托克旗，有一大片状若靴子的沙地，靠南的一片，地理学称为"毛乌素沙地"。我猜想，沙地和沙漠的区别，大约就是沙地里多少还有些零零星星覆盖的植物，而沙漠则是寸草不生。响沙湾正处于毛乌沙素地的东侧靠北，与包头至额尔多斯的公路相邻。沙化的土地加上邻近公路，成为游客安全地一睹沙漠状貌的最佳地区。

驱车朝响沙湾而来，不久就看到远处连绵起伏的沙化地质带，宛如蛰伏在地面上的一条条灰白色的巨龙，蜿蜒盘桓，一直到天际线，单调中透着变换，平静中显出狰狞。走近了，看得出沙化地质带其实是在一个开阔的河谷地带的对岸。河谷的这边，是尚有绿草丛生的土地，对岸，则基本是寸草不生的沙地。沙丘在河谷边陡然而降，就形成了几乎有四十五度倾斜、差不多有百米高的沙坡。游人从这边顺坡下去，趟过河谷细细的河流，再从对岸的沙坡攀缘上去，就到了沙地里。

因为时间紧，我们选择了乘坐索道车到对岸。坐在露天的索道上，东张西望，左顾右盼，任河谷中还略微带着凉爽的风拂过脸颊，倒是一件蛮惬意的事情。脚下有许多人正在徒步攀缘，其中不乏年迈的老人，突然觉得自己这样有点不好意思。

到了对岸的沙丘之上，在服务小姐的劝导之下，我们租了高到膝盖的沙漠鞋套套在小腿上，这样就不至于让沙子进了鞋里。当然也有人干脆脱了鞋子，光起小腿在绵细的沙地上走来走去。

想到沙地的深处看看，徒步去自然是不现实的了，这里有骑骆驼、乘坐沙漠车和自己租越野吉普前往等选择，我们选择了沙漠车。这是一种由东风或者老解放车改装的马力大、轮胎宽、状如舟楫的沙漠交通工具。开车之后，沙漠车便沿着起伏不平的沙地向沙漠深处进发了。我们注意到，路的两旁全部插了各种颜色的小旗子，这大约是防止风吹掉了道路的痕迹造成迷路的。行进之中，整个车辆宛若在惊涛骇浪中上下颠簸的一叶小舟，一会儿冲上波峰，一会儿坠入谷底，惊险莫名，许多女孩子已经害怕地尖叫起来了。我想站起身来照张像，不意立刻被颠簸得摔到一边，照相机也差点掉了，只好作罢。

车辆在沙漠里停下，让游人照相。我坐在沙丘上，四处张望，在茫茫沙海中感觉造化的神奇，喟叹人的渺小，似乎触摸到了永恒的边缘。远处有载了游人穿行沙漠的驼队，耳边似乎若隐若现的驼铃声，立刻就有无数的念想在脑海里奔腾。但车辆要返程了。

到了沙坡的边缘，租了一只沙划顺沙坡划下。自然是为了听听响沙湾的"响"。据介绍，在顺着沙坡下滑的过程中，耳边会有巨大的轰鸣声，如飞机起飞。这正是响沙湾名称的来由。但可惜的是，在我风驰电掣地下滑中，体会了速度的刺激，体会了手臂摩擦沙地的粗糙感觉，最后甚至很有快意地摔了个大跟头，但令人遗憾的是，没有响声。问下边的工作人员，答案是今年雨多，沙子太潮。这倒多少知道了响沙的原因。

依旧坐缆车回去，见河谷的中心正在修一条连接两岸的水泥高架桥，桥墩子已经搭起。还看到远处的河岸边缘有铁路经过，按照地理位置分析，这应该也是京藏铁路的必经之地。将来岁数大了，乘坐着京藏列车游西部，当别有一番体味在心头啊。

成吉思汗陵

从响沙湾出来已经是下午六点多了，但太阳高照，晴空朗朗，一点黄昏的感觉也没有。这毕竟是西部，日出晚，日落自然也晚。计划中还有一个要去的地方是成吉思汗陵，尽管有将近两百公里的路程，但天色还早，还是驱车前往。

蒙古民族的历史乐章源远流长，但其中最华彩的部分自然是成吉思汗麾下的蒙古铁骑踏遍欧亚大陆的片段。这位"只识弯弓射大雕"的一代天骄，姓孛儿只斤，名铁木真，乞颜氏，是蒙古国开国君主，著名军事统帅。12世纪末80

年代，铁木真称汗，开始与蒙古各部落争战，他纵横捭阖，四面出击，先后战胜了蒙古草原各个部落首领，到1204年一统草原，成为蒙古高原最大的统治者。两年后，铁木真即蒙古国大汗位，号成吉思汗。建国后，他把原来的部落人口分编入户，形成了共同的蒙古民族，国威日隆，四方来朝。随后又三征西夏，迫使对方纳女请和；屡征金国、西辽和花剌子模，灭掉了这些国家，直至占领了欧亚大陆的几乎全部版图。1227年夏天，六十六岁的成吉思汗病逝于征伐西夏清水河的行宫里，第三子窝阔台继大汗位。按照蒙古族的传统习俗，也是因为当时战争时局的需要，成吉思汗的葬礼仅仅有少数人参加，在十分秘密的状态下进行。这使得这位一代天骄的埋葬地竟成了千古之谜。

那么，成吉思汗的埋葬地点既然无从查考，成吉思汗陵里边到底是什么东西呢？原来，成吉思汗去世后，他在军营中的灵堂是由八座白色毡帐组成的，称为"八白帐"。蒙古人认为，人去世后，他的尸身无足轻重，真正重要的是他的灵堂，因为这是他的灵魂所寄居的地方。这样，随着大军返回，成吉思汗的"八白帐"也随之返回，逐步由漠北迁移至漠南，到了明朝中叶，蒙古政权中心落帐在大青山脚下的美岱召一带时，八白帐也随之移迁于与美岱召隔河（黄河）相望，相距约几十公里的王爱召一带（今达拉特旗）。这样，河套地区便改称为"鄂尔多斯"——蒙语意为"多座宫帐"，指的就是八白帐。到了清代，蒙古各部渐渐归顺于清朝，鄂尔多斯地区设立了伊克昭盟，蒙古族的会盟地到了郡王旗，八白帐也随之迁至这里，即今天的伊金霍洛旗（伊金霍洛，蒙语意为圣主的陵寝地）。之后，将八白帐更名为成陵。这就是成陵的来历。因为成吉思汗陵的存在，鄂尔多斯地区比较完整地保留了蒙古族的传统文化，特别是祭祀文化。这样，成吉思汗陵就毫无争议地成了蒙古族文化的核心。

我们到达成陵前面已经是晚上八点钟了。太阳西下，整个宽阔的陵区都沐浴在夕阳余晖金色的光芒之中，给人一种宗教般安详和静谧的感觉。可惜陵园已经关门，只能从大门从里边看看，随便地留个影。看来，今后还要专门抽时间来拜谒这位中国历史上最富传奇色彩的君王了。

黄河啊，黄河

我相信，每个中国人都有黄河情结。我自然不例外，从某种意义上讲，可能较一般人的黄河情结还更厚重些。这一次自驾出游，选择走西部，其实最吸引我的地方就是在内蒙古西部，沿着巴彦淖尔到乌海之间的110国道驱驰的感觉。因为这条路，基本上是沿着上游的黄河修建的。试想，在苍凉的内蒙古西部大漠漫漫，平沙茫茫，四野寂静，一条荒漠中的大路曲折地通向远方，旁边是缓缓流淌着的黄河，这是怎样的意境？心中又能流淌出多少奇绝的诗句啊！

　　第二天早上起来，驱车出城。有两条路可以选择，一条是走高速向北返回包头，上京藏高速，向西到巴彦淖尔，下了高速改走110国道，边走边看荒凉中的黄河；另一条是由向西穿越毛乌素沙地，经杭锦旗直接到乌海，然后转而向北走110国道，专门看黄河。前一条路远，但好走，因为毕竟走了回头路；后一条近，但沙地里的公路，不识深浅。想了半天，还是走了后一条，主要还是想体会荒漠草原里行车的感觉吧——事后证明，这是个错误。

　　从额尔多斯到乌海差不多有三百公里，基本上都是修在荒漠化的草地或者干脆就是沙地中的，路况尚好，但麻烦颇多。大多数时候这条路限速六十公里，进入村镇地带则限速四十公里，路面宽阔，车辆很好，这样的车速实在是太慢，但因限速又不敢太快。

　　与昨天阴山旁绿野葱茏的情形不同，这条路让我感受到蒙古高原荒凉和寂寞的另一面。大片的丘陵地带，沙化的程度相当严重，多数的地面只有稀稀拉拉的一些小灌木覆盖，少数地面干脆已经直接裸露出灰白色的沙子，极目远方，很少的几棵树，像孤独的牧羊人佝偻的背影。偶尔路过的村镇，多数的房子也是用土坯修筑的，因为抵御风沙的缘故，低矮而陈旧。这让人的心情很压抑。

　　中午一点钟才到了乌海，但怎么问路也找不到110国道，这使我很沮丧。只好到附近的一个集镇吃了点东西，顺便问了路。110国道是找到了，但不是去巴彦淖尔的，而是向南去银川方向的。因为时间的关系，放弃了返回的计划，干脆直接向南走了。

　　到黄河边看了看。因为靠近集镇，空气污染得厉害，黄尘飞扬，漫天蔽日，实在找不到原来想象中的感觉。其实这也是黄河啊。看了这样的黄河才知道，我们的母亲河是怎样地流淌过五千年和几万里的，一点都不浪漫，一点都不诗意。

　　也许这才是真实的黄河。

西夏王陵

　　到宁夏游览，第一选择自然是西夏王陵。一方面，只有到这里，才能明白

"宁夏"之所以为"宁夏";同时,这里因为一系列的考古发现而被称为"东方金字塔",还隐藏着许多未被解读的历史谜团。当然,我很想去看这个景点,还有一个个人的原因,那就是看了《天龙八部》后,对西夏王国自然有一份神秘的向往——当然,不是要来西夏招驸马。

西夏王陵在银川市区的东郊,距市中心也只有十几公里的路程。路很好走,出城后,大约行车十几分钟就到了。远远看去,王陵高耸的大门门楼首先就摄入了眼帘,两侧的门楼铁锈红色,底座为四方形,上面有一个雕梁画栋的瞭望亭,异域风情的底座加上中原风格的凉亭,使整个大门呈现出一种与众不同的美感。两个门楼的正面各镶嵌着两个金色的大字,虽然笔画及字形都仿佛汉语,但却不认识——这是西夏文。

西夏王朝(公元1038—1227年)是与中原地区的宋朝、北方的契丹国(后更名辽国)呈鼎立之势,由羌族的一支党项族所建的国家,立朝一百八十九年,先后传位十主。西夏正式的名称是"大夏"王国,西夏语称为"大白高国",因其位于西部,历史上称之为"西夏"。党项又称党项羌,原居于今青海及四川西北部,后受吐蕃压迫,逐渐徙居至今宁夏、甘肃和陕北地区。早期党项分为八部,以拓跋部最强。唐末,其首领拓跋思恭因助唐平黄巢有功,被授以定难军节度使,赐姓李,为西夏之始祖。北宋建立后,拓跋思恭之后先后与辽、宋或战或和,至李德明承袭王位后,同时向辽、宋称臣,接受两国封号,并对外攻城略地,对内发展经济,为立国做准备。公元1032年,李德明死,其长子李元昊嗣夏王位,继续向河西用兵,先后占领瓜州(甘肃安西)、沙州(甘肃敦煌)、肃州(甘肃酒泉),从此西夏国境"东尽黄河,西界玉门,南接萧关,北控大漠,地方万余里,倚贺兰山为固",实力不同凡响。以此为基础,元昊弃唐宋所赐姓氏,以嵬名为姓,自称兀卒(青天子),并依照宋朝官制设立中央政府机构,订定官制、军制、法律,仿照汉字创立了西夏文字,完成了立国的一切准备。到公元1038年,李元昊正式称帝,国号大夏,以兴州亦即兴庆府(今宁夏银川)为都。西夏建国后,先与宋发生战争,互有胜负,但胜多负少,始终保持了王朝疆域的完整。连年征战,双方元气均伤,遂于宋仁宗庆历七年(1047年)达成和议,西夏向宋称臣,宋册封元昊为夏国主,此举维持了多年的和平。西夏与辽国也是如此,多次发动战争,总的看夏胜多负少,亦形成和议之局。具有讽刺意义的是,胆略出众、有勇有谋的西夏开国君主李元昊,在地位稳固之后纵情贪欲,居然霸占自己儿媳,为儿子所弑。

　　到 13 世纪，成吉思汗开始对外扩张和掳掠，先后六次伐夏，其中成吉思汗四次亲征，尽管西夏人顽强抵抗，屡次重创蒙古铁骑，但毕竟不是蒙古人的敌手，最后三代夏主均战死在阵前，至公元 1227 年，经历一百八十九年、威震一方的西夏王朝灭亡了，党项族也从此消失。令人不解的是，元朝统一后，先后修撰了《宋史》、《辽史》和《金史》，虽在三史中各立了《夏国传》或《党项传》，但没有为西夏编修专史，致使这个王朝的踪迹逐渐地被历史所湮灭。只留下了矗立在贺兰山下的这座西夏王陵，仍然默默在风雨之中，展示着神秘王朝的昔日辉煌。

　　西夏王陵有九座帝陵，散布在银川西郊贺兰山脚下南北约十公里，东西约四公里的戈壁平原上。之所以是九座，据分析，应该是西夏国的前七位帝王和开国君主李元昊的父亲和爷爷（他分别作了追封）之陵，后三位帝王都死于与蒙古人交战的前线，在那国破人亡、风雨飘摇的日子里，显然只能草草埋葬，修陵怕是不可能的。九座帝陵中，规模最大而且最有代表性的是三号陵墓。由于年久失传，目前还不能确切地分辨每个陵墓的主人。考虑到西夏王陵所具有的浓厚的宋陵特征，考古学家们按照宋陵"左昭右穆"的排列方法，推断二号墓的主人应该是西夏开国皇帝李元昊。

　　乘坐陵区专备的电瓶车进入参观，大约走了不到一千米就到了景区。我没有去博物馆，直接走向了陵区。下午五点多，天阴沉沉的，刚刚还落了几滴雨，透出一种惨淡的气息。站在专门修砌的石板路上朝里边看，一马平川的戈壁平原上，堆砌着一个巨大的窝头状的土筑陵墓，周遍还散落着若干残垣陵城和孤零零的陵塔，广袤的荒漠，土色的荒陵，在贺兰山峰的映衬下，死一般寂静，甚至连鸟都没有。作为长达千年历史的见证者，这个曾经光鲜华贵、气度非凡的帝王陵墓，经历过几番春去秋来，体味了多少次风刀霜剑，倾听过多少风沙怒号，守望多少斗转星移，最终在风雨剥蚀中褪去了绚丽的颜色，坍塌了巍峨的造型，看去已是千疮百孔，满目疮痍了。草木凋零，荒漠蔽野，灰白色的天空，荒芜的大地，白描出一个落寞的王朝凄凉的背影。

　　西夏王陵的发现是十分偶然的。1972 年 6 月，兰州军区某部的解放军战士正在贺兰山脚下修筑一个小型军用飞机场，意外地挖出了十几件古老的陶制品和一些古老的方砖。方砖的上面竟刻有一行行谁也看不懂的方块文字！宁夏博物馆闻讯后，立刻到工程现场进行抢救性挖掘，一个古老的墓室终于重见天日。经过考古人员的仔细研究，西夏王陵终于浮出水面，而出土的方块字正是今天被人们看作如天书一般的西夏文！过去，对西夏历史虽有散落的传说，但一无正史的记载，二无实物的印证，西夏文明是否存在，具有何种形态，一直迷失在茫茫的历史烟尘之中。王陵的发现和发掘，使得这段迷茫的历史逐步变得清晰起来：连绵的贺兰山脚下，广袤无垠的大漠中，一个个状如金字塔形黄土建筑，揭示了一段尘封的历史，一个神秘的王国。

想起《天龙八部》中虚竹与西夏公主的爱情故事，与这千年陵墓逼人的沉重相比，那真是太轻松的逸事了。

青铜峡

从西夏王陵出来，穿过银川市区回到京藏高速公路，一路继续南下，不久便到了青铜峡。青铜峡在宁夏当然算不得著名景点，但我喜欢这个名称里蕴涵的某种古典气息——如同我喜欢剑门关的道理一样。汉字当然是以其意义为我们熟知的，但有时候，某些汉字会有一种和它本来的意义并无直接关联的个性和气质，让人因某种联想而产生亲近、熟悉的感觉。就青铜而言，这种熟悉的感觉当来自对青铜时代的某种亲切感。

从青铜峡市出口下了高速，又是夕阳西下的时候，暮色苍茫中，我们驱车奔青铜峡水电站而来。车辆一直朝前行进，车回路转，无意中就走到了黄河边。走着走着，突然看到了远处河中心隆起一个小小的沙洲。后来才知道这就是著名的青铜峡鸟岛。每年春季，数以万计的候鸟从南方迁徙而来，在这里产卵孵育。其中既有司空见惯的麻鸭、大雁，也有珍稀的黑天鹅。蓝天碧水，绿草青山，飞鸟成群，鸣声上下，被称为"候鸟天堂"。停车照了几张照片——鸟自然是看不到了，又向路人问讯水电站，不意竟问到了青铜峡108塔。

前些时候看旅游的资料，就知道了宁夏境内有一个名曰青铜峡108塔的景点，很是有名。据说，青铜峡108塔是一个大型的古塔群，位于青铜峡水库西岸，塔群坐西面东，依山临水，为实心喇嘛砖塔。最高一座3.5米，其余均高2.5米。随着山势，自上而下按1、3、3、5、5、7、9、11、13、15、17、19的奇数排列成十二行，整体成三角形状。明代李贤的《一统志》已有"古塔一百零八座"的明确记载，但究竟何人何时所修，至今仍是个不解之谜。这次我们本来只是想看看水电站的，不想误打误撞竟走到了108塔，也属意外收获吧。

站在佛塔下向上看去，整齐排列的108塔给人一种强烈的震撼。正是晚霞满天的时候，高山沉默，佛法庄严，身后，黄河水静静地流淌，我的心胸中似乎感到了某种神秘的昭示，整个身心变得宁静和安详。

回到公路上继续前进，一直走到甘肃省的平川县打尖休息。在平川宾馆对面的烧烤店吃羊肉串，肉味醇厚绵长，肉质肥而不腻，毕竟在西部，真是难得的美味。

青海湖

青海湖是此行的核心景点，从某种意义上说，之所以选择这次西部之旅，一个原因是想看看内蒙古西部乃至河套地区的黄河，另一个就是驾驶着汽车沿着梦中的青海湖环绕一圈。2003 年 7 月，因为考察环青海湖自行车拉力赛，我曾经和几位同事去过青海湖。那是一种难以用语言形容的深刻记忆，一直在梦中缠绕着——正是因为这份挥之不去的情愫，才使得我不惜六天驱车五千公里到此一游的。

从兰州到西宁只有两百公里的路程，全程高速，车也不多，所以跑起来极为顺畅。按照我的地理学知识，这一段路程其实正是黄土高原和青藏高原的交接处，海拔从一千几百米逐步升高到两千多米，到了青海湖大约就有三千米以上的海拔了。快到西宁的时候，车回路转，突然在汽车的左前方看到了雪山，深蓝色的山体，顶上覆盖着一抹白色的雪痕，在湛蓝天空的映衬下，显得神秘而庄严。心里顿时一喜。

青海的国土面积有八十多万平方公里，比四个山西都大，但人口只有五百多万，只有山西的六分之一，地广人稀，自然行路不难了。快中午的时候，车到湟源，出现了一个三岔路口——继续向西，则要逆时针绕青海湖；拐向西南上 109 国道呢，则是顺时针绕青海湖。看了看图我就有了主意——因为我知道，109 国道正是所谓的青藏公路，经过青海湖不要停歇继续向西南方向行进，再走一千多公里就能走进著名的柴达木盆地，经格尔木，翻越昆仑山口，穿越可可西里无人区，一直能走到西藏。现在还有一条与此差不多平行的高速公路——所谓拉丹（拉萨—丹江口）高速也正在修建中，也许将来有一天我就可以驾驶着汽车一直到梦寐以求的拉萨呢。

沿着 109 国道大约又走了半个小时，左前方就出现了湖面——那似乎高于地平线的一抹湖蓝。这里靠近青海湖东南侧，附近一个非常著名的景点就是沙岛。我以为，从纯粹欣赏青海湖美景的角度，这里其实在最耐看的，大片灰白色的沙洲，河滩上遍布星星点点黑色的牦牛和白色的羊群，和远处永远无法忽略的那一抹湖蓝，美丽得简单，美丽得纯净，美丽得人心悸，让人感受到宗教般的神秘。我们把车停在路边，下车来看，尽管已经是 5 月了，还是立刻感受到了青藏高原凛冽的风。

重新上车，沿着起起伏伏的路面绕湖而行。一边是静静的湖水，一边是蜿蜒的高原，草刚刚泛出一点绿意，整个风景还是原始洪荒般的迷蒙、粗犷和神秘。置身其间，除了感慨造化的神奇，还能做什么呢？

过了一会，发现路边有夫妻两人在自家羊圈围栏里忙乎着，男的戴鸭舌帽，感觉有些滑稽，女的则戴着一个大口罩，显然是为了抵御高原的寒风。我们就试着去搭话——两人都是藏族，汉语说得很不标准，但猜着还能明白。他们有一千多只羊，两百多头牦牛，都在这里放养着。当然，还有两个孩子，在附近的学校上学。毕竟高原风寒，其实他们都只有三十多岁，看上去似乎有五十岁了。我们提出共同合个影，他们愉快地答应了——现在真的后悔没有留下他们的地址，否则把照片寄去给他们，一定会非常高兴的吧。

驱车继续前进，肚子逐渐饥饿起来。可不是，已经中午一点了。不久，看见了一处搭满了帐篷的滩地，拐进去一问，上面是一个旅游服务中心，似乎有向游客提供骑马、骑骆驼的服务，下面靠近河边帐篷围成一圈的地方，就是一个很有藏族风情的饭店了。

走近了，一群藏族姑娘和小伙子已经围了上来。其中一个汉话说得相当流利的小伙子似乎是他们的头儿，他热情地向我们介绍着饭店的特色，询问我们喜欢什么样风格的帐篷来就餐，喜欢吃什么样的饭菜。其他的姑娘和小伙子们则按照他的调遣，找钥匙的找钥匙，引路的引路。现在还没有到了青海湖旅游的旺季，在此就餐的客人很少，大约只有一两个帐篷有人在吃饭，其余都空着。湖边的风很大，连帐篷内都能听得见呼呼的风声。我们选了一个帐篷坐下。在这样一个具有浓郁藏族风情的地方吃饭，实在是惬意。

原以为饭菜是藏族的特色，其实一看菜谱就知道，基本上是川菜和湘菜。这样也好，毕竟藏族的饭菜没有品尝过，在饥肠辘辘的情况下，吃熟悉的口味可能更有把握些。不过，还是点了藏民喜欢的糌粑尝尝。两个面容姣好的藏族姑娘（两人的脸颊似乎都没有高原人常见的那种高原红）忙着帮我们制作，一会儿就好了。喝着酥油茶，吃着糌粑，再透过窗户看着不远处静静的湖面，和河滩上散布的牦牛和羊群，总算找到了身在青藏高原的感觉。饭菜用了很长时间才好，不过我们也不怎么着急。此情此景，还是值得慢慢地体会的。

吃罢饭继续赶路，　山门就碰上了几位盘长头的藏民，远远看去，似乎都是二十来岁的小伙子。我停了车相拍张照片，但其中一个小伙子立刻就发现了，很警惕地看着我。我问旁边的一个服务员，说可以拍照——但这几个小伙子显然不喜欢我举着照相机的举动，只好作罢。

走了不多远，突然看见远处的山脚下有一尊大佛，周围有若干藏族寺庙建筑。看准道路开车进去，一会儿就到了大佛脚下。金碧辉煌的大佛矗立在巨大的台基之上，四周用白色的大理石围栏圈起来，差不多有四五十米高，身躯横空出世，直入云端，仪态安详自然，蕴容华贵，很是体现了佛法之庄严。看旁边的介绍资料，知道这是藏传佛教的第一大露天未来佛，旁边的寺庙叫作甲乙寺。这座寺庙刚刚建成不久，怪不得上次来的时候还没有呢。

从甲乙寺出来继续沿顺时针方向绕湖而行，景色渐渐开阔起来。从地图上看得出，这是一百九十公里的环湖道路中，离湖面最近的一段。青海湖那种天边一抹的令人心悸的清冷的美丽在里变得热情和欢快起来，听得见湖风拂过湖面吹起的涛声，急促而有节奏。放牧的羊群和牦牛群也更多了，伴着随处可见的在湖边骑马、驾车和戏水的游人。此时的青海湖仿佛下凡的仙女，能亲近她的芳泽，倾听她的呼吸，甚至隐约感到她稳稳的心跳呢。

我们也边走边停，为每一处近似却又不同的美景所陶醉。一次开近湖边，不小心汽车竟陷入了沙堆，怎么轰鸣却不见前行。正迟疑间，一群策马的藏族小伙子飞奔过来，吆喝着帮我把车推了出来，甚至都来不及说声谢谢，除了有一位留下试图劝说我们骑马玩玩外，其他人又一哄而散了。这些淳朴的高原人保留了人类最纯粹和美好的品质，让我们感受到了青海湖之外另外的美景。

驱车继续上路，快到绕湖一半的地方，就开上了315国道。正是下午，阳光渐渐偏西，公路渐渐远离湖水，道路伸进山里，山川静默，草色凝重，牛羊寂寥，公路旁零零散散地陈设着牧人土筑的房子和围栏，一切都显示着原始的荒凉和质朴。

绕湖一周大约走了五个小时。本来还可以去著名的鸟岛看看，但听说季节还不到，鸟不是很多，加上赶到时已接近下班的时间了，干脆就没有进去。对于我来讲，绕着湖开着车欣赏美景，是什么鸟也代替不了的快乐。恋恋不舍地告别青海湖，回到西宁找驻地休息，连梦中都是那片挥之不去的湖蓝啊！

北山的记忆

今天是计划是去西宁附近的北山森林公园去看看，其实是想体会在海拔四千米的雪山下开车的感觉。上次来的时候，热情的主人曾经安排我们走过这样一次，但我实在记不清到底是哪里了。随便问了问宾馆的服务员，知道附近有一个北山森林公园，有一段叫做十二盘的路十分险峻，且山里的景色也很美，就决定了前往。去了才知道，这不是我四年前去过的地方——这是后话了。

按照地图指示的方向，不久汽车就到了山里。从身体的感觉和周围的风景看，这一段的海拔要比青海湖要高，至少有一些地方肯定在四千米以上，甚至不排除个别地方上到四千五百米——因为下车走几步，多多少少还是能体会到高原反应，就是那种让人气喘和心跳的感觉。近处的山已经基本上绿了，但不是夏天的那种茂盛，而是乍绿还黄。远处能明显地看到雪山，比昨天看到的更雄伟和真切。如果不是这种雪山的提醒，这种地形倒让人感觉不到置身海拔四千米以上的高原，而是北方秋天的某个山区。当然，也不能忽略了偶尔经过的藏民的村落，那种大约是祭祀或者祈福用的彩色的布条不断地提醒我们，这是青海。

沿路一直有一条若隐若现的小溪流与我们做伴。走到一处，停了车下去看看，偶然发现对面不远处有一个藏民修建的小庙。进去一看，原来是附近的村民集资修建的，墙上还记载了出资的人的姓名、金额等。这个小庙正好建的小溪流之上，用流水的冲击力来带动置于中的转轮，然后推动上面的法轮转动，所谓"法轮常转"。这个精巧的设计真是很奇妙——以后在路上还见到了这种装置。

走到北山森林公园已经是中午时分了。山境奇险，林深蔽日。多是松树，间以白桦或者红桦，风掠过的时候，能听得见阵阵松涛。游客很少，仅有的也都是开车自驾的年轻人。按照旅游指示牌，上面应该有一个叫作天池的湖泊。一路驱车向上，道路越来越崎岖不平，终于到了一段一边是悬崖，一边是峭壁，中间只有略比车宽的沙石路面的道路，开过去实在危险，就放弃了。掉头回去，没想到天池其实在我们身后，一潭安静得甚至有些冷寂的湖水，掩映在山边的杂草丛中，正是一位粗糙朴实但落落大方的藏家姑娘呢。

十二盘

大约一个小时就走到了十二盘。其险峻果然名不虚传，整整十二个一百八十度的急转弯，稍不留神就会出现问题。我小心翼翼地开着车，不敢有丝毫的懈怠。回来经过的时候，把车停到安全的地方，折上去拍几张照片——开车走过这样险峻的道路，倒是一件值得夸耀的事情呢。

天 水

天水是我很心仪的地方，当然，主要的原因还是麦积山。麦积山石窟和敦煌、云冈和龙门石窟并称中国佛教四大石窟，因为目睹了敦煌的奇妙，自然对堪与比肩的麦积山多了一份向往。今年3月下旬开车去成都，路过宝鸡的时候就想过向西到天水一游。可惜因为路途不熟和时间太紧没有成行，但五一到青海湖，归程过西安，自然就路过天水、游览麦积山的夙愿顺路得偿，倒也爽利。

对大水的另一记忆自然是诸葛亮智收姜维的三国故事。这一代本来就是三国时期蜀汉相争的古战场，许多地名、山水名都能触动我们历史的记忆神经。这种感受在今年3月去四川的路途中感觉尤为强烈。

驱车前往天水的路途中遍布着天水市政府的旅游宣传标语，这让我们的旅程变成了一个颇为有趣的历史知识之旅。从中我们知道了，天水除了麦积山和姜维的故事之外，还是女娲和伏羲的故里，是秦国一统七雄、称霸寰宇的起兵之地，是全国最著名的甜橙产地，诸如此类，不一而足。

晚上八点左右才到达天水，天已完全黑了，对市容市貌看得不真切。因为在兰州没有停留，我嗜好的兰州牛肉拉面始终未得"真容"，这次到了天水，毕竟是甘肃地界，正好一饱口腹。问了问当地人，居然有个地方全是拉面店，大喜过望，立刻打的前往。店名忘记了，店面不大，但食客很多。老板戴着白色的小帽，显见是回族，坐在柜台的后面，脸冲着电视，不怎么招呼人——这倒让人觉得这里的面肯定错不了。叫了一碗来，不久就端了上来，看上去一青二白三红四绿，典型兰州拉面的风格，一筷子下去，果然味道好极了。出门人能有这样的口服，也算是造化了。

饭罢步行回酒店。无意中发现了一个所在，是一幢具有明清风格的古民居建筑，坐落在我所住饭店的对面，正门高处悬挂的匾额居然题写着"山西会馆"四个大字，让人惊诧不已。想起读晋商历史，知道晋商的前辈生意遍布内蒙古甘肃宁夏，久而建设会馆，行商客旅居、同仁聚会之用，时过境迁，或者毁于刀兵战火，或者已经废弃拆迁，多数恐已不复存在了。但前一阶段读过某先生的网文（记不得何时何处了），知道有些会馆至今尚存，不意今日在此居然见着一个"活的"。正感叹大门紧闭，难见真容。突然大门打开，从里边走出四个人来，其中三人显见是访客，正欲告别离去，一个送客的老人似乎是看门人，挥手送客人远去。我连忙上去询问，老人居然是山西忻州人，儿子在做生意在这里，自己也随了来此，正巧找到这个看门人的工作。听说我来自山西，老人颇为热情，领着我在里边转悠了半天。可惜多数房间都关了灯，院子里十分昏暗，几乎看不出什么。据老人介绍，这座院子有一百多年的历史了，谁修建的说不清，现在归天水市老干部局，经常从事老年人书画展览等活动。旁边还有一个陕西会馆，与这个院子相通，也属老干部局。

回酒店洗澡睡觉，在女娲伏羲的故乡安眠，恐怕呼噜里都打得出历史沧桑，不亦乐乎？

麦积山

出了会馆，驱车直奔麦积山。进门后，果然游人如织。随着人流沿着蜿蜒的山道缓缓向上走去，心中慢慢地涌起一种朝圣般的虔诚。在以往拜谒宗教场所的时候总会有这样的情绪，当然不是迷信，而更是一种对沧桑前年的喟叹，一种反观自己内心而涌起的悲释感。

接着便看清了那形如麦秸堆的土山了（这正是麦积山名字的由来。想来有趣，一个神圣庄严的宗教场所竟以这样世俗亲切的名称命名！），大约十数丈高，上面遍布大大小小的石窟和露天的菩萨坐相和站相。整个山体由于遍布了这些洞窟和佛像，加上显然是后来人为了研究和观赏方便而依山修建的梯架，显出一种奇特而生动的造型来。

粗略地看了看旅游资料，得知麦积山石窟可能在后秦时已开始建造，魏孝文帝以后，渐趋发达。现存魏、西魏、周石窟大约三十个，麦积山石质不宜于雕刻，佛像一般都是泥塑。经过一千多年，塑像并未溃败，这种和泥法也有其特殊的地方。自隋至明清，历朝都有塑像，大塑像高达十五米，小塑像高仅二十多公分。

黄帝陵

从西安到黄帝陵有一百五十公里左右的路程，一个多小时就到了。从黄陵出口下了高速，顺着路只有三公里就到了黄帝陵。放眼望去，一片颇有汉代风韵的古建筑群坐落在连绵的桥山脚下，前有河水环绕，须从水面上搭建的石桥通过。整个陵墓背倚青山，面对碧水，显得气度恢宏，卓尔不凡。

黄帝陵，顾名思义，就是中华民族始祖公孙轩辕黄帝的陵墓。《史记》关于黄帝的记载应该说是充满了传奇的色彩：

黄帝者，少典之子，姓公孙，名曰轩辕。生而神灵，弱而能言，幼而徇齐，长而敦敏，成而聪明。轩辕之时，神农氏世衰。诸侯相侵伐，暴虐百姓，而神农氏弗能征。于是轩辕乃习用干戈，以征不享，诸侯咸来宾从。而蚩尤最为暴，莫能伐。炎帝欲侵陵诸侯，诸侯咸归轩辕。轩辕乃修德振兵，治五气，艺五种，抚万民，度四方，教熊罴貔貅貙虎，以与炎帝战于阪泉之野。三战，然后得其志。蚩尤作乱，不用帝命。于是黄帝乃征师诸侯，与蚩尤战于涿鹿之野，遂禽杀蚩尤。而诸侯咸尊轩辕为天子，代神农氏，是为黄帝。天下有不顺者，黄帝从而征之，平者去之，披山通道，未尝宁居。

东至于海，登丸山，及岱宗。西至于空桐，登鸡头。南至于江，登熊、湘。北逐荤粥，合符釜山，而邑于涿鹿之阿。迁徙往来无常处，以师兵为营卫。官名皆以云命，为云师。置左右大监，监于万国。万国和，而鬼神山川封禅与为多焉。获宝鼎，迎日推策。举风后、力牧、常先、大鸿以治民。顺天地之纪，幽明之占，死生之说，存亡之难。时播百谷草木，淳化鸟兽虫蛾，旁罗日月星辰水波土石金玉，劳勤心力耳目，节用水火材物。有土德之瑞，故号黄帝。

黄帝是《史记》开篇《五帝本纪》中记载的第一个帝王，可谓中华文字记载的历史之始。因而黄帝陵也被称为"中国第一陵"，这里是国家重点文物保护单位，也炎黄子孙朝圣祭祖的胜地。多少年来，每逢清明，来此拜谒祭陵的人络绎不绝。今年清明，中央电视台在这里举行了隆重的公祭大典，并通过电视屏幕向全球进行了直播。

黄帝庙呈四方形，庙门朝南，气势雄伟，门额上大书"轩辕庙"三字。庙院内有大殿，门额上悬挂着写有"人文初祖"四字的大匾。大殿中间安放着巨大的黄帝牌位，上书"轩辕黄帝之位"。庙院内的"黄帝手植柏"，相传为黄帝亲手所植，距今四千余年，高十九米，树干下围十米，比晋祠中的周柏还要早一千多年，号称"中华第一柏"。另有一株高大柏相传为汉武帝"挂甲柏"，又名"将军柏"，也有两千多年的历史了。庙内有一碑亭，内有碑石约五十多个，内容主要是历代帝王的"御制祭文"和历代修葺陵庙的记载。令人瞩目的是，碑亭内做有两侧分别安置了国共两党各位领袖在黄帝陵的题词石刻。孙中山的题词是"中华开国五千年，神州轩辕自古传，创造指南车，平定蚩尤乱，世界文明，唯有我先"。蒋介石的题词是"中华民国三十三年 黄帝陵 蒋中正题"邓小平的题词是"炎黄子孙"。我注意到，院内右侧还有江泽民和李鹏的题词碑刻。江泽民的题词是"中华文明，源远流长"。李鹏的题词是"发扬中华文化，振奋民族精神"。

随后便是建于宋代的黄帝庙，殿宇数重，庄严肃穆。大殿门首悬"人文初祖"金匾，内供黄帝牌位。再往里走，就到了中央电视台举行公祭大典的祭天坛了。整个建筑四周修建了差不多有三米高十米阔的白色台基，显得雄伟气派；中间的祭天坛用汉白玉石头构造，呈方形，造型古朴庄重，四周各有九根廊柱支撑起四面对称的屋顶，之所以是九根，我猜想是以数字之极象征第一帝王的威严神圣吧。走进里边，屋顶中间镂出一个圆形的空洞，阳光可以直射进来。方形的屋顶中间镶嵌圆形的空洞，不仅造型奇特，灵动非常，而且显然暗合了中国古文化中"天圆地方"的自然观。

延安

从黄帝陵出来已经快中午了。继续驱车上路，大约一点钟到达延安。下了高速走进市区，眼前是一个简陋、拥挤和稍显破烂的小城市，西部的贫穷和落后仍然深深地烙在这个城市的每一个角落。本来脑海里有很多来自儿时的美好的想象，比如宝塔山、延河水、杨家岭、枣园等等，但此刻这些情形完全被眼前的现实冲刷得支离破碎。正巧时间也不够，匆匆地在路边的一个小饭店吃了饭，典型的西北风味，小米粥，大烩菜，很可口，毕竟是我儿时的口味啊。

沿着路向前开，不意间就看见了宝塔山，自然，旁边这条几乎干涸了河水就是延河水了。发现这一切的那一刻心里还是充满了激动，尽管这激动很短暂。

在路旁停下车，以宝塔山和延河水为背景照了张相，心里想，这个地方，在我心中那么神圣的地方，我来过了。

翻越吕梁山

从延安出来，朝绥德方向行进——这就是计划中回太原的道路了。绥德、子长，这些地名本来就是熟悉的；然后是军渡，黄河天险之上曾经唯一连接晋陕的通途。

路竟然是出奇地难走。陕西这边倒还好些，路况虽然不佳，毕竟可以通行，但也是越靠近黄河越难走。过黄河大桥到了山西这边，道路就完全变成了搓板，坑坑洼洼。大热天，随着排成长队的大车亦步亦趋地走着——准确地说是挪着，只有二十多公里的路程，竟然走了四个多小时！我在山西境内自然是多次走过高速公路的，当然知道那些道路的宽阔和平展，与之相对照，我实在难以理解修路经费何以这样厚彼而薄此？

一直到晚上八点多才到了离石，几经周折，总算县卜了由离石到太原的高速公路。与前面的路对照，自然是新旧两重天。不过连续六天的驾驶，身体的疲劳实在是挥之不去，上了高速，行进中眼睛一阵阵发涩，甚至看前边的远方时都产生了幻觉，感到路越来越窄，车速越来越慢。这种感觉去年开车去青岛的时候也曾有过，赶紧停了车到路旁休息片刻。再起步车速也不敢太快，这样，只有一百多公里的高速路竟然走了将近两个小时。渐渐，视线里出现了太原城的万家灯火，终于到家了。

到楼下看汽车的计程表，这趟旅程从太原出发到返回太原，走了四千九百八十九点八公里，也就是说，再走十公里就是整整一万里路！途中，经过了繁华喧嚣的城市，也走过了宁静和遥远的村庄，横穿了荒凉无垠的沙漠，俯瞰了西部大漠之上默默流淌的黄河，体味了青海湖迷人的湛蓝，也感受了麦积山大佛神秘的微笑。在我的心中，这是梦中的旅程，是走向远方的旅程，也是观照自身灵魂的旅程，和战胜自我的旅程。回味之，无论是欢悦还是失落，欣快或者疲惫，都仿佛已经随风飘逝，心中的记忆，竟然是一种难以言传的安详，像睡在母亲的怀中。

是的，那些美丽的地方，我去过了。还有比这，更让人安详的吗？

2007 年 5 月

垃圾何辜，草民何苦？

——垃圾村存在彰显政府缺位

沈阳市郊有个"垃圾村"，本来叫做南李官村，因为村内百分之六十人以上的都是外来人口，且多以回收垃圾为生，久而久之，村名就叫成了"垃圾村"。外来务工者们从市内收了垃圾回来，拣出其中有价值的部分，送到该去的地方换他们的衣食；留下的自然是"垃圾中的垃圾"，没有任何的处理，随意堆放在村头巷尾，遇到阴雨天便泥泞不堪、臭气熏天，南李官得名"垃圾"，一时声名远播，倒也名至实归。

"垃圾村"原来不名"垃圾"，自然是原住民没打过垃圾的主意。大约是先来的外来人员，偶尔做起了这个活计，发现居然能养家，消息流传回老家，遂陆续又有人来，终于形成"比较优势"，垃圾产业成了这里的特色。垃圾做成规模，牺牲的自然是环境。而环境遭破坏又能相安无事，估计是原住民们出租些房屋，贩卖些零用，做垃圾产业的下游产业，也能有些收益。以牺牲生存环境为代价谋生，无论是原住民还是外来人员，损失当然是巨大的。但大家都是草民，活在生存线的边缘，小康谈不上，环境整洁这样高质量的小康更是奢望。久而久之，南李官村就变成了垃圾村。不知村里的光棍找媳妇是否困难，如果我是外村姑娘的父亲，把姑娘嫁去那样一个污浊的地方，是断然不肯的。

笔者是在一个县城边上长大的。记忆中，生存环境也颇有垃圾村的意思。上下学经过一条约五百米的土路，路面几乎成了周围居民的垃圾场，每到阴雨天气便泥泞不堪，太阳一出又散发着一种恶浊的气味。冬天上冻还好些，夏天每天四趟，走得让人绝望。不夸张地说，笔者考大学的强烈动机，多半是拜这条路所赐。后来随父母搬离了那里，心里的激动真是难以言表。感叹那些没有机会搬离的草民，依旧在那样的环境中举步维艰。去年回去探亲，又走过那条路，情形略好，但并无实质性改变。后来下乡或者访友，到一些落后的地区，这样的"垃圾村"、"垃圾路"甚至"垃圾广场"也见过不少。每次看见，心里都很难过。

垃圾是人类生活的副产品。原始人吃了兽肉，剥了兽皮，用兽骨做了工具，其余的就无可用处，可能就是最早的垃圾。随着人类文明的发展和物质产品的丰富，人类消费越庞大，垃圾也就越多。城市形成后，密集的人口堆积在狭小的空间，垃圾几乎成了公害。倘公交工人罢工，尚有步行可以选择，但环卫工人罢了工，恐怕不出一周城市就会陷入混乱。因而，垃圾这个词，几乎成了无用的同义词。指斥某事或者某种行为没有价值，用垃圾来描述，谁都能明白。足球场上，当双方的努力均无碍于比赛结果时，解说员就会告诉我们，比赛进入了垃圾时间。

人人都在制造垃圾，人人又都需要清洁的环境。从中自然可以看出，在过去相当长的时间内，清除垃圾而维护环境的服务，是典型意义的社会公共品。也就是说，人人都需要这种服务，但任何单个的个人或者企业，都难以从排除垃圾中获得利益。在现代社会中，凡是一种社会产品具有了公共品的性质，就意味着这种产品应当由政府来提供。政府设立专门的环卫部门，其存在的理由正在于此。

显而易见，垃圾村、垃圾路和垃圾广场的存在，说明了政府某种程度的缺位。清运、处理沈阳市的垃圾，当然应该是沈阳市政府及其职能部门的责任；农民工加入这样的行列，把沈阳市一部分的垃圾运了出来，虽说动机主要不是清洁沈阳，但客观效果确实为清洁沈阳做出了贡献。在这样的问题上，甚至在与此类似的绝大多数的问题上，我们都不能以动机而应当以效果来论贡献。好比你可以设想陈景润先生孜孜不倦地证明哥德巴赫猜想也许是为了出名，也丝毫无损于他对纯数学的伟大贡献。其实，这也正是亚当·斯密在《国富论》中阐述过的市场机制下"看不见的手"的道理所在。

在承认这些外来人口为清运沈阳市的垃圾做出贡献的同时，我们也必须注意到，在这些贡献的背后，是他们以牺牲自己的生存环境为代价的。就是说，沈阳市因垃圾问题而必然产生的负外部性，部分地被转嫁到了一个距离不远的农村里。其结果，一个原本不那么肮脏的村子因为环境的恶化居然被冠以垃圾村之名。政府当然不能对此听之任之，熟视无睹。

当然，从我们每天观察到的事实看，在为市民提供清洁环境服务上，政府并非无所作为。早在20世纪50年代，时任国家主席的刘少奇同志就因握住淘粪工人时传祥的手而感动国人，从某种意义上也表示了政府愿意承担责任的立场和决心。如果没有政府的努力，城市可能就根本不是城市了。但必须指出的是，维护城市的整洁，和保持城市的治安、畅通城市的道路一样，并不是政府的恩赐，而是政府的义务和责任。这种义务不能转嫁，这种责任不能漠视。也许，这正是国家主席和淘粪工人握手试图向我们传达的理念和精神。

在生产力还不那么发达的特定历史阶段，在财政收入依然捉襟见肘的情况下，任何一个清醒的现实主义者都不能脱离实际去苛求政府做好他们暂时还不能做好的事情，也许，我们对政府期许的底线，应该建立在其存在不要使事情变得更糟。就南李官村这一个局部的问题而言，政府当然应该立即行动起来，解决这个村子的垃圾问题。这种行动，可以是以投入的方式把现有的垃圾中的垃圾转移到它该去的地方，也可以是以协调的组织的方式，发动村民改造自己的家园，让愿意嫁过来的姑娘有一条清洁的走进婆家的路。在这些问题上，政府当然有政府的办法，政府也应该有政府的办法。需要进一步强调的是，从某种意义上讲，全体国民、全体市民选出一些人来组成政府，并且交纳税收来养活他们，就是要让他们解决这些问题的。

垃圾村外来人员转运垃圾的实践，其实还有另一个需要引起重视的问题。这些也许没有多少文化的农民兄弟，正在用自己勤劳的双手，铸造出一个看上去还不够成熟的垃圾产业。从物质收益的层面上，这种收获是明显的。如前所述，外来人口能够占到村民总数的一半以上，原住民和外来民工在垃圾问题上的某种默契，都说明他们能够容忍环境恶化的代价，是因为从垃圾产业中获得了符合期望的收益。而这种收益的存在，恰恰在证明了一个已经被世界上许多国家所实践的理念：尽管垃圾在过去意味着无用，但它在未来可能也意味着财富。从世界范围的经验看，垃圾中蕴藏着巨大的能源资源和可回收利用的物资，许多废品经过回收利用，可以成为新型的建筑材料和工业原料。据一位专家估计，我国每年的城市垃圾产业可以预期创造的财富可以达到两千五百亿元，同时，还可以创造出大量的就业机会。南李官村外来人员在这里虽不安居却乐业，正从一个侧面证明了这种预期财富实现的可能性。实现这种财富的过程，恰恰是一个经济加快发展和人居环境改善实现"双赢"的过程，是一个使可持续发展成为现实的过程。这个过程，南李官的原住民和外来人口正在实践的初期，而这种实践走上正确的道路和良性的循环，需要政府的引导和支持。

南李官村变成垃圾村，不能说是政府造成的，当然也绝不是政府的期望。

但是，我们不希望政府在这个问题上毫无责任感地缺位。改变因这种缺位造成的被动，要改变观念，要创新思路，要组织群众，要完善机制，要加大投入。困难当然很多，但这里似乎正用得着几十年前就说过的一句口号：只要信念不滑坡，办法总比困难多。

垃圾何辜，草民何苦，赶紧行动起来吧！

2007 年 8 月

外国人为什么更遵守交通规则？

　　一个朋友从美国打越洋电话来，说了她最近的苦恼。开车出门帮助邻居送小孩上学，结果不小心和另外一部车子撞了，剐坏了人家的车子，警察来处理，责任全是她的。邻居的小孩碰了头部，虽说不打紧，但她心里很过意不去。另外，最近连续收到两张罚单，一张是因为超速，还有一张是因为走了不该走的路。我劝她说，开车嘛，碰撞之事，在所难免。但她还是很烦恼，原因是保险金要大大地增加了。我说了些安慰的话，正好她公司里有了任务，就放下了电话。

　　回想这件事情，心中忽有所悟。曾经出国几次，亲眼看见外国人开车，确实是规矩。当时的想法是外国人道德素养高，没有琢磨为什么会这样。现在想来，外国人开车规矩，原因不仅仅是道德的问题，而是社会管理的制度设计问题。

　　开车要不要遵守交通规则？从道理上讲，当然要遵守。但在国内的现实生活中，经常看到很多人是不遵守交通规则的，特别是遇到暂时的阻塞，往往乱挤一通，结果谁也走不了。细想发生这些事情的原因，其实正是博弈论里常常谈到的“囚徒困境”。假如两个人遇到了阻塞，只能有一个人挤过去，其中一个人会这样想，我挤他不挤，我过去，我占便宜；我挤他也挤，谁也过不去，我不吃亏；我不挤他挤，他过去我过不去，那我吃亏了。另一个人必然也这么想。所以，两个人的优势策略自然都是挤。但结果呢，谁也过不去。从长远想，所有的人都不挤，交通就会顺畅，其实最终是有利于每一个人的。但正是由于这个“囚徒困境”的存在，导致了经常性的阻塞，结果是不利于每一个人。

　　解决这个囚徒困境的办法是制定交通规则，对开车乱挤的人实施惩罚。实质上，就是加大乱挤者的成本，让他的优势策略变成遵守规则。我上次就因为越线超车被罚了一百元，仔细想想，假使不被警察抓到，越线获得的好处也不值一百元。所以我后来决定老老实实地开车，不违反规则；但现实中的情况就难免让人气闷，因为警察不是随处都在的，多数的情况，你亦步亦趋地遵守规则，却看到别人越线超车扬长而去。心里就在想，遵守交通规则，一点好处也没有。看来，国内的办法就是"不遵守交通规则有罚，遵守交通规则无奖"。在这种情况中，我们实际上是为警察而遵守交通规则。这就解释了为什么在没有警察的时候，大家往往毫无顾忌地违反交通规则了。

朋友在越洋电话中谈到美国的办法恰恰解决了这个问题。美国的每一个公民，都有一个社会安全号码，这个号码的实际功能就是你从事社会活动的一切有关行为的数据库，你的一切涉及个人信誉的记录，包括银行贷款、合同履行、交通违章等等，都会录入在这个数据库中。美国的保险公司和银行，会根据这个数据库里的记录，决定你的保险费率和贷款利率，甚至决定是否出售给你保险和批准给你银行贷款。如果你的记录良好，你就能享受较低甚至很低的保险费率和贷款利率。反之，保险费率和贷款利率就会上升。这样的制度设计，事实上是对你遵守公共规则的良好行为提供了奖励，这个奖励当然不是发给你现金或支票，但诚如中国民谚："省下的就是挣下的。"长此以往，美国人自然形成了这样的观念，为了自己能够更多地省钱，也要想方设法保证自己的社会安全记录良好，办法就是及时归还贷款，遵守交通规则。因为一旦你产生了不良记录，警察的罚款固然不好，而后面还有很多损失等着你呢。我的那位朋友之所以忧心忡忡，不仅仅是因为罚单的款项必须付清，撞坏的车辆需要花钱修理（其实这个反而有保险公司呢），更重要的是，明年的汽车保险金额，就要多花去她的血汗钱了。看来，美国的办法就是"不遵守交通规则有罚，遵守交通规则有奖"。在这样的制度下，每个人实际上是为了自己的利益而遵守交通规则的，这就解释了为什么在没有警察的时候，美国人也很遵守交通规则。万一被突如其来的警察抓到或者藏在街角的摄像机拍到，损失可不仅仅是几个罚款啊。

过去解释这种现象，一般是从公民的素质上乃至社会发达程度去切入的。这当然也不错。但往往忽略了制度设计这一更为关键的因素。中国的公共信息系统可能还不够发达，人口又几乎是美国的四倍，为每一个公民建立社会安全保险数据库并实现各个公共管理和服务环节的资源共享，尚有现实的难度。但美国这种更为细致和科学的社会管理制度设计，还是值得我们借鉴的。

　　想到这里，真想劝那个在美国的朋友，现在国内还是定额保险，违多少次章也没关系，你干脆先回国算了。后来想到中国打到美国的电话费比美国打到中国还贵，立刻放弃了这个打算。她的工资是我的十倍，还是等她打来吧。

2007 年 9 月

老年人不坐车就能解决了高峰期拥挤？

中国社会已经老龄化，老年人多，并且将越来越多。我每天都能碰见一些老年人，互相搀扶着过马路，背影颤颤巍巍，这难免让我担忧自己的将来。这种念头五年前就有。每次过生日，都要算计自己还有几年退休。今年差数是二十，然后明年是十九，后年是十八……总有一天要变成零。实话说，这种感觉一点也不好，但我对此无能为力。

因为有这样的感觉，我就开始设想自己退了休干什么。比如外出旅游，每年都天南海北地转它多半年，时间也就打发了，但转念又想，恐怕要很多钞票——年轻的时候精力充沛，吃住行可以随便些，费用就低，老了恐怕不行，没三天就趴下了。这样看来，现实的选择也就是在城市里转转。现在城市比过去漂亮多了，到处花啊草的，公园里还有老年秧歌队自娱自乐，没准还能搭讪个漂亮的老太太。但这也有困难，主要是出门就难免花钱，退了休工资涨得少，还得留些余钱防个病啊灾的，天天坐公共汽车，还真有些舍不得。李白写"相看两不厌，只有敬亭山"，想想很可疑，别说每天看山，就是个绝代佳人，时间长了也要"审美疲劳"。估计是因为没有电视，只好对一座青山发呆。从中看得出，所谓"两不厌"，恐怕不是本意，那时连公共汽车也没有，不看山，你让他怎么办呢？

这样想来，退休后就只能在家里，对着电视发呆。不过从新闻里看到，郑州市政府体恤老年人，过了六十岁，每人发一个公交卡，自交十元保险，每月可以免费乘车七十次。政府这么体恤老年人，心里真是很高兴，真恨不得自己也生在郑州。

心情刚好些，又听说一个没退休的人在网上抱怨，说老年人老是拿了免费的公交卡高峰时坐公共汽车，搞得公交更拥挤了，建议老年人避开高峰时间出门。乍一听，他的话有些道理，上班需要准时，不上班的人，迟出门个把钟头，好像没什么。但细细一想，还是不对。此人到底是说老年人应该晚出门呢，还是说老年人不该免票呢？要只是说应该晚出门，干吗还要提免费公交卡？公交卡是政府发的，又不是他给的，要说也轮不上他啊。即便晚出门，也是由不得人的。要是遛早，恐怕大多数老年人还没等上班的人起床就出去了，根本就不在高峰期；要说买菜，那也是为了给上班的人做饭的，不出门买个新鲜，下了班哪里吃得好饭？再说办事之类，除了送孙子上学，就是去医院看病了——不赶高峰，难道还要让老师和大夫等着不成？况且，细细算算，六十岁以上的老年人大约占总人口的13%，其中不到七十岁、还有独自出门能力的也就是8%左右，八岁到六十岁几乎天天出门的人就占了90%以上，公交拥挤，这位仁兄不找90%的原因，非要拿不到8%的人说事，实在是"拎不清"。

过去计划经济的时候，一旦供给不足，办法就是限制需求，粮食要供应，布匹要配给，一直到农民别进城。现在搞市场经济了，这种限制的思维仍然根深蒂固。免费的不能坐，买票能不能坐？要是买票能坐，还是解决不了拥挤；要是买票也不能坐，倒是解决了拥挤——但凭什么只限制老年人又成了问题。

城市大了，麻烦不少。遇到麻烦，见招拆招就是了，但别用错了力。解决公交拥挤的法子，说到底是增加运力，不是让人别坐车。总之，老年人想出门，非得等一个钟头，这种感觉一点都不好。这样的法子，既解决不了问题，还搞得人没有尊严。我们知道，一个老年人没有尊严的社会，GDP再高也谈不上文明。

2007 年 10 月

不吃柑橘就缺乏常识？

因为工作的原因，我和太太很少一起吃饭。今天中午有空，天气也不错，就带了太太出去吃饭。本来很高兴，不想太太从茶树菇锅仔里吃出一根毛发，立刻倒了胃口。服务员给退掉了，但心情还是相当不爽，没吃几口就不想再吃。愉快的周末午餐毁于一根毛发，遂对饭店颇有腹诽。

回家后上网看看，不想看到一篇奇义，作者张鸣，标题是"不敢吃柑橘的人们都缺乏常识"。看了内容，更让人气不打一处来。

作者的观点大约是：柑橘生虫本不是大事，吃了带蛆虫的柑橘，对人体没有害处。而柑橘事件成为一种全国性的麻烦，给果农造成巨大损失，原因是"众多上过生物课的同胞们"缺乏常识。

我以为，张鸣先生简直是一派胡言。

小时候就听过一则问答形式的笑话。某甲问：还有什么比咬了一口苹果发现一条虫子更可怕的事？某乙答：虫子只剩下半条。笑过之余，故事还是映射出一个道理，就是没有人愿意吃虫子。生而为人，就会对食物里的虫子，具有一种天然的恐惧。这种恐惧来源于一种集体无意识，是对某种代代因袭相传的文化观念的认同，而不是简单的有毒没毒，有害无害。据专家介绍，蚯蚓是一种高蛋白的食品，如果人肯食用蚯蚓，对健康很有好处——还能缓解粮食危机。在我身边，知道这个结论的人不少，但还没有谁愿意尝试吃蚯蚓。原因很简单：恶心得难以下咽。尽管，在没有这种观念的原始部落，蚯蚓确实是美味。与此同理，我们知道了柑橘里边有虫子，就会本能地拒绝吃，即使知道它无毒无害甚至有益健康也不好使。

所以，张鸣先生认为大家不吃柑橘是不明白"柑橘里的虫子无毒无害"这个常识，大大地错了。其实很多人是知道虫子无毒的——他们也知道还有很多比虫子恶心得多的东西无毒。但这绝不是他们要把这些东西吃下去的理由。要是想告诉大家可以放心地去吃柑橘，最好的办法是告诉大家，里边不论益虫害虫都没有，是一个纯纯粹粹的柑橘。

类似的情形，最近检测出，鸡蛋里含有三聚氰胺。接着就有人说话，含量很低，不足以危害健康。这让我同样吃惊。由于三鹿奶粉事件的曝光，公众已经遭受了严重的心理伤害。他们尽管已经知道了三聚氰胺到底有多大的危险，也还是觉得很不爽。这种感觉，好比有人把你的帽子坐到屁股底下，然后拿出来让你戴——这无损于你的健康，但有损于你的尊严。马斯洛说过，吃是人类最低级的需求。如果这种需求的满足都不能保证安全，那就没有尊严可言。

所以，张鸣先生，不要以同情果农的口吻去劝说大家吃下一条虫子。果农当然是值得同情的，但果农有这样的遭遇，不是消费者的过错。因为，毕竟是果蝇的发现在前，大家不吃柑橘在后。如果这种泛滥的同情到处可以适用，是否也应该包括三鹿？如此，我们很快就会制造出规模远为庞大的值得同情者群体——就是全体中国人。他们已经在层出不穷的食品安全事件中宛若惊弓之鸟，不知道该吃什么。

撰文至此，突然又想起了一则过去流传过的逸闻。说有一个人去酒店点杯酒喝，端上来发现里边有只死苍蝇，遇到这样的情形，不同国家的人会有不同的反应。英国人会彬彬有礼地放下酒钱离开，法国人是不付钱而离开。日本人则大发雷霆，叫来经理咆哮：你们酒店就是这样经营的吗？当然还有，俄罗斯人的选择是赏侍者一记老拳，还有某国人则是把酒泼到侍者的脸上，等等。故事的最后是幽默的美国人，他们选择叫来经理说：如果贵酒店有在酒里加苍蝇的习惯，就请你们把酒和苍蝇分开放置，让顾客自己选择。

可能这个故事里有些国家歧视的味道，但如果抛开这种念头，它就很有意味。我一直喜欢美国人这个答案。类比今天的柑橘事件，我们就可以说，如果谁有在柑橘里加果蝇的习惯，哪怕是无毒的，也最好让我们自己决定。

其实，这才是一个真正意义上的常识。

2007 年 8 月 10 日

有人装疯，有人装傻

——也谈杨丽娟事件

　　这几天，一个叫作杨丽娟的女孩子成了新闻人物。杨丽娟十六岁时梦见刘德华，从此开始追星。对杨丽娟的父母来说，这个梦绝对是个噩梦。从此开始的十三年，杨家遭了灾。因迷恋刘德华而理智尽失的杨丽娟，多次以跳楼自杀威胁父母，逼父母先后卖掉家里的房子连同老父的肾脏，花费巨资助她三度入港追星。今年3月25日，第三次入港的杨丽娟终于与刘德华实现近距离接触。但不幸的是，老父于次日留下事先准备好的遗书跳海自杀。

　　这个故事很有些戏剧性。从开始看，做个梦就追星十数年，有点像喜剧；从中间看，追星追到不上学、不工作、不交朋友，屡屡以自杀威胁父母，就有点像闹剧；但从最后看，追星以至于家破人亡，这就是悲剧了。

　　杨丽娟刚刚丧父，硬说人家在演戏，似乎有些不近情理。但倘要说到情理，我们明明已经看到，她的父亲就是她自己逼死的。依据我们所能看到的信息，其实不难分析到杨父赴死的整个心路过程：为女儿追星赴港，卖房卖肾，不仅家徒四壁，而且脸面全无，生活落魄如此，早已了无生趣。此次陪女入港，其实抱定了最后一搏的念头，无论刘德华见到见不到，生活已难以继续，早已抱了赴死之念，提前写了遗书。下笔之时，对能否见到刘德华没有把握，因而全是抱怨甚至抨击刘德华的愤激之词。这里能够看出，作为这出戏剧的男配角，杨父其实是具有一点理性的。尽管卖房可叹，卖肾可悲，但为了挽救早已丧失理性的女儿，杨父表现了某种难得的大无畏精神。以他的能力，他唯一的寄托就是女儿见到刘德华后能够幡然悔悟，从头开始新的生活。这样，牺牲掉的房子和肾脏都具有了意义。可惜的是，次日女儿虽然见了刘德华，但对过程不满意，破口大骂父亲半小时。刘父本来可能还觉得女儿见了刘德华后会回心转意，从头再来。遭此辱骂，知道一家人再无可能恢复正常生活，自然断了最后的念想，遂于次日走了绝路。

中国有句古话：唱戏的是疯子，看戏的是傻子。以我"四十不惑"的阅历看，这句话中的两个"是"，都是修辞手法，意思是"像"。要说里边的道理，恐怕是说人们演戏演久了，每每就混淆了戏里戏外；而看戏看多了，也往往糊涂了戏真戏假。其实，戏散了场，唱戏的不会去疯人院，看戏的也不会到心理诊所，就是说，唱戏的不是真疯，看戏的也不是真傻。从上面的分析看，这出戏的情况就略略不同。区别在于，唱戏的可能是真疯子，看戏的却不是真傻子。

追星赴港的这出戏，是杨丽娟一手导演且主演的。所有的情节都指向一个结论：起初，她滥用了父母的爱心；现在，她又在滥用他人（刘德华乃至公众）的同情心。这样的故事乃至这样的结局，我宁可相信杨丽娟是身患某种严重而不能自控的心理疾患，就是说，她真疯了，这样，我们所有曾经坚信和坚守的美德还能够继续被坚信和坚守。如果她真的具有正常人应该具有的行为能力，那么，我们唯一解释她行为的理由就是：她在演戏，演到自己都信以为真了。由此而产生的一个推论是，许多参与这个故事的人其实都在看戏。更为重要的是，演戏的人和看戏的人产生了一种互动：看戏的希望戏越热闹越好，而演戏的希望观众越多越好。我们能够看到，随着唯一具有一点理性的杨父的去世，整个事件就开始了一种脱缰野马般的狂奔，每个人都失去了对它演变轨迹的控制能力。重要的是，也许，很多人本来就希望这件事情处于这样一种状态的。从目前来看，这种有点像行为艺术的戏剧因为这种互动演得热热闹闹，剧情似乎仍在发展之中——道具是停在香港的一具老人的尸体。

话说到这里就有了些意味。旧式的戏台子上有一副对联：舞台小社会，社会大舞台。这似乎是说，不光是舞台里人们会装疯装傻，现实中也会。或者是说，舞台里人们装疯卖傻，其实还是在舞台之外学来的。看看女主角杨丽娟的台词，我们就知道，这个已经分不清戏剧和生活的可怜女孩从这个世界中学到了什么样的东西。她为什么会如此坚信刘德华会见她？她为什么会觉得人们应该无条件地帮助她？难道不正是那些总是把戏剧和生活混淆在一起"秀"给人们看的"刘德华们"传达给"粉丝们"的观念吗？这正是耐人寻味的地方，"刘德华们"用自己戏剧化的世界缔造了无数的粉丝"杨丽娟"，现在看来，杨丽娟这些学习的成果戏弄了刘德华。对这个日益戏剧化和操作化的时代来说，杨丽娟个人的悲剧成了一种有力的反讽。

有趣的是，歌手杨臣刚在表示要帮助杨丽娟母女时，帮助的内容都有一些戏剧化的成分：

如果杨丽娟母女赴港为杨父办理后事，他将负责杨家母女从香港返回时
"深圳—兰州"部分的路费，以及杨丽娟父亲的丧葬费用，但不负责杨家母女从
兰州去香港的路费，也不负责杨家母女在香港的花销。

这时才想到，旧中国关于戏剧的语法，除了"演员是疯子，观众是傻子"
之外，还有一句"编剧是骗子"。

那么，谁是编剧呢？

2007 年 4 月

想起了草原

　　朋友送给一张碟，是马头琴演奏的草原乐曲。夜里开车回家，悠悠地听着，心里很感慨。

　　想起了草原。

　　家乡离草原不远，翻过北边的云门山，就是内蒙古。也许，祖上还是从那里辗转迁徙而来的。小的时候，在北城墙外向北眺望，一线云门山影，猜山背后风吹草低见牛羊的风景，曾经牵动过多少回少年的遐想！我好豪饮，嗜肉类，喜交游且畅谈，为一切宏大辽远的事物所感动，也许与此有关。

　　其实直到今天，我也没有去过真正的草原。但心中一直有着一种清晰的草原的形象，挥之不去。对照这种形象，城里公园的草坪当然不是草原，路过许多随处可见的长满青草的草甸子也不是草原，沿着青海湖环绕，眺望着路边连绵不绝的草场，心旷神怡之余也知道，那也不是心中的草原。

　　上大学的时候，写些文章，都送到山西青年杂志社。编辑李坚毅老师是我十分佩服的。记得有一次去看他，恰他从内蒙古草原出差回来，乃问，草原辽阔，大海亦辽阔，究竟有什么不同？李老师答曰：在草原深处，你有一种说不出来的渺小感，这和站在海边是不同的。

　　此后二十年矣，一直未能忘怀这个"渺小感"。但俗事缠身，忙碌衣食，竟始终未能有机会到草原深处体味。心中的愿望，倒仿佛酿酒般地越来越浓烈了。我知道，那些带给我这种"渺小感"的，才是心中的草原。

　　草原上的歌曲，发乎情感而止乎自然，内容总是那么单纯。歌颂天空和大地，父亲和母亲，朋友间的情谊，牛羊群，骏马，歌颂一切生养着我们又总是被我们忽略的事物。其实，在草原上的歌曲中赞美的这些事物面前，我们是真正地应该感恩，应该自觉渺小的啊！

　　所以，今年要去草原上看看——为了"渺小感"。

2008 年 3 月

是谁让章子怡 PK 孔子的

——声援张颐武教授

最近，北大有个叫作张颐武的教授，在接受记者采访的时候说："一个姚明，一个章子怡，比一万本孔子都有效果。《大长今》就是韩国把低端和高端的文化打通的一个好例子。所以，要像重视孔子一样重视章子怡，中国文化才会有未来。"张教授这样的言语激怒了很多人。新浪里引用的四川在线—华西都市报的观点中这样说："网上对这种观点声讨的帖子虽然采用了一些过激的语言，但持否定态度的占99%。"从声讨和否定这两个词来看，显然张颐武先生的观点是不得人心的。因为这个话题实在有些离谱，所以忍不住又在网上搜索了一番，看到尽管角度各有不同，但观点是大同小异，有的要求张颐武教授公开道歉，有的对张颐武教授破口大骂，也有的洋洋洒洒地发表了自己对孔子如何伟大的观点，还有很多是抨击和嘲讽章子怡的。奇怪的是大家对张颐武教授同时提到的姚明却保持了一致的缄默。

张颐武教授的观点，真的有什么问题吗？

被曲解的教授

讨论问题，首先要知道问题是什么，这是常识。要批驳或者反对张颐武教授的观点，首先应该明白张颐武教授说的意思究竟是什么，否则，我们就会像挥舞长矛与风车搏斗的堂吉诃德一样，英勇而滑稽。但我看到的情况是，很多人长篇大论地批驳张颐武教授，但从批驳的言辞看，并没有搞清楚张颐武教授说的是什么意思。为了不至于引起无谓的争论，这里我想先引用张颐武教授接受《新周刊》记者采访后的报道：

　　"中国现在的经济成长也很好，这个高速成长也可以打造出一个中国梦，要创造出一套对中国梦的文化想象，章子怡就是。世俗文化的能力是非常重要的，传统文化的精髓要通过大众文化的出口才能流传出去。"

　　"一个姚明，一个章子怡，比一万本孔子都有效果。《大长今》就是韩国把低端和高端的文化打通的一个好例子。所以，要像重视孔子一样重视章子怡，中国文化才会有未来。"

　　"孔子不是很伟大么，不是中国文化的代表么，章子怡也是中国人的代表啊，《新闻周刊》、《时代周刊》都拿她当封面来报道中国呢。既然如此我们也要尊重她，崇拜她，好歹中国人就这么一张脸让外国人记住了。"

　　如果记者记录不差的话，上面引述的张颐武教授的谈话，原意大概包括三层：第一，应该借助世俗文化的渠道推广中国文化。第二，在推广中国文化的过程中，借助姚明和章子怡（这样能够被外国人接受的世俗文化代表），其作用要比直接推广传统文化典籍或者人物的效果要好得多。这一点也许有些网友会责备我歪曲，因为张颐武教授在这时说的是孔子。但只要认真看就会发现，张颐武教授在这里只是用了大多数人在口语表达中都习惯的一种方式，就是用具象代替抽象，以期把问题说得更明白。这里的孔子，换成老子、庄子、荀子或者屈原、苏东坡，并没有太大的区别。第三层，（在推广中国文化中）中国古代经典文化很伟大，但现代的世俗文化也很伟大。因为我们要推广的对象更能接受的是现代的中国式的世俗文化。

　　我们能够看出，三层意思从逻辑上是很严密的，第一段是第二段的前提，第三段是第二段的延伸。理解这些观点，应该整体把握，不能断章取义。特别应该注意的是，张教授在谈到孔子的时候，用的是"一万本孔子"这样一个表述。可以理解的是，这是一种口语化的表述，真正的意义，直接地看，意思是"一万本《论语》"；实质的意义，则是指那些外国人难以读懂的古文典籍。这是不言而喻的。

　　可惜的是，张颐武教授的观点，从媒体到许多网友那里，都被曲解了。《华西都市报》的报道，标题是《孔子不如章子怡!?》，不仅曲解张颐武教授谈话的要旨，而且还以一个"!?"号进一步误导；《重庆时报》报道的标题是：《北京大学教授张颐武：一个章子怡胜过万本孔子》，尽管表述客观，但从把握原意看并不准确。许多媒体在转载中，自然沿用了这些标题，大致也在以讹传讹。

我们应该理解的是，从新闻报道的特殊规律看，一篇高质量的报道，当然要把新闻时间中最具新闻性的细节突出，以期引人关注。这个道理并不错，问题是新闻的任何技巧都不能违背新闻真实性的基本要求，就是说，不能为了某种有意的目的或者因为无意的疏忽，歪曲了原意。而华西都市报的标题中，把张颐武教授的第一段话忽略，使得原话中两种文化推广方式的比较，变成了一个古代文化先师和一个现代艺人之间莫名其妙的"关公战秦琼"。而张颐武教授在接受这次采访中传达出的正确的很有意义的信息，反而被忽略了。这种曲解，从后来产生的效果看，还直接误导了读者和网友。后来看到的网上炮轰般的一片"倒张"声浪大致由此而起。

被滥用的自由

改革开放将近三十年了，应该说，中国人的言论比以往有着更大的自由。而且，我们相信这种自由是不够的，在未来，文化精英乃至普通中国人，应该享有更大的话语权，在言论的表达、传播和辩论上，享有更大的自由。

但是，我们常常观察到的现象是，我们一方面在争取自由，另一方面又在滥用自由。如同我们在拼命地找水，又在毫无节制地浪费水；我们努力地保护环境，又在毫无顾忌地破坏环境一样。

歌德说过："只有规律才能给我们自由。"这就是说，自由来源于真。火车自由地驰骋是铁轨赋予的，飞机展翅翱翔，来源于人类对物理学规律的自觉。大家怀着求真的目的，自由地表达，适当地传播，友好地辩驳，是以人为本、和谐社会的一种具体图景。但引述的事实，最好不要断章取义，不要无中生有，不要小题大做，这才是真。大家都经历过一句顶一万句的时代，那时当然没有自由，许多追求自由的人被割了喉咙，死不瞑目。但真正到了即使说错话也不会有太多后果的时候，我们是不是应该珍惜这种来之不易的话语权，至少，发表任何观点，要在搞清事实的真相之后。

张颐武先生作为一个人文学科的大学教授，谈了用世俗文化的途径传播中国文化的重要性和有效性，严格意义上并不新鲜。从历史上看，丝绸之路上运送的物品，主要是茶叶和瓷器，不是《论语》和《资治通鉴》线装书；马可·波罗的游记中，很多的夸大其词，很多的无中生有，拿雅文化的要求来看，当然不登大雅之堂，但他几乎使整个的欧洲了解了古老的中国那些灿烂的文明；

三宝太监原本只是个武夫，与孔子这些大师当然不能相提并论，但在中国文化的对外传播上，贡献大于孔子何止百倍！注意，这里说的是传播！鉴真、唐三藏、张骞等等，名声自然难比孔孟，学问更是远逊，但如果说他们对中华文明的推广做出的贡献大于孔孟，当然不会有疑义。在使我们拥有这些文明上，我们当然尊崇孔子和中国文明史上那不可胜数的文化名人和汗牛充栋的文化典籍，但张颐武先生的话题是传播和推广。在销售业绩的表彰大会上，如果有一个人站出来说我是最重要的生产车间的劳动模范，质问为什么不表彰我？这是令人惊讶的。

　　进一步来讨论的话，文化本身是传承的，也是发展的。就是孔子的著作，大约也有几十种注本，说明后来的文化大师也纷纷按照自己的理解诠释乃至光大孔子的学说。这就是说，和毛泽东思想一样，不能否认毛泽东本人的最大贡献，但也不能否认这一学说是"集体智慧的结晶"。春秋的人文成就当然令后世高山仰止，但从明清开始的小说、从民国后才陆续开始的现代诗歌、电影、电视、互联网、现代体育等等文化形态也取得了令人赞叹的成就。这种成就中当然凝聚和渗透了中国古典文化的深深烙印，但这些文化形态的引进、传播和光大，更离不开现代人非凡的创造力和孜孜不倦的追求。在现代电影文化的发展史中，无论是老一辈谢晋赵丹、秦怡等，还是新一代的张艺谋、陈凯歌乃至巩俐、章子怡，都做出了巨大的贡献。我们说《论语》以及由此的孔学当然是中国历史上最重要的文化，但不可否认，电影和电影人当然也是文化。也许章子怡对中国文化的贡献永远超不过孔子，但在向世界展示中国的事业中，章子怡是有功劳的。同样，改革开放后的中国体育，一次次升国旗奏国歌，表现出的体育比赛的优胜，传达的又何尝不是中国的文化和中国的精神？作为"中国最大的单宗出口商品"（布什语）的姚明，尽管每天的主要任务是在 NBA 的赛场上打球，但又何尝不是向美国人传达中国的文化和中国的精神？相信我们不用多少智力就可以判断，是通过姚明的篮球、章子怡的电影向美国人传达中国文化更为有效，还是向他们赠送英文版的《论语》和《史记》更为有效？何况，在章子怡、姚明的文化血脉中，难道没有孔子思想的灵魂？我是个体育工作者，更为熟悉姚明。在 NBA 的赛场上，姚明被对手一次次撞倒在地，却毫不报复地继续投入比赛，尽管对姚明这样甚至有些软弱的选择，从技战术的角度大家看法并不一致，但我们知道，他不是奥尼尔，也不是奥拉朱旺，他是一个中国人，他在适应美国，但他的骨子里，还是习惯以中国人的方式解决最关键的问题。

姚明的这些举动，和孔子的学说难道没有关系？

我们的自由还很不够。也许正因为如此，当我们拥有了一些自由的时候，我们应该珍惜并且慎用它。自由是一种合规律的状态，不是一块随手搬来砸人的砖头。当自由被滥用的时候，往往就变得更不自由。

被妖魔化的女明星

在张颐武教授无意引发的这场风波中，还有一个现象值得注意。那就是，尽管张教授在举例的时候，说的是章子怡和姚明两个人，但网上所有的评论，都有意无意地忽略了姚明。就我所知，无论是中国还是美国，姚明所具有的影响力都不低于章子怡，但奇怪的是，这样一个重要的体育名人，在这场风波中超级遁形、人间蒸发了。

姚明的蒸发，说明媒体认为，用章子怡和孔子来进行某种比较，更有轰动性。孔子是文化先师，道德典范，一生教书育人，传道授业，著书立说，其后被历代帝王尊崇，道德文章绵延三千年，终至圣人地位，形象几近完美；而章子怡是个美女，这当然并不稀奇，因为美女多得是，比章漂亮的也多得是，更重要的是她还是个名人美女，这样的美女就不多了，而更更重要的是，她还是绯闻不断的美女，先是许多网友和评论家指责她出演日本艺伎有辱国格，后又传出和霍家公子恋爱的消息，如此不一而足。尽管演了几部电影，拿了几个大奖，但相比之下，似乎功业远逊，道德不足。把这两个人放在一起比较，当然是极具戏剧性的。这场风波，孔子已经仙逝三千多年，自然不知道；章子怡尽管在世（一笑），从常理判断也应该不知情，也就是说，不是她自己拿来炒作的。但坊间迅速弥漫出一种尊孔倒章的态势，山雨欲来风满楼，我们就不觉得章子怡无辜吗？媒体放着张颐武教授极具智慧的论述精髓不谈，迅速把舆论的焦点引向孔子 PK 章子怡这样的奇闻逸事之中，其灵感之快，智慧之高，反应之敏，都令人叹为观止，也令人怀疑用心何在。细细想来，如此一番，报纸自然多卖，点击自然增加，说白了，其后的钞票也水到渠成地滚滚而来。

具有讽刺意味的是，如果真的出现报纸销量增加和网站点击提高这个结果，其原因固然拜孔老先生所赐不少，但恐怕起关键作用的，还是章子怡们代表的那些"世俗文化"。这倒正是印证了张颐武先生的观点——在文化的传播中，世俗文化具有更大的力量。张先生的智慧言论以这样的方式获得印证，大约也会哭笑不得的。而网友们尽管以各种各样的方式表达了正确的观点——章子怡的文化价值不能和孔子相提并论，但殊不知，谁要做这样的比较呢？章子怡吗？她恐怕什么都不知道；张颐武吗？他的原意是重视世俗文化的在文化传播中的作用。所以说，是媒体导演了这一切，那个"孔子不如章子怡"的标题和后面极具眼球吸引力的"！？"号，还不够说明问题吗？记得前一段有个网友写文章说：我们需要什么样的媒体？这个问题值得讨论，至少，比胡乱地让孔子PK章子怡有意义得多。

　　更令人关注的是，透过这场风波，我们看到公众的心理中有一种把女明星妖魔化的倾向。我不了解章子怡，所有知道的都是来源于电影和媒体，电影当然是虚幻的，里边展示的是人物而不是演员；媒体呢，既然有"我们需要什么样的媒体？"这样的诘问，自然也只能半信半疑。我可以肯定，大多数网友并没有见过章子怡，了解章的信息渠道和我是一样的，就是说，都不了解真正的生活中的章子怡。但奇怪的是，对一个不尽了解的人，许多人却极尽丑化攻击之能事。看得出，大家很生气，问题很严重。攻击张颐武教授，其实是对章子怡的仇视迁怒于张教授的。所以值得思考的是，章子怡究竟做了什么，引发了如此之多的攻击甚至仇恨呢？

　　从第三位网友用的一个词语"戏子"中，约略透露出了这种文化心理的背景。戏子是旧社会对戏曲演员的一个侮辱性的说法，今天拿来用在章子怡身上，当然是要表达强烈的反感情绪。仔细想一想，这种无意识的情绪的成分很复杂：

　　第一，唱歌跳舞演电影不是文化。尽管大学里唱歌跳舞演电影的学生就读肯定在艺术系，而艺术当然是文化的重要形态。但在中国人的传统观念中，万般皆下品，唯有读书高。所以能够著书立说的人才是文化人，建造精妙建筑的鲁班不是文化人，舞剑让杜甫先生心驰神往的公孙大娘不是文化人，发明了活字印刷术的毕昇也不是文化人，延续到今天，演电影的、唱戏的、跳舞的、唱流行歌曲的当然也不是文化人。这种观点，尽管在公开的场合不会这样讲，但文化心理的潜意识里仍然这样顽固地存在着。既然章子怡不是文化人，她又怎么能承担传播文化的使命呢？

　　第二，美女有罪，因美而出名罪加一等，并且，美女天然没文化。这似乎是美女的原罪。（看看上面的说法：一个戏子怎么能传播孔子的博大精深思想呢？她懂孔子的思想吗？）古代的四大美女，下场都不怎么好。貂蝉、西施均被送去施美人计，昭君被强嫁，杨玉环则魂断马嵬坡。公道地讲，无论是以什么方式，至少前三位美女为历史是做了贡献的，但结果都很可悲，评价也不怎么样。还有武则天、西太后、陈圆圆等，情况也差不多。男人没有不爱美女的，但中国男人似乎是只有把这个美女拥到怀里的时候才去爱她，其余的时候多多少少都有些莫名其妙的仇恨。这种"美女有罪"的心理在现代的表现，那就是对女名人总是莫名其妙的攻击和漫骂。回忆一下最近几年的娱乐热点，看看传来传去的短信，这种妖魔化美女名人的情况屡见不鲜。张教授书斋日久，不识深浅，一脚跌进这个公众心理的怪圈中，不被攻击和漫骂才怪呢。姚明不是美女，甚至不是女性，当然也就蒸发了。

孔子当然是应该被尊重的，但尊重孔子以攻击章子怡为代价，令人费解也令人深思。

教授被曲解、漫骂在流行，女明星被妖魔化，这就是我从所谓孔子PK章子怡的风波中看出的内容。张教授和章子怡都是名人，当然只能承受这样的攻击与评论，但我有些担忧的是，这里边反映出的对真理的误读、对自由的曲解和对名人的苛责，表现出了我们这个民族文化心理中的某种不健康的东西。张教授拳拳之意，是想让中国文化走向世界。走向终归是要走向的，但要出发，我们是不是也应该收拾一下自己的行囊呢？

2008 年 5 月

为此做出牺牲。当个体的人存在于一个扭
乏信心，就会变得冷漠、冲动和自私，就
当官员们都在有限的任期内追求立竿见影
效的植树造林真正地重视？当诚信成为一
一个企业家承担不排污或者少排污的社会
夺或者侵蚀，你如何能够要求一个业主自
不断地给有关系的超标车主发出继续上路
警察，还是改装车辆？当农民退耕还林的
个农民的选择不是随意种几棵树苗糊弄上
圆明园整治工程，从根本上追问，到底是一

这些现象说明，在保护环境这个重大社
"囚徒困境"。这个困境，从现象上看，就
但人人都可能出于暂时的私利而拒绝付出
建立合理的社会秩序，维护一种良好的社会
一家所能承受的。环境保护之所以成为国策
立公平公正的政策法规体系，其核心，就是
保义务者的成本；媒体和民间组织，要倡导
良知，教育国民承担环保义务；一切对环保
地行动起来，以保护环境为荣，破坏环境为
开车，形成良好的社会氛围。诚如是，则生

不改善社会生态，难改善自然生态

今天是第三十五个世界环境日。大约是因为这个原因，国家环保总局首次
对外发布了一份叫作《中国生态保护》的报告。在发布的同时，环保总局的一
位负责人做了新闻发言，他谈到，尽管中国政府高度重视生态环境保护与建设
工作，一些重点地区的生态环境得到了有效保护和改善。但由于中国人均资源
相对不足，地区差异较大，生态环境脆弱，生态环境恶化的趋势仍未得到有效
遏制。

环境保护问题受到政府关注不是一天两天了。平心而论，中国政府在改善
生态环境上做出的努力是巨大的，在一定的范围内，这种努力的成效也是有目
共睹的。但从《中国生态保护》报告披露的事实看，我国自然生态的根本改善，
仍然是一个长期和艰巨的任务。

造成这一状况，首先可以想到的原因是，我们过去对自然生态的破坏过于
严重，虽然这些年开始重视环境保护了，但欠账太多，一时还见不到明显的成
效。但从"生态环境恶化的趋势仍未得到有效遏制"的语意看，似乎还包含着
这样两层意思：一层是由于过去对环境的破坏，使得恶化的环境变成了放出瓶
子的魔鬼，已经不完全由人类控制。说得明白些，恶化了的环境并不是等我们
开始重视环保的那一天就停止了恶化，而一直在和人类的保护行为进行着反向
的运动，这种来自大自然的"努力"，抵消了我们为改善环境所做的努力；另一
层呢，似乎也包含着这样的意思，我们的许多国人，仍然在继续破坏着环境。

第一层意思当然值得重视。但可以料想的是，任何一位从事和关心环保的
人，都不会愚蠢到以为从我们开始重视环保那一天，环境就会自行停止恶化。
因而，政府采取的任何保护环境的规划和措施，自然也会把这种环境自身力量
所导致的继续恶化考虑进去。从西方国家的发展经历看，许多国家在经济发展

的过程中经历了先恶化后治理的过程，
经过一个长时期的努力，环境恶化的[
本性好转的。何况，前车之鉴，来者[
充足的理性，完全可以避免重蹈西方[
人大会上答记者问时讲得明白。

由此看来，防止国人自身继续对环
要引起高度重视的关键所在。在地球上
问题。自从有了人类，环境实质上是在
森林面积的持续缩小，淡水资源的渐消
的无度蔓延，珍稀物种的大量消失，一
欲望无节制扩张的过程中，理性一直是
的时代，人类追求富裕和幸福的基本途
在农业文明的时代，当我们的祖先需要
是伐掉大树、锄去草原；当我们的祖先
杀兽类，滥捕鱼虾。随着工业文明的兴
景，一万年也溶解不了的化工产品丢满
驰在城市和乡村。直到森林的减少引起
而顽强地湮灭一座座曾经浮华的城市，各
人类的理性才开始闪耀光芒。只有一个地
种天人合一的环境保护观念成为人类社会
就出现了。

但是，问题恰恰在于，在绝大多数的
在中国，为什么还有大量破坏环境的行为
实质上是社会生态不断恶化的副产品。没
的自然生态。

破坏自然生态的主体是人，是人的欲
破坏。而人的欲望之所以无节制地宣泄，
成的。马克思说过，人是一切社会关系的
的一切行为，不仅受其自然属性的影响，
存在于一个良好的社会生态之中时，人会
会变得有力量、充满理性、富有责任感，就

处理"欣弗"事件：岂一个"严肃"了得？

"欣弗"克林霉素不良事件闹得沸沸扬扬，至今已有三人殒命，近百人入院。救死之物竟成杀生之器，令人触目惊心。联想起前不久哈二药事件，许多人都有这样的疑问：吃着皇粮用着国税的堂堂药监部门，何以能让这样的杀人药物流入市场？

与此紧要关头，安徽药监局官员表了态，称要严肃查处安徽华源生物药业有限公司未按批准的生产工艺进行生产、生产记录不完整等违法违规行为，按照《中华人民共和国药品管理法》和《药品管理法实施条例》，坚决追究直接责任人的责任。食品药品监管部门将根据监管漏洞，分清责任，对监管不到位的相关责任人进行严肃处理，决不护短。

诚如许多网友的评论，这当然是属于"马后炮"了，但这样议论，当事人肯定不受用，说成"亡羊补牢"就好些。可见中国语言的妙处。能体会到这种妙处的，还有一个现成的例证，那就是上面药监局官员表态中用的一个副词——"严肃"。这个词一共用了两处（还有一个类似的词是"坚决"，其实也有严肃的意思）。稍微回忆一下就会发现，在以往类似的事件中，这个词也是频频出现的。所以我一直有这样的印象，一旦公文里出现了"严肃"一词，通常都没什么好事发生。所以忍不住想说说这个"严肃"。

"严肃"之谓，古语里当有"威严肃正"的意思。在现代汉语里，"严肃"意为"认真"。显然，"严肃查处"之语意，意思是要认真地调查，认真地处理。但何种模样方才是"严肃"？按照古语的意义，自然能让我们联想起旧戏里的大老爷的升堂，要穿袍扎带，戴帽登靴，六房典吏伺候，三班衙役肃立，那份光景，是相当严肃。笔者一看到"严肃"一词，总是情不自禁地想到这个场景。可惜，许多大老爷架势摆得严肃，行事却不一定严肃，断案虎头蛇尾，理事糊里糊涂，正与我们经常看到的无异：遇到不良事件发生，总先喝一声"严肃"，但每每后面就没了下文。这样的事情看多了，对"严肃"就很多了些不严肃的想象。所以想说，严肃大致是内心的一种态度，不是大老爷般摆出的架势——严肃不严肃，起初说不说不打紧，要看看结果。否则，无论摆出怎样吓人的架势，还是不能让小民放心。

君权时代，君无戏言。现在是法治时代，法治无疑是最严肃的事情。药监局是执法部门，事关民生，责任不小。严肃执法，当然应该是自始至终的。"欣弗"事件曝光后，我们得悉，从今年6月份开始，安徽华源生物药业有限公司一共生产了3701120万瓶"欣弗"药品，这样大批量的劣质药品，药业公司居然使其出了厂；出现全国范围内大面积的不良反应，药监部门事先毫无知觉。这就让我们明显地感到，无论是生产企业，还是药监部门，平时的工作似乎是很不"严肃"的。平日不严肃，出了事突然严肃了起来，这种严肃就令人生疑。至少我们要说，单是查处严肃显然是不够的，能否在今后如何避免类似的事情发生上让我们看到些真正的"严肃"，那才是更加要紧的事情。人吃五谷杂粮，难免不生疾病。有了病却不敢用药，这可是令人不能不严肃起来的大事情。

严肃、坚决、严厉乃至"从重从快"之类的词语，语言学里统称"副词"，语法里统称"状语"，大多是用来表明一种态度和决心，后面肯定要跟一个动词，如查处、打击或者追究之类。但即便只是表达态度和决心，仔细想想也都是不大站得住脚的。要科学地"状"后面的动词，还是"依法"二字比较靠谱。与法有据的，本来就严肃、坚决和严厉；倘于法无据，那就不可乱严肃、乱坚决和乱严厉。前一阶段广东的某位领导鼓励干警遇到砍手帮要果断开枪，"果断"这个副词也让我们起了某种疑惑。因为这种开枪不是玩游戏，不是打靶，而是执法。警察何时应该开枪，本来与法有据，但不是果断不果断的问题。这些事情说明，有些执法部门，平日里该严肃的不严肃，该坚决的不坚决，该严厉的不严厉，该果断的不果断，一旦事态严重了，突然严肃、坚决、严厉和果断了起来——这样虽说能解脱些责任，但却从另一个角度印证其曾经是怎样地荒疏自己的职守，放弃了自己的责任。这样的情形，倒是需要小民们严肃地提醒、严厉地批评、坚决地反对和果断地制止的。

2008年8月16日

129

一条狗死在街头

　　一条狗死在街头，是今天出门时无意中看见的。那应该是一条不大的狗，由于我缺少足够的勇气走近它，所以不能断定是一条幼年狗，还是体貌偏小的成年狗。显然是它过马路的时候被一辆车撞上，立刻死去或者受伤，然后又不断地有车辆反复碾压，才形成现在的那种惨状。尽管它的尸身已经面目全非，但还是能够判断那确实是一条狗，或者说曾经是一条狗，一条活蹦乱跳的狗。

　　一条狗死在街头，这几乎引不起人们任何的注意。我站在不远不近的地方看了足足有半个小时，没有发现一个人注意过这件事情。旁边是一家商铺，人们进进出出，东张西望，但谁也没有向路中央那个曾经的生命投下短暂的一瞥。倒是有一条它的同类，跑过去闻了闻，但显然这个同类的逝世没有引起它的悲痛或者别的任何情感，面无表情地跑开。它甚至不打算吸取死去同类的教训，继续不遵守交通规则，横穿马路，逆行，以及闯红灯，特立独行地在街头溜达。

　　一条狗死在街头，当然不能算是交通事故。我曾驾车走遍大江南北，长城内外，在街头巷尾，在高速公路，在城市和乡村的道路上，我都曾看到过这样的场景。紧急刹车或者飞驰而过，一声凄厉的惨叫，一个曾经的生命颤抖着消逝。不久，一切恢复平静。我承认，在以往的日子里，面对这样的情景，我从来没有多想哪怕一秒钟。今天的不同，也许仅仅是我有闲，半个小时在路边等人。

　　一条狗死在街头，死了也就死了。我因为无聊，试图想象这只狗的一生。但这很困难，因为我对它一无所知。不知道它出生在城市还是乡村，它的童年怎样度过，是否有人收养过它。也许它还辗转于卖狗的小贩？——我家的门口就有一个这样的集市，熙熙攘攘的人流中，千奇百怪的狗儿被展出和出售。也许这就是它们的宿命，或者，被改造成宠物，或者，到处流浪。

　　一条狗死在街头，终结了一个流浪许久的生命。在城市的角落，有无数个这样的流浪狗。白天，它们穿行于大街小巷，茫然地窜行，在那些肮脏不堪的垃圾场里翻来刨去，寻找食物和水；有时，需要和别的狗打架，露出尖利的牙齿，不安地咆哮，攻击或者逃跑。晚上，它们蜷缩在某个角落，困倦地睡觉，经常被它们所不熟悉的现象和声音所惊扰，放肆地狂吠，掩饰自己的胆怯。这个城市有太多需要忙碌的东西，没有人注意它们：有多少，生存在哪里。当它们真正被注意的时候，那是厄运的开始：枪声，或者利刃，以及粗硬的大棒像暴风雨一样席卷而来，它们像秋天的叶子一样纷纷坠落，甚至不知道自己做错了什么。

　　一条狗死在街头，也许，它的灵魂会羡慕那些富贵的同类，那些因相貌奇特、来源珍稀或者攻击力强乃至别的什么原因被富贵人家收养的同类。它们尽管与它同根同源，但却过着完全不同的生活。吃着从商店买来的包装精致、口感美妙的食品，住着铺有软毛、暖和得像春天一样的屋舍，生病的时候会像人类一样打针输液，甚至会坐着漂亮的汽车四处兜风。当那些享有贵族生活的狗儿从汽车窗玻璃里伸头出来，倨傲地四下打量的时候，引起了流浪狗怎样艳羡的目光啊！

　　一条狗死在街头，只是这世界上少了一只活着的狗。没有人知道这世界上有多少狗，甚至人们还没有数清楚这世界上有多少人。所以，这件事情一点也不重要，我甚至搞不清楚，我把它写出来，到底是想干什么。

2009 年 5 月

行走在两牙之间

——葡萄牙西班牙游学散记

一、里斯本

早上不到七点就醒来。拉开窗帘，窗外阳光明媚。昨天到达已是深夜，周围的景致都模模糊糊。现在放眼望去，一大片橘红顶子的建筑物，屋面多为浅色，造型各异，多数都很低矮，在蓝得令人心悸的天空下，呈现出一种安逸、优雅的气质。看惯了国内大城市那种竖线条为主散乱的天际线，视线里突然出现这样一种色彩单纯、平缓自如的天际线，心情为之安详。

酒店坐落在大西洋边，可惜我们住的是所谓"山景房"，背面才是大海，也不过一两百米的距离。出门看看，不远处就是一个海滨浴场，细软洁白的沙滩，嶙峋怪异的石堤，随意自然的房屋，不绝如缕的涛声，都令人心境安详。

里斯本全城分布在七个郁郁葱葱的岗峦上，号称"七丘城"，发源于西班牙的特茹河横穿城市，由城南汇入大西洋，河口宽阔，一片汪洋，阳光普照，金波粼粼。这一切，都似乎与千里之外的罗马惊人相似。城市最初为迦太基人于公元前所建，迄今已有两千多年的历史。历史上，里斯本先是希腊的贸易站，后成为古罗马的市镇。中世纪初期，又先后被西哥特人和摩尔人侵占。自公元1245年起，里斯本成为葡萄牙王国的首都和贸易中心后，城市规模逐渐扩大。现在，里斯本已经发展成为一个现代化的港口城市和旅游城市，葡萄牙政治、经济和文化的中心。

四二五大桥

车行不远，就到了四二五大桥。这座桥横亘在宽阔的特茹河上，老远的地方就可以看到。两根钢铁立柱，矗立在河床中偏两侧的位置，左右撑起半 U 形的悬索和竖排的吊杆，纵横牵拉，浑然一体。看上去，整座桥酷似美国旧金山的金门大桥。一问才知道，设计师都是美国人 Joseph B. Strauss，怪不得如此相似。金门大桥建于 1933 年，这座桥则建于 1962 年，是当时的一个独裁统治者执掌葡萄牙时建设的，建成时桥本来叫另外一个名字，但由于独裁统治于 1963 年 4 月 25 日被推翻，新政权为了纪念这次民主运动，就把大桥改为现名。尽管设计风格有模仿金门大桥的嫌疑，但看桥的造型，特别是整个桥梁使用的铁锈红色，与河两岸红顶白墙里斯本风格的建筑群相得益彰，十分协调，称之为里斯本的标志性建筑一点不为过。

车行婉转，我们登上了桥西岸高高的山梁。从这里向东望去，宽阔的特茹河、壮阔的四二五大桥和河对岸连绵的里斯本城区尽收眼底，放眼眺望，还可以清晰地看到南面宽广的大西洋，和东岸一个山丘上茂密的森林。

山梁的最高处，矗立着一座巨大的耶稣石像。石像的底座足有百米之高，横切面为彼此连接的四个正方形，其上，站立着足有十八米高的耶稣巨像，远远看去，耶稣双手张开，身体前倾，用悲悯的眼神俯瞰看脚卜的众生，似乎在为每一个仰望他的人做祷告，又像是把所有的信徒都揽入怀中。走近了看，巨像的基座其实是一个巨大的筒体建筑物，最底层是一个小教堂和一个介绍巨像建设过程的小陈列室。有电梯可以通向基座的顶部，近距离接触巨像。登临远眺，情怀尽舒，难以言表。

稍通欧洲史的人们都知道，葡萄牙是西方出现的第一个资本主义强国，早在 15 世纪，就开始了以寻找新大陆乃至传说中充满香料、黄金的东方为目标的远航。著名的探险家有我们耳熟能详的麦哲伦和达·伽马。到了葡萄牙，置身里斯本，不能错过温习这段历史的机会。我们离开耶稣巨像，下一个目标自然与此有关。

贝伦塔

乘车穿过四二五大桥，到河的东岸。沿路转而向北，我们逐渐走进了特茹河汇入大西洋的入海口。这里，集中了大批于葡萄牙航海历史相关的标志性建筑。

徒步沿河岸向南，映入眼帘的是一家简陋的双翼飞机。1922 年，两个葡萄牙人（姓名没记住）驾驶这架现在看来十分原始的小飞机，从里斯本港口出发，经过九次降落加油（降落点都是大西洋中散落的小岛），成功地到达巴西城市里约热内卢，完成了人类首次飞越大西洋的壮举。这架创造了历史的飞机，被葡萄牙人精心地保存着，专门设计了一个基座，安放在上面，供游人观赏。

旁边不远处，在茂密的桉树林掩映中，还建设着一个殖民战争纪念碑，是为了纪念葡萄牙历次殖民战争而牺牲的一万多名死难军人而设立的。造型为倒"V"字形，似乎象征着胜利，但"V"字朝下，似乎象征着失败。我记得美国华盛顿国会广场前的越战纪念碑就是一个倒"V"字形，那毫无疑问是象征着失败，里斯本的这个殖民纪念碑如此造型，是否有同样的寓意？殖民者从16世纪开始扬帆远航，开疆掠土，曾经是何等的风光，但也营造了无数的罪恶。到了20世纪，殖民统治陆续土崩瓦解，但无数的士兵牺牲在了遥远的异国他乡，"可怜无定河边骨，犹是春闺梦里人"。看着纪念碑背后的矮墙上密密麻麻的战死士兵名单，我的心头不禁涌起一种悲悯的心情。

距离殖民战争纪念碑不远，就是里斯本著名的世界文化遗产贝伦塔了。这座矗立于特茹河北岸、标志着特茹河入海口位置的著名古建筑，一半屹立在岸上，一半扎根在水里，正好生动地描述了这个大西洋沿岸小国立足大地、开拓海疆的雄心，也凝聚了葡萄牙遥远的海上征伐史。我在国内阅读一些旅游资料就多次听说过这座名塔，今日得见，不禁喜出望外。

随着地理大发现时代的到来，早在15世纪末，里斯本已成为欧洲海洋探险的中心。1514年，为了纪念里斯本崇高的守护神圣维森特，也为了加强对里斯本的海上防卫，人们开始建造贝伦塔。葡萄牙王国的皇家工程大臣迪奥戈·德·波伊塔卡担任工程指导，当时十分杰出的建筑师弗朗西斯科·德·阿鲁达受命从北非返回，担任总工程师。塔的位置选在原来的"格兰德诺"遗址上，这里正是特茹河入海的地点，显而易见，这个位置显示了葡萄牙人走向海洋的雄心。由于原来的"格兰德诺"遗址曾经遭受过火灾，因而，这次用石头代替了木质结构。经过六年的建设，贝伦塔于1520年竣工。

随着时间的流逝，该塔经历了无数次的改造。其中19世纪，改造达到了顶峰：塔本身保留了中世纪的风格，只不过要窄得多，且有四个拱顶的房间；而堡垒经改建，更加现代化，包括在原来放置大炮的地方安置了装饰物。之后，随着新堡垒的建设，贝伦塔已经失去了当初作为特茹河防护地的作用。后来，它被用作海关、电报站甚至是灯塔，还将其贮藏室改造成地牢。据说，罪越重的犯人，就被关在越底层。当潮涨的时候，底层的犯人会被淹死。

今天站在高高的贝伦塔上，似乎看到了诸多航海家前仆后继的大胆探险——哥伦布发现了美洲新大陆，达·伽马打开欧洲与印度的通商之门，麦哲伦则以实践证实了"地球是圆的"。面对波涛汹涌的大海，航海的先驱者以不屈的生命和顽强的意志来探索人类之秘。贝伦塔就像耸立在美国纽约入港处的自由女神像一样，成为葡萄牙的象征。国内曾经流行一时的电视专题片《大国崛起》，第一集介绍的就是葡萄牙，而第一个镜头，正是这座大名鼎鼎的贝伦塔。

14世纪以前，东西方世界远为千山万水所隔；距离带来的神秘吸引了无数狂热的冒险客，东方世界"黄金之国"的美丽传说更是引起了许多财富追求者的探索，远航探险应运而生，成为当时最时髦、最刺激、最激动人心的行当。从贝伦塔沿着特茹河东岸向北走几百米，就到了里斯本的航海纪念碑了。这座著名的纪念碑，造型优美，远看好像航行在碧波万顷中的巨型帆船。碑上的浮雕，集中了所有为葡萄牙航海事业做出突出贡献的历代王公大臣、探险家、航海家、科学家、工程师、诗人、传教士、将军，他们各具姿态，英姿勃勃，再现了当年葡萄牙航海家周游世界、搏击风浪的英雄形象。有趣的是，站在最前面的塑像，不是葡萄牙首位著名航海家麦哲伦，也不是为葡萄牙开拓海疆、聚敛财富做出最大贡献的达·伽马，而是亨利王子。14世纪中期，亨利王子派人沿着欧洲海岸向南向北探索通往东方的航线，揭开了航海大时代的序幕。这位身居高位的王子一生钟情于航海，策划、部署和组织实施了一次次的远洋探险活动，为麦哲伦、达·伽马提供了坚强的保障。他位列前班，可谓实至名归。

纪念碑前的广场的水泥地上，能工巧匠们制作的一幅巨大的世界地图，清晰地标出了葡萄牙航海家远航世界各地的年代、地点和航线，使游人对葡萄牙航海史一目了然。

老城区

接着，参观里斯本老城区。1755年，里斯本地区发生了一场大地震，城市遭到严重破坏，有二分之二的房屋倒塌，六万人丧生。我们所看到了里斯本老城区，是在地震后的废墟上重新建立起来的。整个城市呈方格状布局，保持着古老城市的风格。登上老城区最高的山丘之顶（这当然也是七丘之一），远眺老城区鳞次栉比、错落有致的建筑物，只见一片片如波浪起伏的红瓦屋顶，红瓦屋顶上是包围着整个城市的天空。天空亮蓝得让人分不清这是天空还是海洋，宛如童话世界。我们纷纷在山顶的一个小平台上留影——没有比这里更欧洲的了。

热罗尼莫斯修道院

修道院坐落在航海纪念碑不远处，离特茹河也就只有五百米的距离。其实我们上午去贝伦塔的时候就路过了。欧洲人信仰上帝，就把最精美的建筑、最豪华的装饰都给了教堂。走近热罗尼莫斯修道院，只觉得英气逼人。白色而略显陈旧的墙面，复杂的纹饰，显示着宗教的神秘和高贵，几十对高耸入云的塔尖直指苍穹，处处闪耀着美丽的光辉，给人一种超凡脱俗的感觉。

整个建筑由三座大殿组成，最高的地方高达二十米。据说，在航海时代，从巴西运回的大量黄金直接用于修道院内的装饰，因而，殿内梁柱的装饰无比华丽，堪称曼努埃尔风格建筑的典范。教堂内外随处可见表现航海的艰辛与危险的海洋生物石雕，显示葡萄牙人航海技术与成就的航海导航仪器石刻，以及有王室象征意义的盾牌等等。殿门上刻有曼努埃尔国王和王后的塑像、航海家亨利的塑像和表现圣哲罗姆生活的浮雕。修道院里，国王曼努埃尔一世、葡萄牙诗魂卡梅隆、著名航海家达·伽马等永垂青史的名人的棺木供人瞻仰，他们曾经创造了葡萄牙最辉煌的世纪，死后也得以在这样神圣的地方安放遗骨，可谓极尽哀荣。

这座宏伟的宗教建筑建于葡萄牙鼎盛时期的发现时代，1502年动工，1516年竣工。建设前，这里原是开创葡萄牙航海历史的亨利王子设计建造的一座小教堂，1502年布瓦塔克开始重建修道院，后来若昂·多·卡斯蒂略在尼古拉斯·尚特莱纳的帮助下完工。19世纪，仿照中殿的风格增建了西侧殿，现在是葡萄牙考古博物馆。

1755年，一场天崩地裂的大地震，将里斯本几乎夷为平地，绝大多数的建筑都像积木一样倒塌了，惟独热罗尼莫斯大教堂还巍然屹立，没有受到多少损害。彼时在此祈祷的全体王室成员因而幸免于难，热罗尼莫斯修道院于是成了这里最神奇的圣地。

辛德拉市

辛德拉市位于里斯本郊区，实际上就是一座小镇，建设在一座山丘上，山回路转，不断有风格各异、样式典雅的古建筑群显现出来，有居民的别墅、教堂和鳞次栉比的商店，当然也有旅店和办公场所，差不多都有着几百年的历史了。车在小镇唯一的广场停下，天微微雨，湿漉漉清亮如拭的石砌路面，雾蒙蒙略显神秘安详的老房子，都让人无可挽回地堕入一种刻骨铭心的怀旧情绪中，不能自拔。

为了避雨，也为了免费品尝一种当地盛产的葡萄甜酒，我们走进了路边一家小酒店。店铺不大，最多也就二十平方米，但陈设得非常考究，每一个细节都显示着主人的精心和修养，四面随意陈设的货架上摆满了各种品牌、类型和年份的葡萄酒，有的还标出了生产的年代，其中一瓶葡萄牙生产的红葡萄甜酒产于1858年，距今已有一百五十一年的历史，标价三千欧元，让人咂舌。店主人是一个一眼看不出年龄的男人，似乎很腼腆，看到有两三个外国人——当然就是我们了——走进来，还有些拘谨。他邀请我们品尝了一种本地酿造的葡萄甜酒，尽管我们没有喝葡萄酒的经验，口感还是很好，一点点酸，很重的甜，大约是欧洲人餐前或者餐后配合甜点饮用的。屋里还有一个老男人，听李教练介绍才知道，是店主人的父亲，以前的店主人。据说他们家里经营这个酒店已经有好几代了，怪不得酒店里弥漫着一种令人着迷的沧桑感，仿佛每一瓶老酒都要向你讲述过去的故事。

雨很快就停了。我们告别了热情的父子两人，开始在辛德拉的小街中随意地漫步，东张西望，逛小店，欣赏居民在高高的窗台上摆放的色彩鲜艳的花束，为每一座不同风格的建筑物拍照。路是曲曲折折的，又在山上，高高低低，随意走来，仿佛行走在过去的时光里。令我们惊喜的是，这里还有一种绿色的小火车穿行于大街小巷，使得我们似乎坠入童话世界。

当地盛产一种树木，叫作栎树。这种树木树龄很长，差不多可以生活三百年。众所周知，一般树木不能环剥皮，否则树会死掉，所谓"人活一口气、树活一层皮"。但栎树不同，它的树皮很厚，质地柔软而坚韧，长到一定程度，环剥下来就可以加工成葡萄酒瓶塞。这种瓶塞其实我们都见过，但以往一直以为是用什么化学材料或者碎木料加工而成的，现在才知道其实是用栎树树皮纵向环切制成的。栎树被剥皮后，九年后会重新长出树皮，如此往复，一棵树可以为人类贡献三十多次。葡萄牙是全球种植栎树最多的国家，因而，全球60%以上的葡萄酒瓶塞都产自葡萄牙。树皮制作瓶塞后，还会遗留下一些边角料。聪明的葡萄牙人就用它来制作各种富有地方特色的工艺品，比如栎树皮遮阳帽、栎树皮钱包，甚至栎树皮明信片。这些工艺品甚至成了最能代表葡萄牙特点的纪念物。小镇的大多数小店都经营栎树皮工艺品，生意相当好。

圣乔治古堡

此行还有一个重要的目的地，就是观赏坐落在辛德拉小镇背后、大西洋畔一座山巅上的圣乔治城堡。这座城堡和昨天观赏过的贝伦塔一样，也是世界文化遗产。我们乘坐汽车，沿着蜿蜒而陡峭的山道攀行而上，路边茂密的森林深处，不断显现出各种各样漂亮的私人别墅的一角。整个辛特拉小城都是联合国世界历史文化遗产，郁郁葱葱的树木中，隐藏着不少历史上在美洲发迹的豪商巨贾留下的精美的宅邸、曲回的甬道和秘境般的花园。

大约二十分钟，经过古树参天的盘山路来到宫殿入口处，猛抬眼，一尊巨灵海神的雕像就立在门头，似乎里斯本里里外外都翻着波浪的影子。放眼望去，这里山崖隆起，谷地低陷，汹涌的大西洋波涛猛烈地冲击着陡峭的崖壁，发出雷鸣般的响声，一座巍峨的城堡蹲踞在山峰之巅，显得气魄雄伟。

站在城堡上，放目眺望，全城尽收眼底，市内高层建筑鳞次栉比，街道纵横交错，令人心旷神怡。这里虽然位于山巅，但泉水淙淙，想象中，夜深人静时，泉水声清脆悦耳，犹如一曲美妙动听的乐章。在山上，人们还可以观赏各种旧式大炮，游览古战场遗址，缅怀城堡所经历的不平凡的岁月。1580年，当西班牙人入侵葡萄牙时，唐·安东尼奥率领里斯本人民，同仇敌忾，以城堡为据点，同侵略者进行殊死搏斗。最后，里斯本几乎全城陷落，唯独城堡无法攻克，坚持斗争达半年之久，给侵略者沉重打击。葡萄牙人民历来把这座城堡看作是自己民族的骄傲。今天，这里已被辟为旅游胜地，每天前来参观的人络绎不绝。

罗卡角

罗卡角位于欧洲大陆最西端，里斯本市西北方向的大西洋岸边。汽车在一片山区的公路上行驶了差不多有一个小时，开始曲曲折折地攀缘而上。不一会，停在了一个海边的高地上。

沿着石子铺就的小路向海边走去，路两旁长满了一种芦荟类的植物，根系暴露在土层之上，呈暗绿色，夹以土黄，一路蓬蓬勃勃地长着，生命力极其旺盛。走不多远，就看到了一座纪念石碑，上面铭刻着数字和诗句。数字表示罗卡角位于北纬三十八度四十七分，西经九度三十分，说明此地是欧洲大陆的最西端；而诗句则是葡萄牙最伟大的诗人卡蒙斯的诗句"陆止于此，海始于斯"。

"陆止于此，海始于斯"，多么让人感慨的意境！

当人类逐步占领和统治了广袤的大陆，其与生俱来的好奇心和征服欲必然推动他们继续前行，直至遇到海洋。那时，他们没有海洋知识，没有航海技术，舟楫之利是后来的事情。这时，不同的人类种群，对待神秘莫测、浩瀚无垠的海洋，产生了两种完全不同的态度。在我们的祖国，人们把这样的地方称为"天涯海角"，是世界的尽头，是无法再超越的极限。因而，他们退了回来，满足于陆地的耕作，封闭的生活；而在葡萄牙，卡蒙斯的诗句则道出了一种完全不同的态度：陆地虽然结束了，海洋才刚刚开始。大西洋吹来的强劲的海风，让他们感受到的不是绝望、尽头、极限，而是新的征程，新的开始和新的挑战。因而，只有区区九万平方公里土地的葡萄牙人毅然扬帆出发，在公元 15 世纪以降百多年的历史中，他们几乎到达了世界的每一个角落，占领了比自己国土面积大一百倍的土地，成为世界上数以百计的国家的宗主国。尽管这段殖民历史充满了血腥和暴力，但那种敢于冒险、勇于开拓的精神仍然值得我们缅怀和追忆。也许，这正是"陆止于此，海始于斯"的真实意义吧。

走近海边，陡峭的悬崖如同孤独的臂膀伸向海洋，远望浩瀚无垠的大西洋，你会有一种走到天边的感觉。罗卡角，险峻得让人站在山崖边会觉得随时都有可能被强劲的风吹走，孤傲得像山崖上唯一的十字架，阅尽人间沧桑，早已回归平淡。在葡萄牙语中，"罗卡"的意思是岩石。俯瞰下去，一百四十米高度的狭窄悬崖，和海水拍击崖岸激起的白色浪涛，大西洋深处吹来的强劲的海风，海边怪石带来的满眼苍凉、简单和嶙峋，都让人有一种强烈而难以言表的冲击感。

翻看地图，葡萄牙国土正如同停泊在欧洲大陆边缘的一艘驳船，而罗卡角就是最美丽的舷窗，从这里眺望海洋，会让人想到"天地人胸臆，吁嗟生风雷"的诗句。中国诗人喜欢惊天动地，葡萄牙诗人则喜欢感性和温情，"海草满头，海鸥在肩"是他们对罗卡角深情的描绘。一滴水中有大千世界，一个小小的罗卡角，让我们窥见的是葡萄牙这个古老的帝国，曾经的雄心，曾经的苍凉。

世界上最小的五星级酒店

离开罗卡角，汽车沿着海岸线返回里斯本。路上，还遇到了一个世界上最小的五星级酒店。这家酒店只有二十八个房间的酒店，坐落也如罗卡角一般大西洋岸边的悬崖峭壁上。整个饭店像是一座孤零零的古堡，无依无靠，孤立无援。饭店的主人，居然是大名鼎鼎的澳门赌王何鸿燊，他在葡萄牙管理澳门的时候呼风唤雨，自然把生意的触角伸到了葡萄牙国内。开赌场和酒店本来就是他的拿手好戏，因而，他在葡萄牙的多数大城市都开设有赌场，生意不错。这家饭店只是他庞大生意王国中信手的一笔而已。据说，前几年俄罗斯总统普京来葡萄牙访问，其保安就是考虑到这家酒店背靠大海、易守难攻的特点，专门把普京的下榻宾馆选在了这里，把这座只有二十八间房间的酒店包了下来。

我们从前门进去，观赏了漂亮的大堂、餐厅，又从后门出去，意外地发现，岸边的礁石上，居然有人架着海杆在钓鱼。看了一会儿，这位辛勤的渔夫居然还有所斩获，若干条一斤多的鱼儿已经上钩了。

本菲卡体育俱乐部

本菲卡是葡萄牙最著名的体育俱乐部。尽管它内部经营的不止足球一个项目，但我们知道它，恐怕都是与足球有关。很多后来驰骋欧洲战场、立下赫赫战功的葡萄牙名将，比如鲁伊科斯塔，就是从本菲卡培养出来的。历史上，本菲卡曾经夺过三十一次葡萄牙顶级联赛冠军，二十七次杯赛冠军，两次超级杯冠军。当然，该俱乐部最为显赫的成绩，是曾经在 1960—1961 赛季和 1961—1962 赛季，连续两次夺得欧洲冠军杯冠军，是当时欧洲最著名的球队。其实，本菲卡还涉及篮球、排球、手球、橄榄球、自行车、柔道等多个项目的运动队。

由于本菲卡昵称"雄鹰"，俱乐部甚至专门饲养一只鹰作为吉祥物。在本菲卡俱乐部楼下的专卖店里，我们真的见到了这只鹰

本菲卡俱乐部在过去的百年中取得了辉煌的战绩，在葡萄牙拥有最多的球迷，会员数也为葡超之最，几乎葡萄牙所有城市都有"本菲卡之家"，并且在全世界各地拥有球迷，2006 年 11 月 10 日，本菲卡以拥有 160392 名付费会员被确认为世界上拥有付费会员最多的俱乐部，而且还入选了吉尼斯世界纪录。

在本菲卡，给我们留下印象最深的就是其体育场的外观装修，显得非常简单实用，大约就是在水泥墙面上刷了一层清漆就 OK 了。与国内动辄瓷砖贴面相比，确实显得寒酸。但看起整体效果，竟体现出一种粗犷、大气、豪迈的风格，并不比那些精巧的瓷砖逊色。

从俱乐部出来，无意中遇见几个正要去踢球的小孩子。我们邀请他们一起合影留念，他们立刻雀跃着答应了。在一个踢球者的雕塑前。这些孩子好像事先排练过一样，分别摆出不同的造型，配合我们照相，模样可爱之极。

奥比诺斯风情小镇

小镇离里斯本有差不多一百公里，有高速公路相连。一个小时多一点就到了。这是我们第一次驱车开出里斯本，看到葡萄牙高速公路非常发达，两侧绿化很好，大片的丘陵地带，高低起伏，连绵不绝，均有草木覆盖。

小镇位于一座不算太高的山梁上，四周由蜿蜒曲折的古城墙环抱，中间则是高高低低、各式各样的古建筑。据说，城堡是小镇的居民当年打败了阿拉伯人、担心他们卷土重来而修建的，目的自然是自我保护。由于城墙的环绕，原来的镇子成了一个名副其实的世外桃源，人们安详地在里边生活。后来，甚至葡萄牙王后也会经常来这里游玩，镇里仍旧保存着她居住过的宫殿。

从城堡的正门进堡，门洞里居然也像中国的古城墙一样，有一个"瓮城"（当敌军冲破第一道城门时，他们还会遇到第二道城门的阻挡；两道城门之间的地带形成了一个瓮状的空间，守军正好居高临下消灭敌人。这个瓮状的空间称为"瓮城"）。不过看上去，奥比诺斯城堡的这个"瓮城"似乎遮挡风沙或者装饰的作用要多于军事防御，空间狭小，且中间拐了个弯，军事防御意义不大。门洞里对面的墙上，用伊斯兰风格的瓷砖拼贴着一幅壁画，内容不甚了了，但想起阿拉伯人对葡萄牙数以百年的统治，就能明白，他们在欧洲大陆最西端的

这片土地，不仅在政治上和军事上，而且在文化上也留下了自己深深的烙印。

城内街道蜿蜒狭长，建筑物各具特色，使得整个城堡宛如童话世界。我们旅行的方向是先上城墙，绕城半轴做个全景式的巡礼，然后从城堡另一端下来，到城堡内做微观的探访。

记得一位熟知欧洲史的学兄曾经说过，欧洲的历史是用石头搭建的。此言不虚。我们一路走来，无论是高耸入云的教堂、还是高低错落的民居，抑或是厚重庄严的办公楼和博物馆，它的建筑素材，无一不是石头。反观中国，则无一不是木头。两种不同的建筑材料，形成了两种截然不同的建筑风格，甚至深深地影响了两种文化的形成和发展。

沿着粗重的石条搭成的台阶，我们一步步走上城墙上的甬道。石砌的城墙斑斑驳驳，厚重得让人屏住呼吸，阴凉处都有大片的青苔，石头的土灰和青苔的暗绿交织在一起，显得阴郁无比；城墙下的树木，枝桠伸展到城墙之上，人们伸手可及。令人吃惊的是，这些甬道高高在上，宽度也只有一米多点，一边是城墙，另一边则离地差不多有三层楼高，但旁边居然没有设置栏杆！当年穿梭其间的是骁勇善战的士兵，自然不需要什么栏杆，今天走上这里的还有不少年逾花甲、颤颤巍巍的老人，真担心他们不小心会掉下去送了性命。不过这样的担心也就是一刹那的心念而已，美景如斯，岂能因这些念头耽误了观赏呢？

沿着甬道缓缓前行，向城外看和向城内看，成为两个完全不同又都绝美天成的风景画。外面是连绵的山冈，茂密的森林，以及点缀其间、色彩鲜明的橘色房子，配以蓝得无法想象的天空，里边呢，高高低低的建筑物和曲折通幽的街道，以及大丛的树木和绿植——那些枝条甚至会突然闯进你照相机的镜头！美景让人目不暇接，只好把照相机不停地举起。

不一会，沿着城墙走到了城堡的腹地。墙下的一个居民院落里，居然正在举行着一场颇有趣味的体育比赛。院落大约有十米宽，五十米长，在长边的两端的地上，分别钉入一个钢制的圆管，露出地面约五公分。两边各有两人，手执一个类似铁饼装的物件，用力抛出，想方设法击中对方的一侧的圆管，应该是击中多者为胜。参赛的选手都是几个老人，都是男士，旁边大约有二三十人在观战，为双方喝彩。有趣的是，居然还有几个妙龄女郎，身着短裙，手举参赛者的照片，不时地边扭动身躯边呐喊，显然是参赛者的亲友团，为他们做啦啦队。这场别开生面的比赛吸引了我们的目光，也使我们深深地感受到什么叫作和谐社会了。

　　再往前走，又有一幕令人赏心悦目的情景。在另外一个院落里，正在举行舞会。几个村民站在一边，手执民族乐器，有手风琴、黑管、长笛，似乎还有萨克斯，在演奏着舞曲；而院落中央，则有几对自由结伴的男女舞蹈搭档欢快地跳舞。舞动者和演奏者中，既有年方二八的妙龄姑娘，也有年逾花甲的老人，大家忘情地欢乐着。显然，这不是为了吸引游客而作的表演，而是镇子里的居民自发的集体聚会。

　　从城墙上下来，我们走进了这个城堡里，沿着一条曲曲折折的街道往回走，路两旁，全部是出售各种工艺品的商店。店都不大，装点得颇为雅致。信步走着，心情舒畅无比。

佩尼奇海边小镇

　　从古堡出来，我们又驱车前往佩尼奇小镇。葡萄牙有差不多八百公里的漫长的海岸线，因此，海边的旅游和观光，也是葡萄牙旅游的一大特点。我们要去的佩尼奇小镇就位于海边，是一个相当有名的海滨小镇。

　　快到小镇的时候，我们在一个观赏海景的岩石堆边停下，远远眺望海深处的一个小岛，用相机拍摄海边嶙峋的怪石，在大海背景的映衬下，会有着怎样的风致。尽管风不大，但海水还是有不小的波涛，拍向海边的石堆，白浪翻滚，正是"卷起千堆雪"的意境。海鸥自由自在地飞翔，一会儿追逐浪花，掠过海面，一会儿冲上云霄，在太阳的逆光中形成动人的剪影。天依旧是蓝得见不到一丝云彩，远远眺望，水天一色，如入画境。

　　走到海滨浴场，远远望去，海水湛蓝，沙滩洁白，许多人在那里游泳晒太阳。旁边，还有很多房车停放在一起。原来，租用一辆房车到处转悠，是葡萄牙十分时髦的一种旅行方式。房车白天行走如轿车，晚上休息如宾馆，里边有卧室，还有餐厅、卫生间乃至储藏室，正好适应于一种自由自在、无拘无束、即走即停的旅游心态。当然，房车租用价格不菲，算下来未必比住旅馆便宜。一般也是拥有较多退休金的老人才可以问津的。这些专门的停车场，都是政府开辟设置的，免费对公众开放。

蛋挞店

里斯本有一家世界闻名的蛋挞店，创建于 1837 年。其实，这家著名的蛋挞店就在我们前几天曾经观光过的热罗尼莫斯修道院的旁边。据说，最早的店主人，就是这个修道院的修女。1837 年，修道院的修女在一次政治斗争中成了无辜的牺牲品，被赶出修道院，为了生存下去，不得已开了家小店，把修道院中还不太成熟的一种甜点作为主要产品，结果意外地"一炮打响"，且流传至今……这家店直到现在，只是在原址内部不断扩大面积，决不开分店或特许经营，但外卖量极大。可以想象，这种独特的经营方式，让单价仅有 0.9 欧元的蛋挞为这里持久地带来滚滚财源……不尝不知道，正宗的蛋挞：皮是那么的薄、那么的酥脆，"馅"是那么的润滑、那么的温热、那么的甜香适口。薛源和王雅林本来就是蛋挞爱好者，吃得更是香甜无比。

二、塞维利亚

去塞维利亚的路上

由里斯本去塞维利亚，沿路看去，遍地绿植。而且种类极其有限，无非是橄榄树、葡萄树、栎树和橘子等四种。这也基本上就是葡萄牙的特产了。葡萄牙栎树产量占全世界的 60% 以上，就是说，两个葡萄酒瓶塞中至少有一个产于葡萄牙；而葡萄酒、橄榄油的产量也在世界上名列前茅。国内都认为法国的葡萄酒好，其实，葡萄牙的葡萄酒一点不亚于法国；橄榄油则更是如此，葡萄牙的橄榄油大约是欧洲最好的。因此，我们看到的树种尽管不多，但由于每一种都连绵数公里，看上去极有气势。除了栎树，其他树种都经过了矮化处理，放眼望去，一大片绿油油的矮树波浪般起伏，显示出一种独有的风情。车停在一个服务区的时候，正巧房子旁边就种植着几棵根深叶茂的栎树，我们有机会近距离地观看了剥了皮的栎树。

中午 11 点左右，车辆经过葡萄牙和西班牙的交接处。由于两国都是欧盟国家，国界线上的例行检查早已取消，只是在路边立一块有欧盟标志的牌子，用来表示国界。过界车无须停下，跑得快了，根本注意不到。我把相机探出窗口，照了一张欧盟标志，一瞬间，车子已经进入了西班牙。

塞维利亚市

　　塞维利亚距离里斯本大约四百二十公里，四个小时就到了。事先看资料，这座城市是西班牙安达鲁西亚自治区和塞维利亚省的首府，都市人口约一百三十万，是西班牙第四大都市（前三大城市分别是马德里、巴塞罗那和瓦伦西亚），也是西班牙唯一有内河港口的城市。塞维利亚城始建于公元前43年，先后被罗马人、西哥特人和阿拉伯人占领。公元11世纪，摩尔人的一个部落在此建立独立王国，城市中现存的大部分古代建筑系该时期遗物。1248年，卡斯蒂亚国王费尔南多三世在"光复战争"中夺取该城，赶走摩尔人，从此塞城逐渐繁荣起来。塞维利亚也是西班牙一个重要的港口，古称塞维尔，又称巴罗斯港。1492年8月3日意大利人克里斯多弗·哥伦布奉西班牙国王之命，率领探险队西行，横渡大西洋，就是从这里出发的。西班牙的船队从新大陆运来大批黄金、白银，也是经过塞维利亚转运往欧洲各地。发现美洲大陆后，哥伦布在这里设有"印度群岛（即美洲）交易之家"，垄断着西班牙海外贸易，创造了塞城的鼎盛时期。"交易之家"于1717年迁至加地斯后，18世纪以来塞城曾一度衰落。1928年，瓜达尔基维尔河经过疏整，塞维利亚市又恢复海外贸易。1992年，塞城曾举办过国际博览会，塞维利亚迎来了新的发展机遇。今天，它是西班牙南部经济、贸易、旅游和文化重镇，该市有汽车、机械等工业，塞维利亚大学也在这里。

　　塞维利亚也是一个充满了西班牙传统风情和历史文化印痕的城市。在这里曾经上演了吉卜赛女郎卡门的悲剧（卡门原来所在的纺织厂目前已经成为塞维利亚大学），风流公子唐璜的闹剧，塞维利亚理发师的喜剧，举办了费加罗的婚礼，囚禁了唐·吉诃德的作者，能够代表西班牙传统文化精髓的佛拉门戈舞和西班牙斗牛，都是从这里发源的。这也是一个承受了太多光荣与梦想的地方，横穿塞维利亚的瓜达尔基维尔河，大西洋与地中海在这里交汇，哥伦布从这里起航，率领无敌舰队驶入大西洋。商船云集，战舰济济，扼守直布罗陀重镇，垄断新大陆贸易，成为16世纪世界最繁华的港口，谱写了西班牙鼎盛时期风起云涌的二百年史诗。

　　走上塞维利亚的街头，和欧洲许多具有悠久历史的名称一样，满目都是历史的印痕。徘徊于中心广场，看着缓缓行进的有轨电车，街头长椅上热情拥吻的情人，飞起又落下觅食的鸽子，都难以让人把这份安详与哥伦布的英勇史迹相联系。我们走走站站，摄影，流连，迷失于塞维利亚的街头。

赛维利亚大教堂

塞维利亚大教堂仅次于梵蒂冈的圣彼得教堂和意大利的米兰大教堂，位居欧洲第三位。该教堂建于 15 世纪初，在原伊斯兰教寺院的旧址上改建而成。

这是一座哥特式的大教堂，是由墙顶部带许多尖柱的围墙环绕屋顶上向上耸立的尖塔而成的建筑。教堂边侧有一座高耸于所在建筑物之上的方形高塔，这就是有名的希拉尔达塔。塔高九十八米，是原伊斯兰教寺院建筑中仅存的一部分，于 1184—1196 年为阿拉伯人所建，显示了阿拉伯建筑艺术的美丽风采。塔身墙面上有各种标志阿拉伯艺术特色的花纹图案，塔顶装有二十五口大钟的钟楼和楼顶上的一尊代表"信仰"的巨大塑像，它是 1568 年由西班牙人增建的。巨大塑像高仰站立，手中举着一面半掩的旗帜，总高四米，约有一千二百千克重。

教堂内部空间极大，主要有王室座堂、主座堂、珍藏馆、祈祷厅等。王室座堂是西班牙文艺复兴时期的早期作品，在建筑物简洁的几何造型结构及其拱形圆顶的表面布满了富丽堂皇的复杂纹样装饰。祭坛正中安放了一座代表塞维利亚地方保护神国王圣母的木刻雕像。雕像前有三个王室成员的骨灰盒。中间一个华贵的银制骨灰盒是费尔南多三世（1217—1252 年在位）国王的遗骨，两旁两个分别是皇后和儿子阿方索十世（1252—1230 年在位）的骨灰盒。座堂内还有哥伦布的墓穴。座堂周围漂亮精致的铁栅建于 1771 年。主座堂是宗教活动的主要场所，装饰极为华丽，哥特式祭坛荟萃了大量神态各异、栩栩如生的人物艺术雕像或绘画，具有很高的鉴赏价值。教堂的珍藏馆内，展出了各种各样华丽珍贵的帷幔、法衣、赞美诗集、唱诗班用的经书架等宗教艺术作品。在主圣器室内还有各种不同的圣物盒，金银器皿等各种展品。特别珍贵的是一座 7.8 米高，带有复杂花纹装饰的十五枝大烛台和祭台上的圣龛。在另一间圣器室内保存着西班牙著名的绘画大师穆里略、马尔德斯、莫拉莱斯和戈雅等人的绘画作品。

教堂的祈祷厅建于 16 世纪，由椭圆形的穹顶覆盖，墙上挂着穆里略画的各种著名宗教油画。整个建筑属于西班牙哥特艺术鼎盛时期的风格。1491 年，哥伦布就是在与西班牙国王的朝廷、安达卢西亚的富商和船主们有密切交往的大教堂主教的四处奔走张罗引见下，与高级官员、银行家、船主们加强了联系，促使西班牙国王同意了他那环球航行探险的计划。在哥伦布的四次航行中，第一次从北半球亚热带和热带地区横渡大西洋；第二次从欧洲航驶美洲地中海（加勒比海）；首先发现了南美大陆和中美地峡；发现了大安的列斯群岛的古巴、海地、牙买加和波多黎各；发现了巴哈马群岛和小安的列斯群岛的大部分岛屿，同时他还发现了特立尼达岛和加勒比海一系列较小的岛屿。但当 1504 年底，哥伦布结束在外历时两年半的最后航行驶进瓜达尔基维尔河河口时，虽身患重病，情绪忧郁，得到的也只是国王的一道命令：变卖哥伦布全部动产，查封其他财产，以便清算他的债务。1506 年 5 月 20 日这位伟大的航海家与世长辞时，身边没有任何人照料。

哥伦布发现的巨大意义，仅在西班牙人征服占领墨西哥、秘鲁和北安第斯山脉的国家之后，仅在成堆成堆的黄金和成队成队的"白银船"进入欧洲时才为 16 世纪的西班牙人所明白，并得到他们的公认。然而，哥伦布探险所具有的世界历史意义和革命意义只是到了 19 世纪的中期才由马克思和恩格斯在《共产党宣言》中给予首次肯定。

塞维利亚王宫

塞维利亚皇宫毗邻大教堂。这个著名的王宫最初原为阿拉伯人的城堡，14 至 16 世纪卡斯蒂亚王国进行改修后作为国王的行宫。目前是塞维利亚最大、最重要的伊斯兰文化遗产。

早在公元 712 年，阿拉伯人入侵塞维利亚时，这里就是其军事首领的寓所。公元 11 至 12 世纪，城堡得到大量扩建。尤其是西国王佩德罗一世收复塞维利亚后，在 14 世纪中叶对王宫进行了大刀阔斧的改建。但 18 世纪因地震和火灾，大部分扩建的建筑被毁。整个王宫具有阿拉伯、穆德哈尔和哥特式相结合的建筑风格，外部造型独特，内部装潢讲究，雕梁画栋，金碧辉煌。王宫拥有数个别致的院落和厅室。尤其是卡洛斯五世和大使厅，富丽堂皇，具有重要的历史价值。

王宫大门，王宫外面看上去像城堡，是动荡的战争年代的产物。走入大门，出现在眼帘内的是一个小小的庭院。沿着被绿树和爬墙藤掩映的内院大门走进王宫，伊斯兰建筑的华丽、优雅、精致、迷人立刻就占据了你的全部注意力。王宫精致的装饰，丰富多彩的图形，令人目不暇接；一道道迷人的门楣，一根根雅致的石柱，令空间变得层叠，让人在赞叹声中迷失。

整个宫殿的建筑物都不高，一般只有两三层，但平面布局曲折迂回，使人常有柳暗花明之感。宫殿中，还有专门修建的专供国王和王后沐浴的地宫，呈条形，温暖的壁炉镶嵌在四壁，与澡池里的水相映成趣，显得高贵和神秘。宫殿的后面是一座皇家园林，其间的树木花草或经人工精心剪裁，或完全保持自然的原貌，再配以颇具西班牙南部本土风貌的小品，给人一种淡妆浓抹总相宜的感觉。

西班牙广场

几乎所有的西班牙城市都建有名为西班牙广场的建筑。但我所看到的最为雄伟壮观的就是塞维利亚的这一个。据说，这座建筑物是为1929年伊比利亚美洲博览会而专门建设的。整个建筑呈半圆形，仿佛伸开双臂来欢迎造访的客人。两侧有两座尖形伸向天空的高塔，中间部分则修建了一个类似中国十字拱桥形的结构，用一条人工小护城河及上面建有的数座小桥，巧妙地把两层建筑物分开，上下各有回廊半环相连，人们可以沿着一端的回廊走向另一边。而在回廊的外面，则独具匠心地建设了五十八个标志性的小隔断，每个隔断的立面均代表西班牙的一个省，绘制最能代表这个省的一幅壁画，平面上，则以一个方台上面绘制的地图来标示这个省在伊比利亚半岛的位置。人们沿着建筑物的基座走过去，就对西班牙的地理概况有了一个清晰的认识。

可惜的是，这样一座造型优美的建筑物，居然一直在闲置着。据说，所有计划使用它的人们都付不起维护它的成本。

黄金塔

塞维利亚黄金塔应该说是最能代表塞维利亚光辉历史的一座标志性建筑了。它坐落在瓜达尔基维尔河畔，见证着塞维利亚辉煌的航海史。

我们赶到这里的时候，天已擦黑，整个雄伟的塔身只能看到一个大体的轮廓。塔身为等边十二面体,每个面代表一个方位。也正是这个轮廓让我们浮想联翩。这里曾经是那些满载着黄金白银从美洲回来的船只的终点。黄金塔因以金色瓷砖贴面而得名,现在瓷砖已经没有了,但在斜阳下仍显得金光闪闪。

据介绍,黄金塔建于1221年摩尔人统治时期,是一座具有阿拉伯风格的堡垒形军事瞭望塔,主要目的是监视进入河港的船只。后来曾作为监狱、仓库、邮局等使用,现在是航海博物馆,展示古海图、古船模型及各种船头装饰。哥伦布时代,这里曾是贮存黄金的金库,当年从拉美回来的船只在这里卸下黄金上缴王室,因之而得名黄金塔。

佛朗明戈舞

晚上,我们去欣赏一场期待已久的佛朗明戈舞。塞维利亚是佛朗明戈舞的发源地。这种闪烁着独特民族魅力的传统歌舞,几乎成为西班牙文艺的代名词,享誉整个世界。剧场就在塞维利亚市内,进去后,从二楼进入事先买票预定的座位,静静地喝着侍者送来的一杯茶,等待着开演。剧场是一个圆形的建筑物,一侧为舞台,大幕还在拉着。另一侧则是观众席,除了中间的座席外,还有环绕一圈的包厢。我们进去的时候,已经差不多有一半的观众入座,粗粗地观察,多数都是游客。

演出开始了。舞台整个背景似乎是一个塞维利亚人的居所,有细碎格子的窗棂,灯光很昏暗,似乎有意识地要制造一种压抑的氛围。两个歌者和三个演奏者或坐或站在舞台深处,用苍凉的歌喉和特有的旋律表达某种情绪。这时,舞者出场了,或者是独舞,或者是男女对舞。其最大的撼动力,完全来自于悲切急促、明快热情的吉他、歌曲、响板和舞步。这四个元素组合在一起,深切地传达了一种悲凉与哀怨。

佛朗明戈舞的背景,其实表达的是吉普赛人宣泄痛苦的情绪。透过表演,这个民族爱恨情愁、悲欢离合的历史情绪,就像排山倒海一般,有股莫大的渲染力,轻易地掳获在场观众的心,直到旋律结束,仍久久不能平息。

而这种舞蹈的另一个特色,便是手部动作与脚步节拍的变化掌握,急促有力,又不乱无章法;女性娇柔,男性阳刚,配合手响板,尽情地展现着肢体的力与美,淋漓奔放,同时也构成视觉上的绝美享受。像绝望的斗士,像无望的恋者,却偏偏圆睁双目、怒视前方,恨不能把这刻在骨头上镂在心头上的千丝万缕抖落成三千丈的帛，然后水袖般恣肆抛洒。从中，你可感受到巨大的痛苦和急于摆脱痛苦的强烈心情。

整个表演一个半小时，不知不觉就过去了。出了剧场，那种独特的旋律依旧在心头缠绕，挥之不去。

三、葡萄牙南部

法鲁

早上从塞维利亚出发返回里斯本。计划走南线，目的地是葡萄牙，也是欧洲大陆的西南角——圣玛丽娅角。这个角位于葡萄牙城市法鲁。法鲁西北距里斯本二百一十七公里，人口大概二万二千人。也是葡萄牙重要的农产品集散地、天然渔港。当地的工业也主要以鱼类罐头、棉纺织、海洋化学、制盐等为产品为主。

如果我们从塞维利亚出发向南走七十公里，就能到达地中海畔，那里和非洲大陆只隔着一道窄窄的海峡——直布罗陀海峡。现在，直布罗陀海峡仍然属于英国。

车行向西，大约二百多公里就到了法鲁。首先，我们去参观老城区。老城区的建筑绝大多数来源于摩尔人占领的时期。街道很窄，但车辆均可单向通行，石板铺成的地面，行人的足迹已经把石块踩得发亮。街道两旁是鳞次栉比的老房子，很旧，但别有韵致。很多都没有住人。仔细了解，原来政府禁止对老房子的外观进行拆迁改造，而老房子又不适合住人，很多人干脆就选择搬走，把房子空着。老城区有古老的卫城墙环绕，还有努斯女修道院、市政大厅、城市博物馆、人种和海洋博物馆、卡尔莫圣母教堂、蓝白两色相间的圣弗朗西斯教堂和老城门雷普索拱门等建筑名胜。值得一提的是，居然有许多橘子树结满了橘子却无人采摘。起初以为葡萄牙的橘子是在夏天成熟的，一问才知道去年成熟了无人采摘，至今还留在枝头。

接着，我们又走入新城区。新城区里有在清真寺的基础上改建的大教堂。大广场上有纪念率军收复本城的阿方索三世的青铜塑像。广场旁边的马路重新扩宽修建以黑白相间的石子铺出美丽的图案，饶有风味，路旁栽上了一排挺拔秀丽的棕榈树。广场东面有一个公园，公园内绿草青青、繁花似锦，鸽子成群，有供儿童娱乐的场地，有供游人休息纳凉的长条木椅。新市区商业大街马路，以红、黑、白相间的石子铺出菱形图案，马路两旁店铺设计、装饰都有各自的风格、特点。繁华漂亮的商业大街，有不少游客光顾店铺。

野狼谷高尔夫球场

从法鲁出来，汽车转而向北。这里毗邻大海，气候宜人，自然也适合建造高尔夫球场。据说，葡萄牙南部高尔夫球场的密集程度，在全世界都是数得着的。很快，我们就到了其中的一个，名称叫作野狼谷高尔夫球场。

这个球场有两条标准杆的球道，从一个起点出发，分别向两个方向蜿蜒前进。绿草如茵，山峦起伏，远远地看着，风光怡人如斯。据说，老虎伍兹曾经在去年来这里打球，说明这个球场的知名程度。国内也有很多成功商人专程赶来这里打球。他们还特别喜欢每天都更滑不同的球场，以休会不同的感觉。当然，葡萄牙的球场有一点是共同的，那就是都没有球童服务，一律是自己驾驶电瓶车。大约是人工太贵的缘故吧。

球道的两侧建造了不少别墅，一问才知道，都是球场的经营者开发的。建造一个高标准的高尔夫球场，然后把旁边再建上别墅，球场带动楼市，楼市促进球场，两全其美，相得益彰，是高尔夫开发者常用的经营手段。在高尔夫球场旁边的别墅，比海边的别墅还要贵出许多呢。

维勒莫勒港口与菲戈—中国酒吧

午餐在一个叫作维勒莫勒港口的地方用。这样选择的原因是这里不仅有一个相当著名的港口，经济发达，富人休闲度假的场所；更为重要的是，这里有一个著名的酒吧，是大名鼎鼎的菲戈和一个中国老板共同开的，名字就叫作菲戈—中国酒吧。

我们吃饭的地方就在阿尔加夫的葡萄牙维勒莫勒港口旁边。阿尔加夫杯这个名字，熟悉女子足球的人们一定不会陌生。女足惨败阿尔加夫，带给我们多少惨痛的记忆。不过，维勒莫勒静静的港湾中，似乎承载不了太多的风浪。这里是整个欧洲的后花园，港湾无风无浪，停泊了许多高档游船。这些游艇看上去不大，但每条都价格不菲，据说都要到上百万欧元，也就是人民币千万元以上了——非我辈所能问津者。仔细看去，很多都挂着出售的牌子。看来，席卷全球的金融危机同样也没有错过这个富人成堆的地方。

午饭简单，但饭店对我们还是很有趣味。是一个北京女老板开的，她大约在二十多年前就来到了葡萄牙，一直经营饭店，已经在这里生育了四个孩子。最近，不知什么原因，这里很少有中国人来，她感到很郁闷。见到我们，非常高兴，话匣子就打开了。她甚至送了我们一瓶葡萄牙产的葡萄酒佐餐。

饭后，告别殷勤的女老板，我们就前往对面的菲戈—中国酒吧。这里是葡萄牙的领土，当然也是最具知名度的葡萄牙人、7 号路易斯·菲戈的天然属地。他将爱巢筑在这里，他将情感存在这里，他将积蓄投在这里，甚至将自己的下半辈子安排在这里——这里是菲戈私属的后院天堂。

"7 号咖啡·菲戈·中国"酒吧开于 1998 年，到现在已经有十一年的历史了。许多人都对"中国"这个后缀好奇，原因其实是菲戈有一个叔叔，叫作保罗的，来自澳门，菲戈和保罗叔叔共同投资开了这家店后，由保罗代为料理。由于菲戈的特殊名气，酒吧中常常会有让人惊喜的客人。比如，菲戈的皇马队友劳尔、罗纳尔多、贝克汉姆常常会光顾这里。酒吧处于当地的酒吧一条街上，整条沿海的小街都是餐馆、酒吧。当然，菲戈家的咖啡吧面积范围是最大的——差不多三分之一条街道都被它占据。据说，晚上这里仍然爆满，不预订的话就很难找到现成的位子，这当然是菲戈特殊的影响力造成的。许多人都是冲着那高高悬挂的数字"7"去的。

一踏进咖啡店，扑面而来的不是浓烈的咖啡香带来的嗅觉刺激，而是满眼的照片墙带来的视觉冲击。照片、照片、照片，整墙都是照片，没有一面墙被疏漏，唯有厕所"清净"，因为在你方便的时候，菲戈还这么友好地"看"着你，你可能会不太习惯。当然，店主人还没有自恋到全部摆自己的私家照的程度，很多名人在店里消费后的留影也上了墙。既有贝利等足球界的人士，也有舒马赫等足球外的体育界名流、好莱坞的明星，甚至还有一张联合国前秘书长安南的。吧台的正上方悬挂着齐达内、菲戈、贝克汉姆、鲁尼签名的国家队球衣。法国人是店主人最好的朋友，小贝和鲁尼上榜的理由是自从葡萄牙确立了对英格兰的克星地位——特别是专"克"鲁尼——之后，部分激进的英格兰球迷把阿尔加夫作为英国人传统的旅游地。用这招来讨好主顾，每个细节都说明菲戈是在用心做生意。大屏幕的液晶电视不间断地播放着各种赛事，2008 年欧锦赛的赛程和转播表早早被印制成名片散发，还有许多菲戈签名的照片摆在桌上供人取走。旁边还可以买到菲戈著名的 7 号球衣，对于我这样的菲戈迷，那自然是必须要买的。

据说，菲戈已经决定退休之后来此长住。除了在这里投入了很多的资金外，更重要的理由是菲戈在这里邂逅了爱情。他和现在的太太海伦就是在这家咖啡馆认识，并在 2005 年 5 月正式结为夫妻的。7 号咖啡吧里自然也少不了两人甜蜜的合影。

阿尔加夫是整个欧洲的后花园，凡在欧洲有名望的球星都会来此度假，乃至置业，劳尔、古利特、范巴斯滕等都在这里买了房子，整支英格兰国家队甚至可以直接在这里集结，菲戈自然也是近水楼台先得月，在这里安了家。

萨格里什古堡

离开阿尔加夫，我们下一站的目的地是萨格里什，一个富有传奇色彩的海边古堡。这个传奇，与葡萄牙的航海之父——亨利王子关系密切。

15 世纪初，早已有航海梦想的亨利王子意外地得知阿拉伯人已经与已知世界贸易达数世纪之久，这大大地刺激了他的雄心。当然，要想走遍全世界，仅靠阿拉伯式的单桅帆船显然是不够的。他必须建立一个舰队，只有这样，整个世界才能在他脚下。而做到这一点的前提，就是他必须首先有一个制作船只、训练水手的基地。1419 年圣诞节之际，他选择萨格里什为他永远的基地。此后的数年中，他在这里建设了城堡，修建了教堂，建立了医院与海事学校。所有的加泰罗尼亚船长、犹太海图绘制者、阿拉伯天文学家、葡萄牙骑士、武装者、制帆者、修士、造船工、外科医生、水手与朝廷家仆，与亨利在一起居住、祷告与工作。

萨格里什被选择承担如此重要的任务，与它独特的地理位置关系甚大。萨格里什位于大西洋与地中海的交汇处，又是一个矗立于大西洋两百英尺之上，突出于海上，远远即可以清楚地看到的地方。我们走进古堡，手扶紧贴着大西洋的那些峭壁上的矮墙，可以清楚地看到，一望无际的海浪拍打着悬崖，而波涛拍岸的隆隆声是海鸟鸣叫的持续配乐。悬崖被海水冲刷，蒙上浪花与海雾。陆上没有花，只有密密的灌木丛。采自悬崖的石头组成一个巨大的灰墙守卫着入口，穿过一个黑色橡树门，即可瞥见一排的朴素房子与简朴的圣卡萨林教堂。这里正是葡萄牙人的"天涯海角"。它的一切特征都仿佛是为了亨利的航海梦想而生成的。自然，亨利也指挥着他的部队，在这里为船队提供、准备且建造每一样必需物——无限量地供应建造船架的软松木、做板条用的脂松、制造龙骨和船舵的橡木、做塞子用的胶、制衣服的羊毛和皮革、做床铺与篓子的竹子与芦苇。提供足够两个月的航行的腌制鱼、米、麦、橄榄、柑橘、椰枣、柠檬与杏仁等食品充裕的供应。

当我们走进萨格里什城堡的时候，曾经的一切都已经变成过眼烟云。古堡原先的功能早已不在，现在，它只是作为葡萄牙航海历史上一个负有特殊纪念意义和研究价值的旅游景点和人文景观而存在着。当年的大炮仍然矗立在海边的悬崖上，炮口向外，仿佛仍要保卫城堡的安全。地面中央用石头砌成的八卦图一样的指南针，依然静静地存在着，但早已失去了当年测量航程与方向的功能。正值国庆，这里由当地政府组织一台狂欢晚会，来自非洲大陆摩洛哥、埃及和阿尔巴尼亚的艺术家和演员已经开始表演前的彩排。黝黑的他们或者敲击响鼓，击打出令人的心悸的鼓点；几位漂亮而性感的脱衣舞娘也伴着音乐开始了她们的舞蹈，惹得旁边的游客阵阵叫好。小商小贩则不停地推销他们的商品，从水果到服装，乃至饮料。

我们则静静地离开，背后是大西洋不息的波涛。

四、由里斯本到马德里

埃弗拉市

由里斯本前往马德里，路过的第一个著名城市是历史古城埃弗拉市。这个葡萄牙中南部的城市素有"博物馆城市"之称。这里集中了从古罗马到文艺复兴、从西哥特到摩尔时期不同艺术风格和流派的建筑作品，虽历尽沧桑，但这些文化遗产仍较完整地保存了下来。因此，联合国教科文组织于1986年将整座城市确定为世界文化遗产。路过不能错过，我们当然要进去看看。

埃弗拉始建于公元三世纪罗马帝国统治时期，当时面积不足一平方公里，长期为罗马军队驻地。目前，尚能看到的罗马时期的古迹有罗马神庙、温泉浴池、罗马城墙遗址以及唐娜·伊萨贝尔拱门等。罗马帝国灭亡后，埃弗拉曾先后被西哥特人和摩尔人占领，其间城市规模开始扩大，建筑风格体现出哥特式和阿拉伯特色。1165年，葡萄牙第一个国王唐·阿丰索·恩里克斯派"无畏勇士"吉拉尔多率部将埃弗拉从摩尔人手中夺回,此后成立了皇家阿维斯骑士团并修筑城墙保卫城市,尽管周围地区均被摩尔人控制,但埃弗拉城始终未被攻陷。摩尔人于13世纪被逐出伊比利亚半岛后,埃弗拉成为葡王室成员居住地之一,国王在此逗留的时间甚至超过里斯本。

16世纪就已形成规模的城市规划设计沿山丘顶部放射状发展。在古老的不规则布局的城市中心,一些城市广场延伸至其中的规划轴线的起始点,把建筑组成整体。在这些轴线之间是由狭窄街道组成的道路网,大多数的街道为直线,从一个建筑群体以不同的方向伸向另一个建筑群体。三个连续的城防系统(罗马时期、中世纪以及沃邦式)护卫着城市。在四周有花园围绕的砖墙和砖墙残迹之间,倾斜屋顶的低矮白粉房屋形成了统一的建筑整体,铸铁和花砖使这一特点更为突出。许多曼奴埃尔式宫殿和修道院(在一些地方用花岗岩修建)的建造时期可追溯到公元15世纪。然而,到了16世纪就已能见到诸如早在1537年修建的水渠以及大量喷泉等大规模建筑及城市规划了。埃弗拉是里斯本遭受1755年地震毁坏后葡萄牙黄金时代城市的典范。

走进埃弗拉,不同时期的建筑风格给埃弗拉的繁华过去打了历史的印记。罗马人的智慧、哥特的壮观、摩尔风格的华丽对照阿连特茹这个地区的贫乏。从繁华走向哀伤的没落反讽,仿佛是埃弗拉这座古城的基调。这座城市早在罗马人到来之前已经达到了一定的文明程度。之后的发展与繁华更是让埃弗拉成为不同族群争夺的目标。一直受到历史眷顾的埃弗拉在19世纪之后,便走入了衰败,从此被历史遗忘在阿连特茹地区里。盛夏时节,更是突显这个地区干燥的气候。高温加上水源短缺,使得大片的土地只能有限生产,结果这个地区的经济能力变得力不从心。然而,正因为被遗忘,埃弗拉的历史遗迹至今还得以保存完好。时间的巨轮碾过了其他城市,埃弗拉仍沉睡在旧世界中。塞翁失马,焉知非福。从另一个角度来看,"衰败"反而"拯救"了埃弗拉。1986年,埃弗拉列入联合国教科文组织的世界遗产名录中。

人骨教堂和雅典娜神庙

真正使埃弗拉声名远扬的是它的人骨教堂,全名叫圣弗朗西斯科教堂,前后历时三十年于1510年建成,当时是作为皇族的祈祷堂,因此正门上方用大理石雕有葡萄牙王徽。这是一座哥特式、曼努埃尔式和巴洛克式各种风格完满结合的建筑物，教堂的西厅就是人们通常所说的人骨教堂。

　　这座 16 世纪的建筑内收揽了一座骷髅小教堂（CapeladosOssos）作为死亡的纪念品，教堂内从墙壁到柱子都由人骨叠筑而成。昏黄的灯光打在墙壁上，尽是整齐排列的人骨或头颅。小教堂汇集了五千具人骨，有效地"处理"了坟场有限空间的难题。由于当时的坟场不足，僧人便把不同教堂以及修道院的人骨作为点缀品。除了具有实用目的，僧人也兼顾美化的作用，结合了人骨的构造以及特色而"设计"教堂的室内效果。僧人还利用了头颅点缀柱子与天花板之间的衔接处。埃弗拉人处理人骨的务实态度给人留下深刻的印象。走出小教堂，回到现实世界中。不管人体或历史事件，放在宇宙的时间线上来看，都只是一瞬间而已。

　　雅典娜神庙离人骨教堂不远，始建于公元 3 世纪，那时埃弗拉正遭受罗马帝国的统治，其建筑风格和内容也都深深刻上罗马建筑的烙印。雅典娜神庙是当地唯一保存下来的一座罗马时期的古建了。但就外形而言，它酷似希腊雅典城的帕特农神庙，只是比那座雄伟的遗址小一些。神庙建于一座山丘之上，石造的屋梁已经损毁，只有若干根巨大的石柱还威严地矗立着，依稀让人看得见当年的形貌与气魄。远远眺望，大地连绵不绝，立柱巍然顶天，在非常开阔的背景下，一种历史的沧桑感油然而生。

梅里达市

　　继续驱车向东。我们第二次驶出了葡萄牙，踏上了西班牙的领土。这里有一个与埃弗拉市同样属于世界文化遗产的小城市，叫作梅里达市。

　　历史上的梅里达建立于公元前 25 年，位于古代的埃什特雷马杜拉地区，地处罗马公路主路的交叉路口。梅里达在梅塞塔高原西南部，瓜的亚纳河畔，是当地经济和政治的中心。公元前 1 世纪，阿格里帕在此地建立了主要的纪念建筑。公元 2 世纪，由于罗马皇帝图拉真和哈德良的祖籍都是西班牙，因此城中也修建了重要的公共建筑。3 世纪末，罗马皇帝戴克里先所进行的政治、财政和经济改革增进了梅里达的繁荣，在这里建立了西班牙教区代理中心和大主教中心。之后梅里达作为斯瓦比亚公国的首都继续发展，到了 5 世纪，西哥特人占领了该地。713 年被摩尔人占领，梅里达人拒绝接受阿拉伯人的统治。为保护瓜的亚纳大桥，拉赫曼三世下令拆毁了城墙，在城市入口处修建了一座要塞，梅

里达从此衰落。15 世纪末天主教皇帝的到来使该城短暂复兴。接下来的 17 世
纪，葡萄牙人和加泰罗尼亚的暴动，以及 18 世纪同时发生的继承权战争和半岛
战争使得梅里达进一步衰落。

现在，梅里达是里达埃什特雷马杜拉自治区首府所在地，人口约 5.2 万人，
是西班牙最漂亮的古罗马式的城市之一。由当时的罗马人在其战略要道上所建。
由于其杰出的建筑工艺，一些古罗马建筑经历了大自然的长期严峻考验，较好
地保留至今，成为人类依然可以共享的宝贵遗产。

奥古斯塔-梅里达的城市规划因取法罗马规范而井然有序。横跨瓜的亚纳
河的大桥是罗马人修建过的最长的一座桥（792 米），是古时连接萨拉曼卡和塞
维利亚道路的重要关卡。现今这里可以看到罗马人精心设计修建的水路系统遗
迹。这个系统处在罗马人修建的古城中心，也是兴建现代梅里达市的地方。现
今保留下来的只有历史性纪念建筑。包括大桥、竞技场、剧院、神庙、马戏场、
图拉真拱门和罗马人建造的其他纪念建筑。此外还有西哥特人和摩尔人的纪念
建筑。所有这些建筑都保存得相当完好，它们是梅里达辉煌过去的见证。梅里
达古建筑群构成了罗马帝国时代以及随后岁月中行省首府公共建筑的卓越典范。

我们进入城市的时候，已经是下午两点多了。这个时候，正是西班牙人午
休的时间。因为这个原因，所有的景点都不开放，我们只好走到门口，隔着门
缝和栅栏往里边瞧。幸亏梅里达的古建筑多为古罗马时期的遗址，基本上是露
天的，即使不开门，仍然可以远远地看个大概，包括古罗马剧院遗址、古罗马
竞技场遗址、古罗马博物馆遗址和迪亚娜寺遗址。

五、巴塞罗那

巴塞罗那是西班牙著名海滨旅游城市，西班牙第二大城市和最大的港口，
加泰罗尼亚地区首府。地方政府将加泰罗尼亚语作为官方语言。1992 年巴塞罗
那成功举办第 25 届奥林匹克运动会。巴塞罗那位于西班牙东北部加泰罗尼亚地
区的地中海岸，有近三百万人口。巴塞罗那新城区是从 19 世纪末开始，在完整
的城市总体规划方案基础上建造起来的。规划整齐的宽阔街道、方形的街区成
网格状，在每个交叉口处还有城市广场。

神圣家族教堂

到巴塞罗那，有一个名字不能不知道，那就是安东尼奥·高迪（Antonio Gaudi，1852—1926）。这位西班牙历史上最伟大、最诡异、最富有激情与才华的建筑师，毕生都几乎是在巴塞罗那度过，他的设计成为巴塞罗那的标志性建筑，成为城市不可缺少的一部分，他的灵魂也深深地影响和渗透进了巴塞罗那的城市灵魂，成为城市的精神和命脉。一个人和一个城市如此奇妙地联系在一起，在欧洲历史乃至世界历史上也是不多见的。

高迪的建筑风格中诡异的曲线，以及大量运用缤纷的瓷砖，让他的作品散发西班牙地方色彩。欣赏高迪风格的建筑，首当其冲的当然是伟大的神圣家族教堂，其他比较著名的观光点有位于格斯雅大道的巴特罗公寓、米拉公寓和奎尔公园等。早上九点，我们首先就到了神圣家族教堂。

这个教堂始建于1898年，可以说是世界上造型最怪异的教堂。经过一百零四年断断续续的建设至今还没完工。教堂原址是个小教堂，由高迪负责设计将其扩建成长九十米宽六十米的大教堂。高迪生前，几乎是全心全意，把生命的最后一股精力，都倾注于圣家堂，他的突然去世使教堂的建设被迫中断。教堂有三扇大门，每扇门上有四个像玉米的尖塔，共十二个，代表耶稣的十二个弟子。

站在巴塞罗那旧城熙熙攘攘的人流中，仰望着高达一百二十五米的神圣家族教堂的塔尖，和教堂建筑物上那些巨大、繁复、细腻和变化莫测的雕刻，心中的感受是难以言状的。

奎尔公园

接着，我们去了奎尔公园，这也是高迪的作品。奎尔是一个英国贵族的名字，他是第一个发现高迪设计才华的人。这个最初要作为别墅住宅区的小花园成了欣赏高迪建筑风格的好地方。公园由高迪设计的台阶、喷水池、市场、广场、走廊等，华丽浪漫。高迪在奎尔公园用了许多碎瓷片镶嵌，艺术感强烈。公园里，他生前住过的房子，已改为高迪博物馆。

奥林匹克新港

　　港湾是豪华游艇的停泊处。从和平门广场过小吊桥到港湾中的小半岛。半岛上是一组巨大的现代化建筑，有餐馆、商店、电影院和欧洲最大的水族馆。奥林匹克村和奥林匹克码头，是为1992年的夏季奥林匹克运动会而建。两幢四十四层的高楼耸立在海边是当时的标志建筑，如今作为办公楼和饭店。码头区如今成了海滨餐馆、海鲜档集中的地方。我们在这里用午餐，并为一个巨大的金鱼造型的塑像拍照。

蒙锥山古城堡

　　蒙锥山是座海拔两百多米高滨海的小山丘，位于城市的南面，地中海沿岸。早在1640年，这里就建设起了防御城堡，用来抵御外族人的入侵，保卫巴塞罗那的安全。如今，昔日的城防城堡改成了军事博物馆，许多古代和近代的火炮仍然摆放在城堡内，供游人参观。在蒙锥山的半山腰，还建有一个种植各种热带植物的植物园。中间的奥林匹克体育场曾经是举办1992年夏季奥运会的主会场。再往北的一组宏大的建筑群最早是为了1929年的博览会而建。其中位于中央的国家宫改作了加泰罗尼亚艺术博物馆。山上还有一处叫西班牙乡村的村落也是1929年为世博会而建，特意保留了西班牙各地本土风格的街巷，两旁是传统的餐馆、老药店和香水店等。北面的山下是西班牙广场，广场中间有一漂亮的喷泉。

奥林匹克主会场

　　当1986年巴塞罗那获得第25届奥运会主办权后，为保证奥运会的体育场馆数量，组委会专门制定了《蒙特尤克体育设施发展计划》，奥林匹克设施将在蒙特尤克方圆五公里的范围内，分成四个各具特色又有机联系的部分，即蒙特尤克、迪埃戈纳尔、巴尔德黑勃龙和海洋公园，占地面积有两百公顷。这四个区由新建的海滨线路、环形路和地铁紧密地联系在一起，四个区之间的交通只需二十分钟。组委会共投资3.5亿美元，改造和兴建了三十七个比赛场馆。奥运会除划船比赛安排在离巴塞罗那一百二十公里的班约勒斯湖上进行外，其余各项比赛主要分布在巴塞罗那市周围的蒙特尤克、迪埃戈纳尔、巴尔德黑勃龙和海洋公园等处。

最大的蒙特尤克区位于可以鸟瞰地中海的小山岗上，被称为奥林匹克的黄金地带。位于该区的奥林匹克主体育场原建于1929年，当年是为举办国际博览会建成的。为申办1936年奥运会又进行了重建，但因年久失修，且该场观众最大容量仅6.5万人，不符合国际奥委会对主运动场须是能容8万以上观众的要求。奥运会经过翻修和扩建后，面貌焕然一新。奥运会的开、闭幕式和田径比赛都在这里举行。

经过修饰后的新体育场保留了原来古朴典雅的外貌，内部设施焕然一新，气势恢宏、雄伟壮观。其体育场的主席台顶，是一个四十米宽、一百三十米长的大穹顶，是世界上最大的主席台顶盖之一。正门入口两侧树立着希腊雕塑复制品——骑马者，骑士身下的坐骑前蹄跃起，好像要作势奔向陡峭露台前方的广阔空间。而它们的对面则是巨大的电子记分牌，传统和现代的两种形式遥相呼应。巴塞罗那奥运会的火炬台安装在奥林匹克体育场北侧入口处，市内任何地方均能看到它，这座大型火炬台造型奇特，其形状为地中海帆船船舵式样，高约十八米，重约十一吨。火盆部分和主体部分分别采用钛和不锈钢制作而成。

留给人们印象最深的就是火炬点燃，它一改原来的简单方式，在这里由一名残疾运动员，坐在轮椅里，射箭，朝着会场时钟右边的火炬。大家很多人都会记得，从电视画面上，箭射出的方向，火炬同时燃起。到了现场，我们会发现，那么远的距离，很难射到高高的火炬。但是这个创意打开了奥运火炬点燃的新篇章，我们才得以看到2008奥运会的精彩火炬点燃。

下山的时候，我们意外地在路边看到了1992年巴塞罗那奥运会的跳水场地。之所以对这一场地感兴趣，是因为巴塞罗那奥运会开创了跳水在室外比赛的先例。跳水场地建在山腰上，站在高高的跳台上，可以清晰地看到巴塞罗那城市的全貌。对于一个习惯于在室内参加跳水运动的选手，这样的场地环境可能让他无所适从，也可能让他充满兴奋。而对于一个观众来讲，坐在室内绿树如茵的大自然中，一边观赏优美的跳水，一边俯瞰巴塞罗那老城区沧桑的景色，其中的体验当然是全新的。从巴塞罗那开始，悉尼奥运会也采用了这种室外举办跳水比赛的方式，效果非常好。

加泰罗尼亚艺术博物馆

接着，我们又从蒙锥山上移步到了著名的加泰罗尼亚艺术博物馆。因为巴塞罗那是西班牙最著名的加泰罗尼亚居民居住区，这里自然汇聚了各式各样的加泰罗尼亚的风物与文化。可惜的是，由于维修，加泰罗尼亚艺术博物馆并未对外开放，我们也只能和这个世界著名的博物馆擦肩而过了。

乘坐通往山下的自动手扶梯扶摇而下，加泰罗尼亚广场浓烈的艺术氛围扑面而来，无论是巨大的喷泉，还是形形色色的雕塑，整个广场开阔中展现的是一幅西班牙艺术画卷。这个广场是巴塞罗那的中心广场，周围布满了主要的商业购物区和办公区，多数建筑物都呈现出现代艺术特征。

步行街

哥伦布纪念柱的背后，有一条看上去极为普通的街道，两侧都是店铺，中间则充满了露天的吧台，这就是巴塞罗那著名的步行街。这条街之所以有名，是因为这里汇聚了几乎全世界所有的艺术门类和文化样式。特别让人感到有趣的是，里边到处都是各式各样的"活人雕塑"，就是一个人惟妙惟肖地化装成各种各样的人物，一动不动地站在路边，让路人误以为那是一个与真人大小相仿的雕塑作品；等到有人往他面前的钱罐子里扔钱，听到响声，这个"雕塑"才会动起来，并和扔钱者合影。这些人形态各异，模仿逼真，给这条街道增添了不小的乐趣。

萨拉戈萨

今天，我们的行程是由巴塞罗那返回马德里。路过萨拉戈萨，正好进去看看。

萨拉戈萨是西班牙东北部一座历史名城。它处在马德里和巴塞罗那的中间，虽不及马德里繁华和巴塞罗那亮丽，却以自己特有的文化底蕴吸引着众多的游人。

萨拉戈萨位于埃布罗河南岸，宽阔的城市中心大道把新旧城区分开。我们直奔老城区。一踏上古罗马时期建造的老桥，立刻让人产生一种历史的厚重感和敬畏之心。它似乎在无声地告诉你，这里的一切都有着迷人的故事，充满着史诗般的传奇。

埃布罗河在静静地流淌。萨拉戈萨的标志性建筑皮拉尔大教堂的尖塔直插云天。我们穿过石桥来到教堂前。据说，"皮拉尔"在西班牙语里是"柱子"的意思。皮拉尔大教堂还有一段美丽的传说。在埃布罗河岸边，圣母玛利亚曾靠在一根石柱上显灵，萨拉戈萨这座城市也因此变得闻名遐迩。人们以圣母显灵过的石柱为中心修建了大教堂和广场，祈求圣母世代保佑这里的人民。也许是萨拉戈萨人的虔诚真的打动了圣母玛利亚，第二次世界大战时纳粹的飞机轰炸这座城市，企图炸毁这座教堂，两枚炸弹投在了皮拉尔大教堂屋顶，居然一枚都没有爆炸。我们在教堂里看到，这两枚炸弹现在就悬挂在大教堂的墙壁上，向世人述说着圣母的神奇。

萨拉戈萨原为伊比利亚人城镇，后屡遭外族入侵。公元前24年罗马人在此建工商业中心和军事要塞。11世纪为摩尔人都市。12世纪是西班牙古国卡斯提尔王国的重镇。拿破仑军队曾在1809年进攻萨拉戈萨，遭到顽强抵抗。两万名萨拉戈萨守军和三万多名居民为国捐躯。当法军统帅以胜利者的姿态进城时，竟被街巷堆积着的尸体惊呆了。他对身边的人慨叹："这是怎样的一场战争啊！这场胜利也只能使人感到忧伤！"战争给这座城市造成巨大的破坏。埃布罗河畔的皮拉尔大教堂和邻近的几座古老建筑几经重修幸存下来。现在的皮拉尔大教堂重建于17世纪。教堂正面为新古典建筑风格，两侧各有两座高塔，内部装饰精美，穹顶上是西班牙著名画家、出生于萨拉戈萨的戈雅绘制的壁画。据说，每年10月萨拉戈萨人都要在圣母玛利亚显灵的那一天举办皮拉尔节，以表达心中绵绵不绝的敬意。

走出皮拉尔大教堂，我们徜徉在宽阔的皮拉尔广场上。这里是休闲的好地方。阳光和煦，微风习习，鲜花盛开，成群的鸽子在广场上觅食嬉戏，父母们带着孩子在广场漫步。《三婴抱鲤》的青铜雕塑，其实是饮水口。三个五六岁的孩子跑过来，熟练地用脚踩开开关，尽情地饮用鲤鱼喷出的清水。在广场一侧的几张座椅上，各种肤色、不同性别的老年人、中年人在谈天说地，享受生活。好一幅多种文化友好交融的图画，好一幅人与自然环境和谐相处的图画。我们和一群前来旅游的孩子，以及几个在这里休闲的老太太合影留念。

下午5点左右，我们返回了马德里市。我们下榻的宾馆正好在马德里著名的建筑物"欧洲之门"的旁边，令人欣喜。

六、马德里市

西班牙广场

沿格兰大道西行，走不多远就到了西班牙广场。广场处于两幢摩天大楼之间的广场，目标醒目，广场的主角石中央的堂吉诃德和他的仆人，是游客来马德里的必行之地。

这里最为明显的特征就是拥有全西班牙最大的一面国旗，飘扬在广场的上空，格外醒目。留影时，我们一直希望有阵风，能把旗帜吹展些，等了半天才如愿。

普拉多美术馆

参观的下一个目标是马德里最为著名，也是欧洲非常著名的博物馆普拉多美术馆。虽然面向交通拥挤的普拉多大街（Paseo del Prado），但普拉多美术馆还是显得非常宁静安详。在卡洛斯三世时代，这里最初是作为自然科学博物馆由建筑学家番德·比利亚努埃巴主持修建的，但由于受法国独立战争等因素的影响，计划的完成变得遥遥无期。其后费尔南多七世国王和伊莎贝尔·德布拉甘萨王妃决定把这里建成美术馆。1819年，收藏了王宫中众多美术精品的美术馆对外开放。

建筑物属于新古典主义风格，在简约之中透露出其品位的非凡。作为绘画馆而称得上世界第一的普拉多美术馆，其所收藏的作品，单是绘画作品就超过了八千件，如果要慢慢地一件一件鉴赏这些作品，至少需要整整一天的时间。我们的时间有限，对于欧洲绘画艺术也缺少必要的观赏能力，只能随步履所致，随便看看，感受一下氛围。当然，对于西班牙杰出的绘画大师高亚的作品，我们还是相对仔细地看了看。这里为高亚开辟有一个专门的区域，看的人也确实较其他区域为多。与馆内的其他藏画相比，高亚的作品生活气息很浓，多数都描绘着乡村生活情景，蓝色的天空，白色的云彩，加上画面中人物生动细腻的表情，确实很有感染力。

欧洲之门

在南北纵贯西班牙首都马德里的卡斯蒂略大道上，有两座一模一样、均向内倾斜的大厦雄踞两侧。引人注目的是，这两座高 115 米的大厦，各向对方倾斜 15 度，楼顶相对楼底错开距离达 30 米，好似一座不封顶的拱门，吞吐着川流不息的车辆，气势宏伟，十分壮观。这一对倾斜度远胜意大利比萨斜塔的大厦，有一个响亮的名称：欧洲之门。

"欧洲之门"的设计出自美国著名的建筑师约翰·布奇和菲利普·约翰逊之手。这位享誉四海的建筑师现在已经年逾九十岁。他认为，黑色的方盒子已经过时，他主张建筑设计应该消除直角，因此构想出这样的倾斜大厦。异想天开的设计搞出来了，但是把它变成现实更为困难。双斜楼的结构设计是纽约莱斯利·罗伯逊建筑事务所完成的。原设计的斜楼倾角很大，楼顶和楼底重叠部分只有 5 米宽，因此需要特殊的结构来保持它们的稳定。建筑师几经选择，确定了以混凝土和网状金属结构组合的结构。以电梯井的混凝土壁为中心，承受 80% 的重量，形成整幢大厦的"桅杆"，金属结构将侧压力分散并引导至地基。斜楼的地基也与众不同，它包括一个能抵消倾倒力的"千斤坠"，这是一块体积为 6000 立方米、重达 1.5 万吨的平衡体，它牢牢地拉住了向一侧倾斜的楼体。

双斜楼外墙面由深色玻璃、灰色铝窗框、红色装饰线和贯通楼体的不锈钢带组成，看上去不会使人产生"危楼"的印象，相反给人一种稳定的感觉。

由于历史的渊源，北非和南美的居民前往欧洲一般都通过西班牙，从这个意义上说，西班牙算得上是欧洲的一个门户。耗资 2.1 亿美元的双斜楼建成，更是赋予马德里"欧洲大门"的一个具体象征。

目前，在欧洲之门中间的广场中央，又有一个尖状的纪念性建筑物正在施工建设。由于没有完工，尚不知道这个直插天穹的怪诞家伙是干什么用的，纪念什么，表现什么。但从构图的角度看，我感觉这个东西纯属多余，破坏了欧洲之门固有的美感。当然，这只是一家之言，说说罢了。

马约尔广场

马约尔广场是一个四面都用建筑物封闭起来，然后用几个门洞和外界来联通的广场。近百年来，马德里的马约尔广场都是举办集市和戏剧表演的场所，也是各种宗教活动、斗牛表演和节日庆典的中心，街头艺术家随意的加尔多斯风格随处可见。作家高迈斯·德·拉塞尔纳称其为"西班牙的大院"，想和朋友碰头最好约在这里，通常也是任何一条游览马德里的路线的起点。大仲马则将马德里高远湛蓝的天空比作马约尔广场"最美丽、绘画最精美的屋脊"。

马约尔广场始建于 1620 年，正是哈布斯堡王朝最辉煌的时代。广场上最引人注目的是菲利普三世国王的骑马像，而在广场边一家面包房里则可以看到精美的壁画。

拉波塔索尔广场

说拉波塔索尔广场是西班牙最重要的广场也不为过分，因为本来就有一个说法是，这里是西班牙的心脏。在广场中心的一块地面上，我们看到了一个地面标志，也就是马德里甚至可以说是西班牙的"零公里"标志。就是说，西班牙所有公路的里程数，都是以距离这里的数量来计数的。从这里向外有六条国家级公路以放射状延伸到整个马德里市区，再延伸到整个西班牙，甚至可联系欧洲各国。

广场上一幢古老的建筑上的大钟准点敲响。在圣诞节前夕和元旦前夕，马德里人聚集在广场等十二点敲钟，每敲一下钟，吃一颗葡萄，许一个愿，盼来年能实现十二个愿望。这里还有一个修筑的大门，成为太阳门，是马德里人和道路的交会点，也是马德里的重要交通联结点，在此刻利用各种交通工具通往马德里的任何地方。

在广场的另一端，我们还见到了马德里的象征物，一个很有象征意味的树熊标志。

斗牛表演

每年的 3 月 19 日到 10 月 12 日，是马德里的斗牛季节，每周六、日都有斗牛表演，其中 5 月的圣伊西德罗斗牛节是水平最高、场面也最热闹的。马德里斗牛场位于城市东部，是一座古罗马剧场式的圆形建筑，外墙为鲜艳的红色，仿佛在呼应斗牛士的红披风。斗牛场可容纳 32000 名观众，在 5 月的高峰时间往往座无虚席。作为西班牙水平最高的斗牛表演场所，全国乃至全世界的斗牛士们都以在马德里斗牛场表演为荣。

其实，我都是第三次来到这个斗牛场了。昨天，我们从比赛场地出来，就专程来这里，想买今天的斗牛票。结果，只有今天早上才卖票。我们就围着斗牛场转了转，拍了些照片。今天早上比赛还没有开始，我们就又一次来这里购票，终于如愿以偿地买到了票。斗牛场的票很有意思，依据晒不晒太阳，所有的座位分为三大类，一类太阳下的便宜，另一类不晒太阳的贵，而第三类半晒不晒的，票价则介于两者之间。当然，票还以离斗牛场的远近区分贵贱，越靠近下面越贵。最便宜的票只有几欧元，最贵的贵宾票就要一百多欧元。

斗牛的过程正是想象中的情形，残酷中的精彩，血腥中的艺术。先后有六个斗牛士出场，斗死六头公牛。这种残酷的美可能与我们东方的文化心理不怎么相容，我的内心，在整个过程中都完全调动不起积极的情感，只盼着那些骁勇的公牛幡然醒悟，跑回去了事。细察内心的这种情感，自己都哑然失笑。

世界文化遗产托莱多古镇

托莱多是西班牙最重要的国家古迹，联合国教科文组织已将整个古城定为"世界文化遗产"。托莱多于公元前192年，被罗马人占领。公元527年，西哥特人统治西班牙，并在该城定都。711年，托莱多被阿拉伯人攻陷。1085年，阿方索六世收复托莱多，成为卡斯蒂利亚王国首府和全国主教中心。1561年，西班牙国王迁都马德里，托莱多的大都市身影开始逐渐淡出。从8世纪阿拉伯统治时期，阿拉伯人、基督徒和犹太人共居此城，托莱多成为"三种文化之都"。基督徒、阿拉伯人和犹太人几百年生活在一起，给托莱多留下了伟大而珍贵的艺术和文化遗产。

托莱多位于马德里西南七十多公里处，是卡斯蒂利亚－拉曼恰自治区首府和托莱多省会。开车只要一个小时就到了。

首先，我们去参观了托莱多的圣马丁桥。这座桥建于13世纪，桥头矗立两座防卫塔，属哥特风格，是游客必到之处。托莱多古城地势险峻，建筑在山崖上的城区被泰加斯河三面环绕，由三座古桥通入城区。老城内街道纵横交错，所有风景在步行范围之内。

托莱多古城最著名的建筑当数大教堂，是西班牙最大的教堂之一，也是西班牙首席红衣大主教的驻地。作为世界最大天主教堂之一的托莱多大教堂，是哥特艺术的顶峰之作，也是最佳的历史见证。公元 6 世纪，它是哥德人的宗教圣殿。公元 9 世纪，摩尔人又改为伊斯兰寺庙。1224 年起，改为天主教堂。各种流派的建筑师，在一座教堂内，留下不同时代、不同宗教的烙印。教堂正门左侧钟楼高 90 米，上挂一口重 17.5 吨的大钟，是 14 世纪时所建造，在附近任何一条街巷取 90 米钟楼的风景，都会是幅美丽的图画。

托莱多古城一种叫"达马斯奇纳多"的金银箔丝镶嵌饰品，是西班牙最著名的工艺。这种把金银丝镶嵌在首饰、枪把、银盘上的古老技艺，是西班牙王公贵族的最爱，在许多西班牙博物馆里保存下来的文物中，都可看到这种手工艺。如今托莱多沿袭传统，把金银镶嵌应用到现代饰品如耳环、胸针、手镯等上，深受女游客欢迎，在西班牙的几个大城市的百货公司都有专柜出售。

皇家马德里俱乐部

记得，我的一位很有学问的老师曾经说过，如果让我选择世界上第二伟大的科学家是谁，我真的回答不知道；而如果问我最伟大的科学家是谁，我的回答毫无疑问是牛顿。套用老师的说法，如果问我们哪个足球俱乐部是世界第二，我们真的不好回答；但如果要问世界上最伟大的足球俱乐部是哪一个，毫无疑问：皇家马德里！

难以描述见到皇马可容纳八万人的伯纳乌球场时那种激动的心情。从外形看，那是一个巨大的存在的，单其体貌之大，就已经让人感到呼吸紧迫了。当然，仅看外形，伯纳乌球场和多数的欧洲球队的主场是一样的，外观简单，不做豪华装饰，水泥抹面刷以清漆，就是装修了。我们停了车，四下端详这个出奇的大家伙，这个蕴蓄着银河舰队、所向披靡的无敌战神，这个世界足球俱乐部最善于赚钱的足球机器，心中充满了感慨。随着观众从 3 号门进入皇马内部，这座伟大的俱乐部的神秘面纱正在慢慢地掀开。

皇家马德里足球俱乐部成立于 1902 年 3 月 6 日，是现今欧洲乃至世界球坛最成功的俱乐部，2000 年 12 月 11 日国际足球协会选出皇家马德里为 20 世纪最伟大的球会。皇家马德里在历史上一直是欧洲最成功的球会之一，曾经夺得过九次欧冠冠军，是目前赢得最多欧联冠军的球会。而本土方面一共夺得三十一次西班牙甲组联赛冠军及十七次西班牙国王杯冠军。另外皇家马德里在 1932 年成立篮球队——皇家马德里，而且球队成就与足球队同样显赫，八次为欧洲冠军及多次成为本土篮球联赛冠军。

我们的参观主要包括几个部分：伯纳乌球场内景，从高处向下看，然后再转到低处向上看，我们甚至还到球员出场的附近看了看，然后坐在球员和教练员休息的地方，想想自己也是球队的一员。

接着是球队的荣誉，完全淹没在球队百年来获得的数以千计的奖杯、奖牌和其他荣誉物中间。起初，我们还想关心其中某一个奖杯的来历，很快就发现这既是不是徒劳，也完全没有可能——除非要在这里待上一年。

接着是就是球队历史上的球员、教练乃至经纪人等等，那一张张生动的脸庞共同构成了伟大的银河战舰。我们在其中找到了菲戈、齐达内、罗纳尔多、卡洛斯、贝克汉姆，我们甚至找到了 C 罗的位置。因为这里的排列方式是不管球星大小，每个人都按照加盟的先后来排列。那里还是一个空白，但几天后就会贴上 C 罗的照片。这种想象让我们非常愉快。

2009 年 8 月

除了屁股，城管还暴露了什么？

7月31日下午，深圳市城管联动执法大队六名队员在龙华执法时，遭龙华街道办城管执法队三十多人殴打，六名市城管队员被当街扒下裤子，臀部裸露，成为街头一景。

繁华都市如深圳者，构建和谐社会的标语随处可见，街头突然出现这样的"三级"场景，围观者一定以为是港片《无间道4》或者《古惑仔5》的片场，说不定还想看看刘德华或者陈小春有没有在场，好找他签个名。了解真相后一定颇为失望，怎么不是拍黑帮电影呢？

观者有此联想，其实并不出奇。首先是情节近似，一帮人沿街巡查，颇像占了地盘收保护费，另一帮以汽车封路，跳下来就恶打，就像是抢地盘；其次是细节逼真，对击败了的对手扒去裤子羞辱人格，原是黑帮的看家本领。这样的情形，本来就只在电影里见过，不小心见了活的，谁会以为是真的呢？

后面事态的发展也和电影类似。一干人等被抓到警局录口供，然后老大出场，连声"误会"，领了弟兄们去。估计走前还有个恶狠狠的眼神，预示后面的情节。可能是在某间屋子里，老大铁青着脸，恶骂"饭桶"若干声，可惜笔者编剧能力有限，有此兴趣的朋友，不妨联系起山西侯马刑警暴打交警的奇闻，把故事进一步演绎下去。

城管之为城管，原意当是"管城"，事关民生，责任匪轻。深圳是"国际化大都市"，商贾云集，市容繁华，置身城管之列，管理这样的城市，本是严肃体面的职业。"管城"之际又被城管所"管"，就有了许多黑色幽默的意味。其中最为荒诞不经之处，当然是扒了裤子露底的情节。这样的露底，与近日某超女的现场露底颇有异曲同工之妙，似乎都与某种利益相关。超女露底，我们看见的是一件小小的丝织品；而"城管"露底，却暴露出了比丝织品多得多的内涵。大家倘无窥私之癖，面对超女的露底，自然可以一笑了之，但"城管"露底，却让我们实在笑不出来。龙华城管声称对方是"假冒"城管，推断是否合理，不好妄论，但让人顿生疑窦的是，即便是"假冒"，就可以扒了裤子、绑了押走吗？小民为这样的"城管"所"管"，能"管"出什么样的名堂，也就不难料想了。

　　"城管"与"城管"内讧，警察和警察火并，都让我们从市井阡陌的现实，幻化到诡异莫测的江湖。在这个江湖里，私权俯视公决，帮规代替法律，暴力"强奸"真理，地盘才是硬道理。生存在这样的江湖，我们就难免被无端暴打，随意受辱，财产受侵。这样，无论楼宇如何高大，三餐如何精美，我们还是找不到安全和尊严。因之，我们总得想出些法子，来消灭这样的江湖——至少，除了黑帮电影里，我们都不希望看到，谁的裤子在光天化日下被扒下。

2009 年 8 月 15 日

艺而优则仕何以成为范冰冰们的潜规则

近日，二十六岁的范冰冰被西影集团任命为"西部电影集团艺创中心演员剧团副团长"。据悉，范冰冰担任副团长后，将享受副处级干部待遇，主管艺人培训。

"范美人"荣任"范处长"，消息一传出，网络上立刻一片哗然，有质疑有祝福。"批范派"讲，范冰冰是八卦花边新闻的女主角，虽然她的演员和老板角色都做得不错，但做领导确实不可思议。"听了这些消息，简直不敢想象，范冰冰怎么可能当官？凭什么？"而"挺范派"则认为：范冰冰人气旺，号召力强，她当副团长，对提升西影知名度大有好处。双方各执一词，莫衷一是，争得面红耳赤，一时板砖横飞。

其实，艺而优则仕，不是自"范处长"始。前几年，相声演员牛群到安徽蒙城当了牛县长，虽说后来"耍脱"了，但牛县长倒也货真价实。最近，中央电视台的王志到云南丽江担任副市长，成为新闻热点。众所周知，彭丽媛、宋祖英、阎维文等等歌唱演员，都在军队任文职，套到地方，恐怕级别又在牛县长和王市长之上。范处长当一个小小的副处级，在这个时代，应该不算出格。况且，范处长分管艺人培训，正是本行，只要认真做事，自有优良着政绩可期，仕途光明，不在话下。

新闻里介绍，范冰冰闻讯后表示："我也是今天才接到任命的。不过，半个月前，有关领导找我谈过话。无论如何，我会认真踏实努力为西影集团工作。因为，我是西影的一个员工。"看得出，范美人对这一任命，态度认真，表态诚恳，内心是受用的。

"范美人"而"范处长"之引找关注，倒不是因为艺人不能从政，而是艺人为什么都喜欢从政。

从政当然有从政的好处。从根上讲，无非是三点：一是更有机会实现自己的价值。官手里有权，可以支配各类资源，自己想干什么，比老百姓方便；二是满足自己的支配欲。当官能指挥别人，让别人按照自己的意志行事，这很过瘾；三是有一些显而易见的利益。有这三条，才驱使古往今来无数英雄才俊，前仆后继，学而优则仕，成就了一幕幕权力角逐中的悲剧喜剧闹剧。唐武则天时代，尽管监察之严古所未有，杀官之多血流成河，但跑官要官考官者还是络绎不绝。正是从政好处尤甚的明证。

但范美人要做官，这三条就不大适用。倘要实现自己的价值，以范美人之知名度，可以说方便到手到擒来的地步了。二十六岁的范美人，出道时间不长，名气已如日中天，电影拍一部红一部，举手投足都有人追捧。这样的氛围，倘无从实现自己的价值，又岂是分管艺人培训的副处级所能弥补？倘为满足自己的支配欲，面对众多追星族，可以说一呼千应万应，又岂是一个小小副处级所能享有的？倘为利益，那就更奇怪，一个权力不大的副处级干部，贪一辈子也不敌范美人一部电影的片酬。

看来，范美人欲就任副团长，仿佛另有些原因了。

真实的意图，笔者无从猜度。但既然有"艺而优则仕"的现象，恐怕还是逃不出官本位的怪圈。网上的朋友讨论范美人该不该做官，"批范派""挺范派"其实前提是一样的，都认为官是好的，区别是"批范派"认为范美人不够，而"挺范派"则认为"范美人"德才兼备，够的条件做官。认为范美人没必要做官的，几乎没有。好几天前，深圳的林书记酒后狂言，我是厅局级我怕谁；北京的女处长放话，我是公务员，就是要如何如何，都让人窥见中国人内心深处的核心价值观——万般皆下品，唯有做官高。据说，北京奥运会硝烟刚散，已经有若干冠军亚军运动员和教练员已经摇身一变，成为各地体育局的某某局长处长主任了。大家争先恐后地往仕途上挤，范美人又怎好落后呢？

两百年前有一位也姓范的老年士子，一不小心中了举，显见得做官在即，居然痰迷心窍，疯疯癫癫了半天，幸得岳丈胡屠夫一个大嘴巴打醒，才不致乐极生悲。原想两百年过去，社会该有些变化。许多政府的总结里都讲，市场经济了，最大的变化就是价值多元化。但从范举人联想到范美人才知道，结论下得太早，路还长着呢。

2010 年 11 月

穿越岁月的感恩

——在阳高一中六十周年校庆仪式上的发言

所有出席这个庆典的人，都是怀着对母校的深情而来的；但只有极少数的人有机会当众表达，而我，正是那个幸运儿。我一生中，有很多当众表达的机会，这是最重要的一次。所以，感谢给我这个机会的人。

1978 年，我第一次走进母校。那时我个头不高，怎么看也不像个中学生。走进校园，立刻被镇住了。我后来记述当年的记忆："校园在城之一隅，残破的古城墙，唯余西南角，恰若苍劲的臂弯，裹了一方清静。由北门入，甬道宽阔，古木俨然，肃穆到令人不知所措。两侧铅灰色的教室，左右成排，墙壁厚重。"多少年过去，我一直记得第一眼看到母校的样子，对于我们这样一直都在异乡漂泊的人来说，对母校第一眼的记忆，是一个精神上的起点。我觉得，这就是我在母校上的第一堂课，叫作理想。

1979 年，初中二年级，我在上英语课的课堂上睡着了。下课后，赵大梅老师对我说：晓春，你是一个聪明的孩子。只要努力，就一定能学好英文。那个学期，我英文考了95 分，这是我学习生涯唯一一次所有功课都上 90 分。后来，赵老师回了北京，我就再没有见过她。去年重新联系上，赵老师已经不记得这件事情了。但我一直记得，有些细节，是一辈子的事情。这又是一堂重要的课程，叫作勤奋。

1980 年，在班主任宋适老师的指导下，我花了几天的时间，办了一份手抄的小报，叫做《萌芽》。宋老师在课堂上表扬我，亲手给这份小报做了密密麻麻的批语，并贴在教室后面的板报栏里。去年，宋老师搏击癌魔，终告不治，我去家里吊唁，又看到一张普通密密麻麻写满了字的纸，那居然是宋老师生前亲自安排自己的后事。我还从来没见过哪一个人像宋老师这样在生死关头如此达观。我想，这也是宋老师给我们上的一堂课，叫作智慧。

1981 年，我考上了高中，还在母校上学。第一学期，因为不好好学习，期中考试数学只考了 20 分。刘康老师把我叫到他的宿舍，认真地给我读了宋代大文人王安石写的《伤仲永》的故事。刘老师态度恳切，循循善诱，一点一滴地让我认识到了自己的荒废与懈怠，也维护了一个小小少年的自尊。我想，这也是我上过的重要一课，叫作尊严。

1982 年，我高中二年级，开始了高考的紧张。我从来再没有遇到像那时的老师那样敬业的人，每天早早来学校，一直到深夜还要到学生宿舍查铺。班主任叶老师几乎 24 小时和我们在一起。毕业前，我和另一个同学去他家里看望他，看见家里四壁空空，极为清贫，心里很是酸楚。也许，这也是我在母校上的最后一课，叫作良心。

1983 年，我考上大学，离开了母校。到今天，将近三十年了。"昔我往矣，杨柳依依。今我来思，雨雪霏霏。"三十年来，我们漂泊他乡，老老幼幼，是是非非。岁月飘零，额前已隐隐皱纹；风雨剥蚀，头发已处处白斑。但回忆这三十年，我还能做到一个有理想的人、勤奋的人、有智慧的人、有尊严的人和有良心的人。这一切，都源于我们有一个重要的起点——阳高一中。

我曾经说过，我们的生命中，总有一些让自己热泪盈眶的日子，证明我们没有白过——这正是我们在母校的日子。有一首歌是这样唱的：三十年以后才明白，谁也赢不了和时间的比赛；三十年以后才明白，谁也输不掉曾经付出的爱。

谢谢！

2010 年 12 月

抬头节随感

　　昨日，乃农历龙抬头。略知此节，原是劝农耕的意义，在民间则要理发，寓意大致也是一年要发达。《易经》"乾"之卦，六爻皆为阳，卦词多以龙为象，第二爻为"见龙在田"，不知与龙抬头之节有无关系？

　　在我看，人的自然心性，就是抬头，因为这个姿势，起码对颈椎好，每天低头，则难免增生。可惜，我们的文化，不许抬头，许多道理，讲的都是如何低头，或者可保平安，或者可藏富贵。总之，国人的机锋，全在低头，对上对父对兄对长对夫，都须做出卑顺来，才是贤者。这样一年下来，未免太累，遂许以一年之中，抬头一次，如大婚之新郎，娶亲当日，可以做"官"，叫做新郎官。至于他日，则褫夺了去。所以，华夏文化，原不是叫人天天抬头，明白这一点，最是当紧。许多人爱看姜文的电影《让子弹飞》，大约就是，倡导人们，要发财，也要抬头。

　　其实，现在中国，正是这样的关口。人，不仅要物质富足，还要精神抬头。赵翼总结诸葛亮治蜀，有名联曰：不知兵则宽严皆误，自古知兵非好战；能审势则反侧自消，后来治蜀要深思。现在的"肉食者"，对于这种富裕了还要抬头的国情，也须多多审势。否则，宽严皆误，反侧不消，犹自得于复兴图强之类，难免南辕北辙。

2011 年 3 月

心中是北方家乡

——为阳高一中初一初二班三十年聚会纪念册所作

上初中时，迷恋唐诗。最喜欢的两句是：

劝君更进一杯酒

西出阳关无故人

那时读末一句，重心不是故人，而是阳关。青春少年，无畏离别，心系远方。且顽劣间，爱将阳关念作阳高，全不顾两地相距不啻万里。在我心中，黄沙漫漫驼铃悠悠的杳杳阳关何足道哉，阡陌纵横鸡犬相闻的故乡阳高才是出发的起点。

很久以来，对于生于斯长于斯爱于斯苦于斯的故乡，我所知有限。长大，走出去，浓浓的乡愁才泛起。故乡汉设高柳，唐称清塞，辽置长青，元改白登，明设阳和高山两卫，清合之，遂有阳高之名。儿时就这样遐想，天下郡县千千万，像阳高这样响彻云霄的名，哪个能比了去？千百年间，这里胡汉交杂，民风刚健。唤作阳高人者，自然与南方旖旎之处多有异趣。好得是大碗喝酒，大块吃肉。酒则烧锅，肉则牛羊。就连女子，也多有豪气。班里的女同学，记忆中也是柔柔弱弱，三十年再见，筛得一盏酒来，竟是飒爽英姿，不让须眉，让人顿添几分敬爱。

故乡中最熟悉的，是我们曾经的校园，那葱茏的所在。

校园在城之一隅，残破的古城墙，唯余西南角，恰若苍劲的臂弯，裹了一方清静。由北门入，甬道宽阔，古木俨然，肃穆到令人不知所措。两侧铅灰色的教室，左右成排，墙壁厚重。西侧曲径通幽，尚存古庙一座，是另一种存在，神秘幽暗，无可猜度。教室在东南，一排两间，一班西，二班东。改革开放后，母校重设初中，我们是第一批。肩膀稚嫩，重振阳高教育，担的分量不轻。但我们如刚出窠的稚雏，莽撞地飞入林中。终日嬉戏，不知考试之将至。

我们那时多么年轻啊。

在这里，我们有幸接受了一种真正意义上的教育。张宋两先生的语文，燕老师的数学，干老师的物理，赵老师的英文，所有老师的课程，都严谨细腻，剖白明了，授业解惑，言犹在耳。去年，宋老师搏击癌魔，终告不治。赴家中悼念，师母说：他教了一辈子书，感情最深的就是你们这一拨学生。聚会之后，对着照片，逐一念叨，彻夜不眠。师恩如斯，令人潸然泪下。

在这里，我们也孕育了珍藏一生的友情。那正是一个恣意生长友谊的年龄，我们需要伙伴，如同需要水、阳光和空气。我们甚至体味了最初的爱情，一个朦胧的眼神，一声银铃般的歌声，一个闪过窗前的倩影，都勾起难以言表的情愫，成为爱的启蒙，生命的刻度。

后来，我们流落四方，追逐名利，老老幼幼，为官为僚，成家立业。岁月飘零，额前已隐隐皱纹；风雨剥蚀，头发已处处白斑。恍惚间，不觉已是三十年。

三十年，我们归巢。人还是那些人，校园却伐倒大树，盖起高楼，不复当年气象。其实，人不能两次踏入同一条河流，谁又能真正地回到过去？人说时光是轻飘飘的，但三十年太久了，它是一个太过巨大的存在，是一段压得人喘不过气来的重量。有些伙伴，我们已经失去了联系，只能在记忆中寻找他们的影子；还有些，去了比阳关还遥远的地方，幸而有现代通信，传来声音图像，天涯倒仿佛比邻；还有的，我曾眼睁睁地看着他消逝于虚空，最后时刻，嘴角上挑，留下一个惨淡却永恒的微笑。"一切有为法，如梦幻泡影。如露亦如电，应作如是观。"往事如恒河沙数，我们的真实无碍，又在哪里？

于是，我们回来了。

感谢那些怀恋旧时、珍惜友谊、深悟生命、心态阳光的同学，他们发出倡议，让三十年记忆延续，跨越时空，无缝链接。魂牵梦绕之时，我们回来，作为一个不可分割的整体。豪迈地畅饮，快乐地跳舞，走踏过熟悉的校园，走上曾经远眺的山梁，我们肩并肩，好像从未分别。这是我们的春暖花开，我们的青春无忌，我们的朝圣之旅。这样的时候，所有的人，那些远在他乡的伙伴，那些我们不知道他们此刻生活在哪里的伙伴，那些在高高的天国微笑着望着我们的伙伴，都和我们在一起。

尽管盛宴终将散去，如同一切辉煌的开始，如同烛光终将熄灭，如同心愿有时会沉陷沙漠，连小草都没有生长，如同最欢乐的时候会泛起悲歌，但是，请允许我唱一首歌吧，它苍劲豪迈，透彻灵魂：

　　鸿雁　天空上
　　对对排成行
　　江水长　秋草黄
　　草原上琴声忧伤

　　鸿雁　向南方
　　飞过芦苇荡
　　天苍茫　雁何往
　　心中是北方家乡

　　鸿雁，终归是要回到故乡的。我的同学，我的伙伴，秋风又起，我想念你们了。

论铁道部之"倒掉"

　　大部制改革，铁道部并入交通部，似乎是人们期待的结果。进入新世纪，人们越来越多地诟病发展带来的诸多问题，而矛头每每直指铁道部。关心改革的人们，自然留心铁道部之进退。如今，铁道部如雷峰塔般倒掉，则国人之心情又如何呢？

　　未有铁路之前，人类之远途运输，主要依靠水运。地中海文明之滥觞，海上贸易是关键。一直到工业革命，蒸汽机的发明，催生了铁路这一运输革命，以铁路为载体的大陆长途运输，加速了资本主义。我们知道，华尔街之发达，催生者，前为伊利运河，后有横亘美洲大陆的铁路大动脉。美国经济之发展，拜铁路所赐多多。唯其如此，坚持师夷之长技以制夷的民主革命先贤，振兴中华之要务，就是学欧美，修铁路。其实，武昌起义之侥幸成功，正是因为四川保路运动，牵制了清军的主力。似乎可以说，辛亥革命，得益于西南发展铁路之信念。不仅于此，辛亥革命后，孙中山辞去临时大总统，北上面见袁世凯，目的就是一心一意修铁路。成立铁路总公司，制定了乌托邦式的宏伟计划，自任总经理，意图借资德日，以兴大业。国民党成立，孙被选为总裁，但孙把党务托给执行总裁宋教仁，坚持专务铁路，罔复他顾。后来，因为袁的虚与蛇伪和孙的急于求成，特别是宋教仁为袁暗杀，才迫使孙转而二次革命（是否为袁暗杀，史家说法不一，但孙文因此二次革命，是确定的），中国的铁路梦随即破产。后来，国民政府也致力于铁路之务，亦有所成。可惜，日寇侵略于先，兄弟阋墙于后，铁路本无多，毁于战火者众。

　　1949 年后，铁道部应运而生。中国的铁路事业，开始进入高速发展史。从计划时代成昆铁路之血汗斑斑，到市场时代青藏铁路之征程漫漫，中国铁路发展快，但中国对铁路的需求增长更快。所以，尽管铁路一公里一公里地延长，但曾几何时，货运车皮紧缺，客运一票难求，铁路遂有江湖名头铁老大。老大之谓，多少情状，尽在不言中。于是，铁路越修越长，人们对铁路的愤懑也同步增加。尽管高铁的问世，激起了几分面向未来的壮志豪情，但山东枣庄那惊天事故，又揭开了高铁伟岸形象的不堪一面。其实，从那时起，铁道部就开始死亡，只是，如同过去的革命电影中我们常看到的，英雄总是要死很久，要留革命遗嘱，还要交党费。中国进入市场时代久矣。但铁道部一直走的是计划的道路，他们管铁路，修铁路，用铁路，养铁路，自拉自吹，自弹自唱，忙得不亦乐乎，但乐曲换了新花样，调子却总是老一套。经济学的先贤告诉我们，垄断是个罪过。先贤们的话，其实也包含这样的意思，即使是国家垄断，也是个罪过。

可惜，中国的铁道部，活在垄断的伊甸园中，没有外资介入，没有民营竞争，没有内部拆分。这样的状况，跑得再快，也跑不出计划经济腐朽的怪圈。所以，铁道部走了，中铁公司来了。一百年前，孙中山挟前大总统之威，也只是计划成立一个铁路总公司，而今天，我们经历百年，方才明白了一个一百年前就明白的道理，也就是新任总理李克强答记者问时所说的："不是说政府有错位的问题吗？那就把错装在政府身上的手换成市场的手。"听了这句话，想想铁道部，一则以喜，一则以忧，喜的是，这个道理我们终于明白了，忧的是，为什么我们现在才明白，更进一步，是不是我们真的明白了？

纸船明烛照天烧。铁老大一路走好，我们就不送了。

2013 年 4 月

这一个马克思

—— 赵国珍《马克思是怎样炼成的》读后

大概是去年夏天吧，有一次，赵国珍透露他正在写一本马克思主义大众化读本之事，我虽表示认同，但心下颇觉此事不易。不意时隔数月，他竟携书来见，并约我写篇书评。书卷俨然，墨香悠悠。虽是情理之中，而在我却大出意表之外了。

说到意表之外，其实是颇多感慨。马克思主义作为"共产党人的圣经"，一百六十年来，西方与东方，理论家与革命家，左派与右派，论之述之引之阐发之者何止于汗牛充栋。即令在国中，自梁任公首荐"麦喀士"之滥觞，至马列在李大钊、陈独秀、李达、李汉俊、毛泽东、周恩来、蔡和森、邓中夏、陈延年、恽代英、瞿秋白等先驱者笔底之传播，时至今日，不仅毛泽东思想泽被九州，改革开放后的中国特色社会主义理论体系，也成为马克思主义中国化的最新成果，为国人浸淫，为全球瞩目。古今中外名人夥矣，但如论及在华夏大地之影响力，则虽耶稣释迦者，均难以望马克思之项背。这样一个前无古人的人物，难道真的还有必要再写一本书？

类似的疑惑还包括：倘欲读马克思之传，则外人有弗兰茨·梅林［德］和戴维·麦克莱伦［英］的《马克思传》，乃至李卜克内西的《回忆马克思》，国内有萧灼基教授的《马克思传》，以及无暇详叙而种类繁多者。这些不同时期、不同风格和不同视角的马克思传记，完整描摹了作为革命导师、哲学家、经济学家、社会学家、职业革命家乃至丈夫、父亲和朋友甚至流亡者、反对派的马克思，毫发毕现，全无死角。关于马克思，我们还有什么，不能从现有的著述中获得足够的信息？

及至翻开赵国珍的新书，我的疑惑才有了初步的消解。能够清晰地感觉到，对于传播马克思这样一个宏大的主题，作者的用意独具匠心。他选择了青年马克思，也就是 1818 年到 1848 年这样一个特定阶段的马克思作为研究对象，且着重于马克思宏大思想体系的嬗变和成熟过程来剖析和立论。所谓马克思是怎样炼成的这样一个颇带现代诙谐风格的书名，其内涵，其实就是三十岁前的马克思的思想历程。

子曰：三十而立。夫子之言，明确地表达了三十岁的重要性在于"立"。三十岁前，欲立而未立；三十岁后，方才立德立功立言。在过去的读书生涯中，笔者曾经读过《三十岁以前的孙中山》（黄宇和 [澳]）和《三十岁以前的毛泽东》（李锐），这两本均可比肩名著的传记，风格不同，内容迥异，但其共同之处，恰在于关注孙中山和毛泽东是"怎样炼成的"这样一个颇有意义的主题。其主旨，正可以夫子之言点破。子曰："视其所以，观其所由，察其所安。人焉廋哉，人焉廋哉（《论语·为政》）。"我们了解马克思，我们学习马克思主义，也正需要视其少年之学，看其青年之变，察其成年之志，观其终年之行，这样，一个真实的、生动的、完整的和更加深刻的马克思才会浮现出来。

在我的大学时代，阅读马列一度成为热点。在令人怀念的 80 年代，通过学习和领悟马克思，我建立了一生的信仰，遵循唯物辩证法的思想方法，坚持实践的观点，以唯物史观去判断是非，明辨真理。回忆起那一段激情燃烧的岁月，心中略微的遗憾，就是我们坚持学习马克思主义，但总是被僵化、教条和生硬的理论形态所影响。在那样的时候，如果我们能够像今天赵国珍所尝试的这样，从马克思的童年和少年出发，从马克思的思想形成、奋斗历程和人生磨砺出发，从马克思的犹太人家庭、基督教背景、青年黑格尔门徒乃至《莱茵报》经历、费尔巴哈追随者出发，我们获得的马克思主义知识与信仰，将必然是丰富、生动和鲜活的。简言之，赵国珍不是写好了"那个马克思"——教科书中成熟形态的马克思，而是写好了"这个马克思"——一个在探索中成长、成熟起来的马克思。这正是赵国珍这本书最大的现实意义。

今天，在马克思主义中国化的道路上，我们经历了三十多年的改革开放。三十多年来，国家的历史进程被大大推进，国人的生活和思想被大大丰富。马克思所构造的社会主义理想，包括极大丰富的物质产品，人民当家做主的社会公平与正义，"环球同此凉热"的和谐社会美景，正在中国共产党的坚强领导下，逐步地转化为不断实现着的"中国梦"。在这样的历史条件下，马克思主义需要中国化，马克思主义需要现代化，但是，首要的问题，就是马克思主义必须在新的时代，新的历史背景下进一步大众化。时代要求马克思主义走向社会、走向现实、走向青年，让广大青年人在一个更加宽广和亲和的氛围下熟悉马克思、理解马克思主义、逐步掌握和运用马克思主义的理论精髓和思想方法。正如作者所言，这是一个"大课题、大工程"。在这样的一个大课题、大工程中，赵国珍一个人的力量可能是微小的，但赵国珍所开创出这一研究视角的现实意义则是巨大的。

李卜克内西曾经说过："写马克思这样的人必须承担重大的责任。"我觉得，如何写好马克思这样的人，今天的中国人，应该肩负起更多、更大的责任。

2013 年 6 月

微风景

一

待在斗室，阖上门窗，关掉音响，或者，走进树林深处，风雨不来，鸟声停歇，这大概是安静？但，世界安静了，心安静了没有？依我看，安静有四重境界，第一重，曰"空山不见人，但闻人语响"，眼前无人，远处有声，身在空山，心在红尘；第二重，曰"小楼一夜听春雨，深巷明朝卖杏花"，心内寂然，耳边有声，风中有念，雨中有人；第三重，曰"鸟宿池边树，僧敲月下门"，心中无碍，人皆入梦，轻轻敲门，怕惊鸟醒；第四重，曰"结庐在人境，而无车马喧。问君何能尔，心远地自偏"。车马喧闹，心念不动，听雨是雨，听风是风。安静是一念不起，不是寂静无声。

二

老话有云：偷着不如偷不着。是说人生的幸福，就是惦记某地，却一直不去。好比李白，写了无数思乡的诗，但始终在路上奔波，就是不回去。中亚的碎叶固然不回，四川的江油也未见其人。现在网上很多人谈读书之美好，言辞恳切，情状动人，但其实是不读书的。我理解，对读书的趋向，大致是颇似太白，仅是一种自我宣示，目的在于取得其他人的认同。这种认同，已经传承千年，曰耕读传家。在我看来，很多标榜读书美好的描述，与其是一种现实的感受，毋宁说是种未经核实的想象。真正的读书，是诉诸灵魂的，体验生命，五味杂陈，岂是单纯的欢乐？

三

古典哲学阅读让人幸福，也时有困惑。其中之一是很难交流。好比你步入森林，有时美景，有时危难，但没有人。不仅遇到危险没有人，遇到心旷神怡之处，也无人可以言说。这未免憋闷。出了森林，周围倒是有另一种哲学，像汪国真的诗，似麦当劳出售的，统一的原料，标准的制作，瞬间解决问题。可是麦当劳吃多了，口味标准化，时间一长，你就失去了品味的能力。

所以还是回到森林。即使如此，也有另外的烦恼，就是绕口的语言，让人啼笑皆非。前几天看一本书，叫做《你以为你以为的就是你以为的吗？》，有点那个吧？今天刚读一句，更绝，是"他只能相信一个人有权利去相信如果他相信他可能是正确的"。谁在第一遍就读明白这句话，我请他吃麦当劳。

顺便说一句，前一句，逻辑上非常完整，是个漂亮的句子；后一句则不一定，有可能是翻译水平低。如果大家因此上当，勿谓言之不预，我也是受害者。

四

运动能使我变得强壮，却无法让白发变黑。这虽然是具体的经验，却具有普遍意义。在所有实践的领域，不能指望一个办法解决全部的问题。有些对传统国学推崇备至的人，总是向我们兜售一种理念，只要你明白了《易经》的微言大义，就能解决这个世界全部的问题，从求职到恋爱，从政府体制到环境污染。对于这种论调，以往我是不相信，但今天才知道，这并不复杂，我六岁的儿子就能做到。中午吃饭，他告诉我有两大愿望：一是喝一杯香喷喷的奶昔，二是拯救地球。我惊讶问他何以做得到，儿子说奥特曼就可以，他学习奥特曼很久了。黑格尔说中国的哲学处于童年时代，我突然就信了。

五

昨夜与朋友小酌，搭车回家，今天早起步行取车，正好健身。路遇黑犬，对我狂吠。我疑心昨天做错事，细想之下，好像没有；况且它也不认识我。百年前曾有犬对阿Q狂吠，但那是"赵家的狗"，今天人是赵家的，狗却不是。所以觉得它无故而恶，不够友好，想教训它，遂做俯身拾石状，狗大惊，转身逃远。见我亦通费尔泼赖之道，没有追击，约略心安。突然想到，小时候就有记忆，见到恶犬，只要做俯身拾石状，狗必转身而逃。改革开放这么多年了，它竟没有进步。它爷爷那辈就吃我吓跑，到了孙辈，依然如故。可见转变观念，狗亦有责。这是闲话。正式的联想，是瑞士心理学家荣格的理论。此君认为，人有集体无意识。原始蛮荒年代，盘古伏羲女娲等等，遭遇之个体经验，并未随个体死亡而消失，而是转化为共同的潜意识，影响甚至决定着今天人们的行为特征。比如人怕黑，就源于祖先在黑暗中屡遭袭击。今天我想到的是，集体无意识，估计狗儿也有。蛮荒时代，野狗是原始人的口粮，殆无疑义。直到战国秦汉，食狗仍是风尚。荆轲的朋友高渐离，职业是狗屠，击筑只是业余爱好，就证明食狗者众。想石器时代，人类猎野狗而食，必是投石以谋之。久之，狗儿们也有了集体无意识，见到某人俯身，哪怕本意是取包子喂它，也顾不了许多，先跑他娘再说。以上只是猜想，详情以待方家。拉拉杂杂写了不少，忽见一人牵白犬二迎面走来，想起周穆王征荒服，就是得"四白狼四白犬以归"，疑心或是其后？不说了罢。

六

很多人说想静静读书，但没时间。我一开始误会了，想问问，静静是谁？后来明白了，心里颇不以为然。读书就读书，还要静静，到底是要读书，还是要静静？我在北京的地铁里捧本书看，还拿支笔在书上写字，原以为特立独行，后来发现，没人注意你。周围看手机的看手机，发呆的发呆，接吻的接吻——但没有静静。由此，读书不需要静静，捧起书，自然静静就来了——但不会一直在。想静静地读书，有时像孩子做作业，总要找点别的事情，比如铅笔没削好，台灯光太暗，诸如此类，其实是不想做。要是想读书，最重要的是，别把书当成孩子的作业，成了某种证明自己现代或者后现代的义务，那就太累了。读书是顶私人的一件事，有点意思，但未必高尚。很多人赋予书太多想象，把书高大上化，其实也就妖魔化了。我前天还看到一篇文章，犹太人读书最多，又最有钱，所以，读书可以发财。天哪，古往今来，哪个真正的读书人有钱？不带这么忽悠人的。古人讲渔樵耕读，说明读书和打鱼砍柴种田，用小沈阳的话，是一样一样的。所以，要等静静来了才读书，我看不如直接去找静静。而且，书真要读进去，满纸冲突，绝对没有静静。以我的经验，越是好书，越没有静静。毕竟，姿势不动，不等于心不动。

七

人到底是不是自私的，这个问题的答案汗牛充栋，是哲学的基本构成。现在很多人倾向于认同，但他们很难解释，那些曾经为了道义而牺牲生命的人。因为一切私的载体是生命，皮之不存，毛将焉附？所以，这个问题没有标准答案。由此就有了另一个表达：人不一定是自私的，但一定是以自我为中心的。我觉得这个观察很妙。以自我为中心，几乎就是人们信念之来源。比如，逛书店，说没什么好书，仅仅是没有自己合适的。逛商场买衣服复杂些，说没什么看上的，有可能是看上的都太贵。但都是以自我为中心，殆无阙疑。人如此，国家也一样。中国之所以名为中国，显然是因自我中心而形成的。有趣的是，四大文明古国，除了乱哄哄你方唱罢我登场的两河流域，其他三个，都有中国之概念，细究之下，意义相近。可见，以自我为中心，是人类一大特征。佛教里破除我执，实际上就是破这个。但大多数人至今未能成佛的事实表明，破除我执，任重道远。平日里察己观人，稍稍留意，就发现改变人以自我为中心的本性，诚不易也。这也能理解有些人为什么受欢迎些，因为他们善于站在别人的角度，替别人想想。也能理解，何以各个伟大民族的道德金律，都是"己所不欲，勿施于人"。

八

马云说：抢钱的时代，哪有工夫跟那些思想还在原始社会的人磨叽。只要是思想不对的人直接下一个。看不到商机的人也直接下一个。我们要找到的是合适的人，而不是把谁改变成合适的人。我们也基本改变不了谁，鸡叫了天会亮，鸡不叫天还是会亮的，天亮不亮鸡说了不算。问题是天亮了，谁醒了？

我说：人之成功，本质原因是概率。马云的主意很好，但很多人主意也很好，却没有成为马云。原因是，马云被概率垂青，因而成功。但这种成功，事关概率，不可复制。巴菲特亦如此，股市这么大的基数，总会有个人成为亿万富翁。这个人恰好是巴菲特，如此而已。所以，马云说什么，听听就好，未可全信；即使全信，亦不可全学全用。成功了，讲什么都是对的，但你按他说的走两步试试，说不定就给忽悠瘸了。况且，许多幸福，和钱无关。拼了老命去抢钱，最可怕的是，钱没抢着，人就疯了。马云的那番话，也有点疯，亢奋如斯，不是好事。人爬到山上，当然值得崇敬，但最后下来，才是圣贤。马云上去了，但还没下来。非要佩服，也得打个五折。所以，还是一句老话，从实际出发。

九

我觉得，所谓成功，就是你长大了，以及老了，没有变成自己小时候曾经讨厌过的那种人。与之相比，其他的东西，不值一提。

十

《水浒》中的梁山好汉，八镖骑之一，有将名曰张清。张清绰号没羽箭，善以石块伤人，早先梁山好汉要收他上山，没少吃亏，连关胜这样的五虎将之首，都吃他一石头，打得大刀火光四溅，居然无心恋战，拨马归阵。其他人就惨些，头破血流算是轻的。我当时看《水浒》，肯定认为，张清有飞石伤人的本领，与他叫张清没甚关系。比如他改叫毕清，石头照样丢得准。但从昨天开始，我对这个问题，有了些怀疑，疑心一个人叫张清，就必然善于飞石伤人。我听说，老毕挨的一石头，也是一个叫张清的丢的。梁山的张清，最多把人打伤，这个哥们，直接要人性命。可见江山代有才人出，当代比宋朝要强多了。

十一

夜梦忽醒，暂无睡意，拿起手机，想看些有趣的事情。突然就看到了余秀华。这个女人据说出生时缺氧，有些脑瘫，成年之后颇多坎坷。让她成为知名人物的是诗歌，据说有"穿过大半个中国去睡你"的句子，引起各种议论。其中有些惊叹，有些膜拜，有些谩骂，还有些就是火星语，不借助翻译读不懂。莫衷一是，我的第一反应是要看她的诗。于是就看她的博客，第一首是这样的：

还是习惯涓涓细流，把一条河分出千万缕
把一棵树分出千万叶
一个人，应该怎么分呢？
千万尘，在一场雨里聚合
继续一场生的阴谋？

你不知道它在什么地方拐弯，却知道
它向什么地方流去
那些停留在水面上的影子，是从不出行的苦行僧
生死同脸

真的，我无法表达的哀伤是一个人的流感
想想看，离爱多远了？
她们说起爱，我还是有锥心之疼
在倒扣的命局里紧缩

一个人违背水的天性，偏做一抔土
还是偏离了预留的结局
那么多亲爱的人啊，我只能让她们在我身上
结成些许圆满的秋天

我说，你要爱她。
这些我深爱过的男人们，我把他们还给我热爱的女人
仿佛把一条河还给了
桃红柳绿的两岸

那么，宽恕我吧

　　我的意见是，这是好诗。如此纯洁而感性的句子，是上天的礼物。因为读了这样的诗句，这个天未明的清晨，很美好。

十二

当下，人们热衷于旅游，到那些被称为风景的地方，驻足观赏，拍照留念，乃至流连忘返。在最流行的地方，人比树多，人比鸟多，人比历史多。他们忙忙碌碌，川流不息，东张西望，左顾右盼。这种旅游，就是另一种逛街，止于游荡，无涉情感。或者，还有另一种旅游，就是做个小众，远离俗物，出世脱尘，到那些人迹罕至的地方，静静地待几天。我的一些朋友，就热衷于做个旅游的小众，多数的时间，都在城市之外的某个角落，令人羡慕地走来走去。但，这样就是唯一的、真正的旅游吗？太白云，天地者，万物之逆旅；人生者，百代之过客。大约的意思，我们生来，无非就是旅游者。如此说来，读书谈话，写首诗，走过一条陌生的街巷，雨天里发呆，买菜给孩子做饭，乘坐高铁穿过村镇和田野，看街头卖艺，和二十六年不见的老朋友在博物馆拥抱，喝酒多了半夜起来找水，和耳朵不好的父亲大声说话，如此等等，又何尝不是旅游呢？

十三

和几个朋友聊天。有朋友曰，读书有什么用？另一朋友反驳，说读书用处大了。我看微信，很多关于读书之用的优美描摹，令人神往。但我以为，读书是一种生活方式，和打麻将、遛鸟、收藏古玩乃至裸泳一样，是你喜欢这样活着，喜欢把时间花在这件事情上，其实未必有什么用。没有黄金屋，没有颜如玉，古人骗你玩呢。非要找"之用"的朋友，花时间读书，肯定会失望。

十四

市场经济要求多元化的社会观念，只要不突破法治底线，应当尊重大众的个体选择。有人喜欢阳春白雪，有人喜欢下里巴人。最近，颇有很多人对赵本山恶意批评，言语粗暴，用词吓人。对于国人的此类行径，粗读历史，本也不陌生。或欲借势托身，赚赚人气；或欲揣摩圣意，暗期腾达；或欲痛打死狗，出口恶气；或欲划清界限，自我标榜。但如此时代，宛若群星闪烁之艺术界，不必都是赵本山，但连一个赵本山也容不下，未免让人齿冷。

十五

　　晨起，过马路对面的小摊吃早餐。饭罢，随手拿了张餐巾纸，用罢无处丢弃，只好拿在手里。见两个光头哥们，用塑料杯喝豆浆，将空杯丢在地上。我看到，心里很不屑，觉得他们不够文明。恰在这时，我被一个老人拉住，才知道不小心，我正在横穿马路，没走斑马线。这是件小事，但值得想想。现在，社会生态和自然生态，都不够理想。大家都在抱怨，从人心不古到心理黑洞。吊诡的是，大家都觉得，糟糕的状况是别人造成的，与我无关。用今天早上的小事看，世风违和，你我都有责任，谁也不能独善其身。如果人人都少抱怨，多做事，世界总会好一点。然后，二点，三点，亦未可知。所以，明天我不仅不乱扔垃圾，过马路还要走斑马线。

十六

　　从终极意义上，人对世界的思考有三个途径：一曰象，二曰数，三曰言。先有象，再有数，最后有言。中国古代，占卜显然是象，粗浅说，就是形象思维，其实原始巫术也是如此，源于内心的情感性癫狂，最后，导致了艺术与宗教。然后，就是数，《易经》算卦，既取象，更取数，数的出现，人类就有了逻辑，然后，逻辑导致了数学和哲学。最后，才有语言文字。文字的出现，是人类的大脑与世界之间，多了一个中介。我们现在想问题，不出声，脑子里也在说话，而原始人，直接是从形象到形象，由于言，导致了诗歌和戏剧。现在人，由于语言的压迫，已经很少有象的思维了，但偶尔我们也能感受它存在，比如第六感，比如直觉，就是刹那间忘记了语言，打通了世界和心灵。林语堂说：读书要得意忘言，其实也是告诫我们，最根本的思维，和语言无关。

十七

　　小时候有个人胆大，别人怂恿他去背死人，其实找了个活人装死。他去背了就走，穿过黑暗的森林，他给自己壮胆，嘴里喊说：我活人还怕你死人？结果，背上的死人说话了：我死人还怕你活人？这哥们，当时就晕过去了。所以，活人可怕，死人不怕。

十八

　　走在中国街头，到处可见源自西方的建筑造型。古希腊古典三大柱式，粗壮如男人的多利克式，曰男柱；端庄如成熟女性的爱奥尼克式，曰女柱；秀美如少女的科林斯式，曰少女柱。三柱各处其位，装点了古典建筑的最初风景，可谓轴心时代的建筑元典。罗马一统泛希腊化世界，对希腊文明成果艳羡不已，照单全收。当然，也有狗尾续貂式的改良。比如，把科林斯柱式的上面，再加一个爱奥尼克涡卷，在罗马人看来，其逻辑犹如：饺子好吃，咖啡好喝，所以吃饺子就咖啡，属于好上加好。这种逻辑，自然让希腊文化的崇拜者大摇其头，但我们今天看了，倒也另有异趣。罗马人崇拜洗澡，城中最宏伟的建筑，不是宫殿，而是澡堂。贵族泡在池中，吹牛论政谈生意，皆无不可。不意两千年后，中国人学了罗马的洗澡，随便入城，所谓洗浴宫比比皆是，皆以罗马帝王之名名之，以恺撒最著。而且建筑造型，师承罗马，让一大堆古典柱式，充斥各类澡宫。古时中国人，本无公共洗浴传统，论及洗澡，大半香艳，如华清池者，属帝王私苑，百姓自然无缘。罗马式的公共浴室，是洋人来后的产物。可见中国文化，最能化外。现在规定严厉，不许官人洗浴。依我看，官员百姓身无片缕，同泡一池，君子不尊，小人不卑，坦诚相见，上下无隐，百姓看官员，肥肉多些，皮肤白些，其余无甚特别。对于消除仇官心态，打破尊卑传统，不无裨益。

十九

　　历史老师讲，武则天晚年，皇位继承人如何选择的问题，选项有二，传子，抑或传侄？换言之，传李家，还是传武家？最后，她受狄仁杰启发，立自己的儿子中宗李显为太子。而且，权力的更替诉诸武力，宰相张柬之率众发动第二次玄武门之变，扶持李显登基，尊则天为太皇太后。思及此处，我突然有个疑问，为什么武则天没有想到，把皇位传给自己的女儿太平公主？可见在不拘一格到了极点的武则天心中，女皇也是个例外。文化与传统的力量，实在非同一般。

二十

二十多年前，伟人说，足球要从娃娃抓起。然后，大家就开始抓娃娃。那时的娃娃，现在长大了。遗憾，中国足球，还是不行。现在，还有人觉得，中国足球要从娃娃抓起。二十年以后，行还是不行？我看还不行。中国足球的痼疾，在于体制。不改变体制，无论是健力宝式留洋，还是恒大式个人英雄主义，都只能热闹一时。其中的道理，好比小时候我们做豆腐的邻居，父亲做得不好，老被人嘲笑，后来换了儿子做，难道会好些？结果还是不行。因为儿子那两下子，还是老子教的。所以，不改变体制，只能再牺牲一批娃娃。要我看，改变足球现状，不能只考虑抓娃娃，而要考虑从现在起，落实三中全会精神，推进足球管理体制改革。诗云：娃娃复娃娃，娃娃何其多。足球待娃娃，万事成蹉跎。

二十一

在这个世界上，很多人感到苦恼、愤懑，有时甚至是悲伤和绝望。他们抱怨，是另外的人，那些无时无刻不在侵犯别人以获得好处，甚至侵犯别人不求好处的人，在欺凌和迫害着他们。让他们经常地感受这些痛苦，孤立无援，难以名状。其实，这些抱怨大可不必。因为，如果你选择过一种高尚的生活，我的朋友，你必须明白，高尚是有代价的，代价就是不那么高尚的人的嫉妒和完全不高尚的人的欺凌。如果你不打算做一个高尚的人，那就还击吧。这样，你甚至是在为这个世界维持一些公义。当然，你也需要静下心来想一想，你是不是也曾有意无意地欺凌过别人？是否因为逞一时之快，让别人坠入痛苦？

二十二

读胡适集，知他喜读唐人王梵志的一首诗，曰：

梵志翻着袜，人皆道是错。

乍可刺你眼，不可隐我脚。

诗句很平易。说王梵志喜欢反穿袜子，别人都觉得错。但他本人则认为，我这样穿舒服，何必管你看了刺眼？

后来人们常引用但丁，说走你的路，让别人说去吧。王梵志大约也是这个意思，但早了好几百年。

我也喜欢这首诗，但不敢反穿袜子。其实，胡适也不敢。

二十三

一度以来，有很多的阅读，知道了很多原来不知的东西，产生了许多过去不曾的想法。这正是阅读不仅作为爱好，而且作为生活方式的妙趣所在。但也有困惑……大脑如同新开发的小区，原先是安静的，后来，搬来很多住户，各自吵嚷，乱作一团。这样的情形久了，就希望建立秩序。我怀疑极权专制主义就产生于这样的需求。我对于大脑里新来的这些知识和信息，也希望有这样的管辖，使之安定团结。流行的词，叫做和谐。不过，我知道我引入的这些家伙，是产生于很多古怪和高深的头脑，远非我之智商可以收复，如同北宋时候的方腊，官军无法降伏，需要梁山那样的好汉，以毒攻毒。我的意思是，我希望读一本新的书，给前面那些不服管教的知识建立一个框架。当然，在我看来，这样的使命，只能用一本视野开阔、价值中立、详略得当的世界史来完成。当然，由于本人阅读的偏好，这本书还必须装帧精美。因而，最近我一直在找这样一本书。昨天，终于在万圣书园里发现了这本书，与我的需求对应，它几乎可以说是量身定做的。但是，它居然要三百六十元，尽管精装、彩图、考究的纸张都使人相信它物有所值，但毕竟，三百六十元买一本书还是太贵了！在对面的豆瓣，这些钱可以买二十本书，如果是西南物流里边，可以买五十本！但在这里只能买一本！它难道以为它是章子怡？即使它这样认为，我也不是汪峰啊，连中央台的主持人都不是！困惑许久，还是忍不住拿下。心里的自我安慰是，书店打八五折，买这一本书，就省了五十四元。

二十四

曹刿论战，问何以战，答案是大小之狱，虽不能察，必以情。初听很奇怪，狱讼之事，论情不论法，殊难理解。仔细想想，民心军心，全在一个情字。不通情理，不问情由，不察情状，必定冷了人心。不过，世事无常，白云苍狗，倒是无情却有情，随他去吧。

二十五

　　爱因斯坦说："人生就像骑自行车，只有不断前行，才能保持平衡。"现在，很多人追求宁静，但如果宁静意味着静止，就并不可取。平衡，这可能是一切哲学中，与我们的人生最为接近的概念了。人活在世上，保持健康，需要饮食平衡，保证生存，需要收支平衡，保障和谐，需要人际平衡，保有幸福，需要心态平衡。但如果平衡只是停滞，那就差不多意味着灭亡。平衡总不免于动态，运动中的稳定，才是真正的平衡。所以，新陈代谢，吐故纳新，更新自我，不断前进，不仅仅是发展之道，也是平衡之道。人生固有某时在安静地读书，或者悠闲地喝茶，但批判陈见，更新观念，是不动中的动。如果谁认为宁静就是一动不动，那当然没错。但是坐地日行八万里，哪能真不动呢？

二十六

　　生活就像包饺子，因为一些微薄的幸福，付出一些微薄的麻烦。而对我来说，更为常见的，是因为和朋友们开心而喝酒，又因为喝得不多，而整夜失眠——这正是刚刚过去这个夜晚里，我的窘境。有人说，那就多喝点，但那就更痛苦了。而昨晚更麻烦的是，尽管开了空调，由于考虑家人的感受，依然热得汗流不止，直到凌晨四点。这样的困难，似乎惨不忍睹，但幸亏有书作伴。阅读的内容，是哲学视角的医学伦理——20世纪以来人类渐次强化的一种困境的思考。对于一个即将走向生命终点的人，是全力以赴地救助，还是在某一情形下放弃？这个问题，对于大多数人而言，都是一种两难。类似的两难，还包括是否认可同性婚姻的合法性——我以前认为这个问题并不复杂，认可显然是人道的，但现在看来，现在社会的人们还必须回答，是否认可两姐妹或者两兄弟之间的同性婚姻？显然，没有一本书能给予诸如此类的问题以答案。即便勉强确定一个，带来的问题要多于答案本身。阅读这样的内容，不是寻找答案，而是寻找丰富和深刻。大概的意思，当我们知道理性的伟大时，我们只是　个成长中的人；而当我们知道理性的局限时，我们才是一个成熟的人。

二十七

王朔曾经说过，凡是我党党员，我党就把你开除；凡不是我党党员，我党就吸收你加入——反正不让你闲着。王朔的调侃有点无厘头，但意思大概是，生活总有吊诡之处，而最大的吊诡，是吊诡变成了逻辑。我们说符合逻辑的吊诡，如同说白的黑，丑的美，或者高尚的可耻一样，难免陷入思绪混乱，需要本山大叔"捋一捋"。不过，只要细察周围，这种"符合逻辑的吊诡"并不稀罕，远的不说，最近的股市，就深现其道。先是全民迷狂，满大街都是百万富翁，乱花渐欲迷人眼的时候，理论迭出，话筒里最高的嗓门，分明喊着，是政府让大家赚钱，目的是今年的稳定。彼时，我抢不到话筒，刚弱弱地呢喃了一句：政府的钱是哪里来的？就被劈面斥为不懂，赶忙噤声。过了几天，大家还没想好赚来的钱怎么花，突然股市就跌了。而且，不知大家有无兴趣，这一跌，可是跌出了吉尼斯世界纪录啊。两千只股票同日跌停，我中华之气魄，洋鬼子望尘莫及！当然，悲情时刻，大伙估计没我这份没心没肺的闲心，连我们一向热衷的世界第一，也居然无人提起——可能人红了眼，就没什么幽默感。我本想问原来那个朋友，政府不是给你发钱吗？怎么，还没捂热，又收回去啦？但我看他脸色不好，就没敢吭声。这几天，股市风起云涌，江河湖海都泛滥，总理领着大家抗洪救灾。我从旁看，政府这架势，越看越不像一开始就有本领罩着大伙的。否则。何以现在吃奶的劲儿都使上了，才刚见到些成效。此刻，大家光看涨停不少，殊不知如同治病，病急了，难免用猛药，但猛药造成的内伤，又用啥药治？所以，突然想起了王朔的话，是想说，我们总是这么折腾，到底有脑子没有？难道总是这样，点起一堆火，再把它扑灭，再点一堆，再扑灭，就是为了不让大伙闲着？或者，这也是中国版的西西弗斯神话？此刻，耳畔，全是刘欢的歌声：你太累了，也该歇歇了。

二十八

夜深人静，入眠前，读几页好书，一种独享的自在。今天，是这本《绝妙好词》。已是重读了，扉页上，尚留着第一次的随感。看到，又引出感慨。世上美妙，不争乃得。如三七说：世界上好东西多得很，看看也就是了，何必要据为己有。其实大家都知道，但心魔如蛀，由不了人。

二十九

堵车。听着萨克斯，把心放缓，又何尝不快乐？世上哪有急事，心急罢了。

三十

看到很多朋友在微信里传播一些消息，我也这样做过。比如，说北京某中学有一个孩子丢了，我们转发，可以帮助无助的父母与孩子团聚。此时，转发是善良、仁爱的，而不转发，则是反面。所以我毫不犹豫地转发了。但有个朋友告诉我，那个电话打不通，而且号码是桂林的。后来，我了解了一些别的信息，大概可以确知，这条信息是骗人的。虽然我还不知道，骗子能从中得到什么。

一个善良的人，活在这个世上，维持正常生活的底线，应该是不骗人，也不被人骗。但在上面那件事情中，我的行为是，既被人骗，也骗了别人。古人教育我们：勿以恶小而为之，勿以善小而不为。但在这件事上，我就是想为一个小善，却作了一个小恶。

因为小，这样的事可能不必看重。但不断有新的消息传来，比如，有人说，上海最近的疫情是美国的阴谋，也有人说，中国所有的肉都不能吃，还有人说，父母中风要如何抢救，还有的，让我每晚在床头放三颗阿司匹林，据说可以防止中风。这样的消息，言辞都很恳切，出发点都是好的。但共同的是，我都无从判断其真伪。所以，每天晚上我都要在床头发呆，到底要不要放三颗阿司匹林呢？不放，万一呢？因为小，这样的事可能不必看重。但也是因为小，它几乎天天发生。聚沙成塔，集腋成裘，小事多了，就不一定真小。后来我就有了一点定见。凡是我不明所以然的，一律不转发。哪怕有人说我不善良，因为，我担心的是，我如果什么都发，善良值未必增加，愚蠢值肯定攀升。

三十一

坚持读书，尽管老来迟钝，总能记住些，知识，哲理，或者有用的术，以期稍离无知，小有智慧。读几页书后，这些感受，尽管微小，总让人小小自得。但是，有一种悲哀，在灯火阑珊处，不被注意，那就是，我们一直在遗忘，以同样的速度，甚至更快的速度。所以，安静的时候，该问问自己，记住了什么，又遗忘了什么？

三十二

陈毅之子陈小鲁就"文革"中的行为道歉。我以为，这件事对当前的中国非常重要。一方面，我们知道有很多罪恶发生了，但不知道谁为此承担责任，这样下去，就会消灭我们的是非观念。今天国中道德沦丧，当与此有关；另一方面，正如陈先生所说，目前出现了一种替"文革"翻案的思潮，当然与国中公平严重缺失有关，但任其泛滥，就会堕入极大的危险，最终是黎民受害。

三十三

赴贵阳郊区黔灵山游玩，见猴子可爱，戏作：

当年齐天大圣，如今落草黔灵。本当荣华富贵，何以这般光景。老猴微微一笑，先生有所不明。世事最是难料，宦海险象环生。莫如啸聚山林，难得自在清净。饥时野果饱腹，闲来乐享天伦。听罢怅然若失，顿首拜别猢狲。转念忽有所悟，正觉本在人心。菩提何来树木，台中哪来明镜。守住自然空性，何处不是山林？

三十四

昨日在大同，与中学同学聚。其中一位，在城建部门工作。饭罢，力邀我们登古城墙，看新开的灯展。结伴去，由东门入，由南门出，沿城墙上的步道，步行三五里，寒风刺骨，吹面如割，本不是逛的时机。但灯还是相当不错，更可看的，是巍峨的城墙，据说是严格复制了明朝的九边重镇大同城，游人如织，熙熙攘攘。心里感慨，寒风如此冷，游人却如此之多！

最近，本市市长突然调走，引发了当地群众自发签名挽留，引人关注。对这位市长的评价，坊间褒贬不一，而褒贬的核心，就是对古城再造的看法。我本没有发言权，仅仅觉得，工程到一定规模，老百姓的意见要多听。观察今天晚上，老百姓还是表达了观点。在市场经济中，所谓支持，就是购买。如此多的人，冒着寒风，扶老携幼，购票观灯，说明了不少问题。念头及此，虽不知这位市长好不好，但因这城墙，这游人，这灯，心里涌起敬意。据说，今天是情人节。突然觉得，过去的五个年头，这座一千六百年的古城，迎来了自己最为轰轰烈烈的一场爱情，那位已经远走的市长，不正是那朝夕相伴的爱人？如今，城墙依旧，伊人远走，多少让人意兴阑珊。朔风正劲，外面还真是冷。

辞别朋友，回家翻翻书，修晋阳城的董安于，修万里长城的蒙恬，修西湖的苏学士，修明大同城的徐达，后来的结局，都不太好。那现在，也还不错吧。

三十五

一路晴空，天蓝得令人心悸。东坡词云：常恨此身非我有，何时忘却营营？我以为，类似今天，抬头看天，叹息一声，就该忘了营营。

三十六

路遇一座白色须弥塔，停车凝视，颇有所悟。须弥塔是佛教西来早期形制，本是高僧的墓冢。塔身本如覆钵，通体白色，在东土发展，体量渐大而高，早期处于庙堂之中，为主要建筑，唐宋后为大雄宝殿代替，渐渐处于庙后。大体是吉祥的意味。今天见到此塔，心中生出安静。追求事业、爱情、财富，起于善念，便为宁静之源；妄求而心未静，则得其反。毛主席说：凡事多从主观上找原因，灵魂深处闹革命，有道理。我当铭记。

三十七

有时，有些事，无过错，也必须承担。小而言之，运气不好；大而言之，命运使然。委屈？想想汶川，多少人，一瞬间灾祸临头，他们有过错乎？关键的时候，站到该站到的地方，不躲，不靠，不推，不怕，叫做担当。

三十八

有几件事情，都是属于如何节约的小事，我已经坚持多年，自我感觉不错，说出来与大家共勉。

一、一个人吃饭，吃最简单的。一菜一饭。

二、请人吃饭，少点一个菜，确实不够再点。公务也这样。

三、去饭店吃饭，把能吃的剩菜打包回来。

四、吃干净每一粒米，掉在桌上的，也捏起来吃掉（地上就算了，呵呵）。

五、饭后，用开水涮碗，把水喝掉。

六、洗澡，打香皂的时候把水龙头关掉。在球馆洗澡，也一样。洗手、脸也一样。因为是要省水，不是省钱。

七、刷牙，先把牙刷搞湿，施以牙膏，正常刷。用四口水簌口，第一口水，用牙刷边刷边涮，吐掉；然后第二口水如法炮制；第三口水把嘴涮净；第四口水把牙刷涮净。

八、出差到宾馆，少用或者不用浴巾。因为清洗浴巾很费水。不是给宾馆省钱，而是给人类省水。

九、不穿名牌衣服；除非名牌打折很低。

十、书只买五折以下的。现实中碰不上，到网上买。

台湾有些修行的人，在现实中悟道，称为生活禅。我非宗教信仰者，但觉得这种修炼，很有意义。这样做，不难，且收益很大。不仅能省水，或别的有用物，还能让自己自信和宁静。

三十九

在当地一家带星级的酒店住宿，浴室里水龙头指示冷热方向是反的，把龙头扭向热，源源不断的是冷水，等我醒悟过来，无数的水就浪费了。不仅如此，马桶是坏的，椅子要想坐，得把腿放在床上。总归，我们周围，到处都是这样，宏观上一片大好，微观上一堆毛病。这样的微观机制，基本消灭了质量。所以我觉得，时下大谈中国崛起之类的，不是傻瓜，就是骗子。小平同志说，韬光养晦。怎么韬，如何养，依我看，一是放慢步子，二是干好小事。

四十

每天一个地方，不同的人，不同的事，不同的景，似乎很有趣。但是，累。旅行之疲劳，是无形的。腐蚀般的消磨，让人倦怠，向往平淡。夫子周游列国，凡十四载，很多消磨，我辈不能体会。归来著《春秋》，简约得几近于无，才知道消磨后，留下不多，都是最好的。其实，古人立德之德，立功之功，立言之言，莫不如是。我且慢慢走吧，时候早着呢。

四十一

在车上听收音机，说由于山西水污染而停水的邯郸市民，75%恢复了供水。播音员因此用轻松的口气，请大家放心。我觉得这样报道的角度是新闻工作者的耻辱。邯郸至少有一百万市民，还有25%没有恢复供水，也就是还有至少二十五万人活在没有水的生活中，其中必然有离不开水的老人、病人、儿童，真不知道记者何以轻松？我们很多人活在颂圣文化中，无法自拔。我希望以后的报道应该是：经过紧急抢修，还有25%的市民没有恢复供水。尽管是一个意思，但后者是新闻，前者是马屁。这个世界要以人为本，先把马屁消灭了为妥。

四十二

据传，世界末日快到了。人类存在已百万年，我们生不满百，居然赶上末日，真是不易。这种概率买彩票，一定中奖。因为末日问题，老婆计划花钱，问我好不好。我说好，就是有两个担心：一是末日来了，钱没花了；二是末日没来，钱花没了。

四十三

路边许多小小的火堆，是为逝去的亲人送寒衣吧？左传曰：国之大事，在祀与戎。孔夫子曰：慎终追远，民德归厚矣。小小的火堆，是一个民族生生不息的薪火传承。

四十四

根据印度《僧只律》中记载："刹那者为一念，二十念为一瞬，二十瞬为一弹指，二十弹指为一罗预，二十罗预为一须臾，一日一夜为三十须臾。"据此可以推算：一天一夜24小时有480万个"刹那"，24万个"瞬间"，1.2万个弹指，30个须臾。一昼夜有1440分，一"须臾"等于48分钟，一"弹指"为7.2秒，一"瞬间"为0.36秒，我们常用的"一刹那"应该是0.018秒。

四十五

马航失联，疑点多指向机长。最近的报道，说他婚姻危机，情绪波动，猜测他因此而自绝于世，还拉上两百多个无辜者陪葬。接着，便有义愤填膺者出来，强烈指责马航失职，如何将这样有问题的机长派上飞机。其实，世上最难的事情，就是预判灾难。提前采取措施，如果是对的，就无法验证其对，因为灾难不会发生。如果警告未被理睬而发生灾难，又一切都晚了。所以，在灾难发生以前，人们很难判断某个警告是否正确。常规的措施都是按照概率选择设计的，而灾难，总是小概率事件。如此看来，还是先等调查结果吧，在此之前，说机长有错，说马航有过，都有点早。

四十六

你是在活着，还是在生活？考量的标准，在于你多大程度上是在体会过程，还是在追求结果。

四十七

夜读《金刚经》，注释中有僧之荣引《智度论》三卷中一段公案，值得深思：

佛陀入灭前，阿难曾问四事，其中第四事是：恶性车匿，如何共住？佛陀答曰：恶性比丘，以梵檀治之。

这段对话，与我极有启发。上文中，恶性车匿者，是指佛陀出家时候带出来的车夫，名车匿。出家后，大约自视佛陀近侍，不把别人放在眼里，常常粗口无忌，恶语伤人，被僧众唤做恶性车匿。现在眼看佛陀要圆寂，大家都发愁，今后如何与他相处。毕竟一心向佛者，不能以暴制暴，亦不可粗口回击。佛陀的回答很有趣，说以梵檀治之。梵檀是梵语，翻译成汉语，就是敬而远之。我生活中也有这么一位疯狗般的车匿，日日骂声不绝。看来佛陀也没好办法，敬而远之吧。古语云：万言万当，不如一默；百战百胜，不如一忍。佛陀这样的领导都没法子，我辈忍了便是。

四十八

细察生活的真相，其不合常理之事，常在于八九，而四面皆通顺者，不过一二。人是理性动物，何以如此非理性？其实，人之做任何决定，就当事之人，自是瞻前顾后，反复掂量，但殊不知，每每是一个小小细节，已经先验出场，暗中安排了一切。比如，爱上一个人，可以说出所爱之人，若干优点，但细细究察，心理之变化，仅是某时神情某个细微变化而已。赞成或者反对一种观念，必以为是知识使然，然而论辩对象亲近或者疏远之程度，甚至论辩时的神情与言辞，令人愉快或者不快，往往就预设了立场，使人情不自禁，攻击或者认同。买衣服，买汽车，每每在一念之间。有人说，这些细微之处，或有深意存焉。小小主题之间，多种内蕴，集于一处，所谓顿悟思维者也。但这种说法，疑点颇多。人瞬间之感觉，错讹者多矣，但少数事务，深思熟虑，却无此讹。所以，顿悟之说，并不成立。人性的弱点，在于一瞬间之感受，已经决定了根本，以后即使理性出场，也不免在错误的道路上，做徒劳的努力。这种人性之本性，北岛二十年前就有诗句，叫做：也许一开始就错了，结果还是错。因为人做决定，理性通常缺席。有时，眼睁睁地看着，却无能为力。这差不多就是历史的真相。孟子说：人皆得可为尧舜。但两千四百多年过去，没几个尧舜。一时立起来，最终也站不住。原因就是，人总是一时糊涂，再用半生弥补。凡人如此，伟人也如此。或曰，那为什么伟人就成了伟人？我喜欢的答案，有两个。第一个是，你总是跪着看他，他就成了伟人。还有一个答案，是如果买彩票，总有人中奖，变成争相当伟人，也总有人闹成。说得通俗点，他们运气好些。以上这些道理，不是教人不犯错误，而是教人犯了错误想开点。因为，你犯的错误，你真的不明白。谁都一样。这时的回答应该是，我愿意，爱咋咋。

四十九

最近，花了两天的时间，读完张维迎教授《理念的力量》一书。其实，这本书的内容，大致也体现在他以前的《市场的逻辑》一书中。对我而言，读《理念的力量》，也是在复习《市场的逻辑》。

从1978年开始，中国一直在变化之中。对大多数人而言，这种变化带来财富、机遇和尊严，也带来崭新的体验和对未来的憧憬，但也有人因此遭遇失败、困惑，甚至灭顶之灾。因此，人们在吃鸡蛋的同时，也关心"下蛋的鸡"，猜测是什么力量让中国变化。张维迎试图解释这些现象，并提供一些前瞻性的思考。

毫无疑问，张维迎是一个秉持自由主义立场的经济学家。此类经济学家的特征，在于其坚守市场经济原教旨主义立场，以此为前提思考企业、市场乃至政府的作用。就本书的内容，与其说张维迎的解释是开创性的，不如说他在回归传统，甚至回归常识。但纵观人类的历史，经济学的历史，其实常识一直是稀缺品。我认为，与时下形形色色的经济学理论相比较，这一派经济理论具有更多的甚至根本的真理性。十八大报告和三中全会精神中，蕴含最多的经济政策信息，也是这一派的观念。阅读张维迎，对了解经济的真相，特别是今天中国经济的真相和走向，有极大的帮助。

这本书的好处除了深刻，还有通畅。实现如此矛盾的两个特征，是写作者的梦魇，但诚如是，就是读者的福音。这部书只有区区十万字，二十四篇文章，适合所有关心中国现实，稍有学养的人阅读。

五十

上帝要让一个人灭亡，就会先让一个人疯狂。最近，见到了太多脾气大得不得了、自我感觉好得不得了、手伸得长得不得了的人物，我心里总是感慨：哥们，着陆吧，多累啊，你又不是太阳。

总的看，这是一种病，病因是自我为中心，忽略别人的感受。药方是古希腊哲学之父苏格拉底的名言：认识你自己。

五十一

有些是非，是先有答案的，一说就错。所以，不说即是说。谁的心，谁知道。

五十二

全国人大代表宋心仿建议国家文明办牵头，研究中国的国服。这位代表是蜜蜂研究所的领导，所以我们应该体谅他，蜜蜂的服装只有三种，蜂后一种，雄蜂一种，工蜂一种，所以他大约是建议中国人也要向蜜蜂学习，规定三种国服。以后，还有国帽，国鞋之类也未可知。联想起前几年有人规定馒头是圆的，让那些吃了方馒头的众生不知所措，就知道世上总有些人，想规定别人的一切，也许包括性爱的姿势？我看省省吧，这个时代，凡是违背多元化的，都是逆潮流而动。

五十三

陈光标说，未完成九年制义务教育的人都不应该生孩子。初听这句话的感觉是想骂人，断子绝孙之类。但细想反而释然，真骂人就上了陈光标的当了。我感觉，这个人一直在玩行为艺术，以哗众取宠而逞其私。我们的正常反应，正是他期待的眼球效应。所以，我郑重地说吧，谁都有生育权，与财产、出身、教育水平、身高都没有关系。另外，我的祖国告诉我，生育权与民族有关，我虽然有疑问，但不敢争辩。

五十四

全国政协委员穆女士说，房地产是市场选择，只要双方认可，100万、1000万一平方米也是有道理的。我只能说，这话说对了一半。房地产是市场行为，由价格机制决定，这是经济学常识。但还有一个常识穆女士没说，居住权是生存权的组成部分，所以市场之外，还得兼顾公平。穷人没有房子住，是社会之殡，对什么主义也不是小事，也不利于富人。穆女士仅是房地产商的时候，可以只考虑第一点；但身为政协委员，就应该考虑第二点。

五十五

全国慈善总会荣誉会长周森计划扣每个人的工资搞慈善，令人吃惊。要是普通人说的，还可以理解，但他身为慈善高官而发此言，建议上级调换他的工作，因为，我们看到的是，一个搞慈善的重要机构，让一个不懂慈善的人管理着。

五十六

香港一位搞房地产的政协委员陈红天说，各种手段都没有把房价打下去，证明房地产没有泡沫。我的看法是，结论下得理由不充分，第一，各种手段，不等于所有手段；第二，房价呈刚性，并非就没有泡沫。地球里也有泡沫，只是不好挤。

五十七

夜半醒来，瞧瞧微信。有文章曰判处丑书死刑，不禁有些好奇。看了知道，丑书是书法之怪异写法，于传统之笔法间架之外，另起笔意，乍一看很丑。看了随帖附录的几副"丑书"作品，我竟很喜欢。艺术之贵者，除了基本功，更在于求新与变。丑书拙处起意，不落窠臼，正有新意与变法，遂疑心文章是反话，又看一遍，看不出是。如此，则此文不免小家子气些。即便丑书没有艺术价值，久而久之，众人不喜，亦必自然退出历史舞台。何必做官府状，要判死刑而且要"立即执行"？中国之文化，总是与"宽容"二字无缘。即便装出大家风范，到了紧要处，对异于己者，亦不免露出狰狞，手起刀落。其实老子说，天下皆知美之为美者，斯恶已。真的美不美，不急，慢慢就知道了。

五十八

美国艺术家约瑟夫·科苏斯创作的一件艺术品，墙边一把椅子，墙上一张椅子的照片，和字典里椅子的解释。艺术品的题目叫做《一把椅子和三把椅子》。对象就是如此，以至于没法说清楚这件艺术品的归类。从柏拉图开始，人类先哲就注意到任何物品都有三个形态，比如一匹马就可以理解为：（一）这匹马；（二）马的人工描摹物（比如绘画）以及（三）抽象意义上的马的概念（可以诉诸语言的）。不同的哲学家都同意有三匹马，但何者更有价值却意见不一。比如，柏拉图就认为最有价值的是概念中的马，因为只有这匹马是完美的，现实中的马也不免缺陷，因而次之，而画出来的马既非完美，又不真实，根本就不该存在。亚里士多德则持相反的见解。这大约就是唯心主义和唯物主义的最初分野。一部哲学史，一直在吵这件事情，至今未果。不过，如果因此觉得哲学家们都是吃饱了撑的，那你就太浅薄了。哲学家们看似无用的思考，常常以观念的突破名世，极大地推进社会发展和时代变迁，我们都受其裹挟，不能自主。这幅看似普通的画虽然诞生在 20 世纪，依然凝聚了人类深沉的哲学思考。叫我看椅子虽小，兹事体大。我们常说屁股决定脑袋，而多数的屁股，是椅子支撑的。

五十九

夜梦醒来，清醒异常。知不能眠，抄本书瞧，书里说文艺复兴才产生了艺术这个概念，乍一看疑惑，旋即稍解。艺术品和艺术创作自然源头久远，但艺术之概念，或曰艺术所以为艺术之哲学思辨与体系化，却要晚近许多。这正是白马非马了——具体艺术之"白马"不同于抽象思辨之"马"。如此，就又想起"白马非马"。

公孙龙说："马者，所以命形也；白者，所以命色也。命色者非命形工也，故曰白马非马。"意思是说，"白"是指马的颜色，"马"是指马的形体。"白"是用来称呼马的颜色的，不能称呼马的形体，因此，"白"与"马"两个概念合在一起所包含的意思就不是"马"了（即不是抽象的"马"的概念）。

小时候听课，第一次接触白马非马，不免斥之为愚蠢。记得老师也是这种观念。后来读书多些，就知道这一命题，并不简单。思考渐深，越发觉得"白马非马"对中国理性思维之建设，居功厥伟。较之儒家之实用理性，远高了去。现在想起自己不解本意，妄加批判，就颇觉汗颜。况此等情形，不止于"白马非马"，就更加惶惑。

不过，想起庄子说过："吾生也有涯，而知也无涯。以有涯随无涯，殆已！"心下安慰不少。我们活百年不足，却遇到万古学问，哪能一一搞清。难得糊涂，管他甚马，睡吧。

六十

在我看来，一个人选择一种令人不堪的生活，是他可能不知道，还有别的生活方式。因而，教育，和一切艺术一样，只是提供另一种可能而已。这种可能性之所以重要，在于它令我们相信，有一种不同，并无优劣，仍值得我们重视。忽略之，就意味着一种可能的堕落，不是行为，而是内心。我们尝尝变成那种我们从孩提时代就反感的人，我们常常过着我们从来都没有认同过的生活，我们常常无端地渴望那些根本不需要的东西，我们也常常把那些真正珍贵的东西弃如敝屣，原因或许在于，缺乏另一种可能。

绕到世界的背面

——读加来亚诺《照出你看不见的世界史》

中国人知道乌拉圭人爱德华多·加来亚诺的不多。我们说外国作家，其实每每就是欧美作家，最多再加上泰戈尔，几个东洋人罢了。但此君并非无名之辈，我此前曾看过他写足球的一本书，睿智而辛辣的语言风格，配上我们很熟悉的内容，让阅读成为一种享受。这自然就是读他的第二本书的原因。

不过，还有个更直接的原因是打开这本书看第一页，恰恰看到作者加来亚诺小时候的一则轶事。老师在课堂上讲西班牙人某某是第一个同时看到大西洋和太平洋的人，加来亚诺发问：老师，此前的印第安人都是瞎子吗？老师怒吼：出去。

我们中国时下常有些网上的笑话序列，其中小明调侃老师的段子颇得青睐。加来亚诺这一问颇有小明调侃老师那个序列的味道，我们或可莞尔。但如果你熟悉南美洲的历史，就知道这个段子并不止于好笑。我们熟悉的世界史是一部欧洲观念主导的傲慢的世界史，它是欧洲人的厅堂里看出去的风景，不是南美人的，也不是亚洲或者非洲人的。我们都知道哥伦布发现了新大陆，但我们都忽视了，在哥伦布到达之前，印第安人已经在那里生活了至少一万年！而且，他们不叫印第安人，甚至不知道何为印第安人。他们每个人都看得见，但他们生活了万年之久的土地要靠一个来迟太久的欧洲人"发现"，这就是现实。

安徒生《皇帝的新装》，让我们知道，一个孩子的眼睛比一打成年人更能看清真相。这使我们深刻地认识到，只有先就"是什么"达成一致，才能谈价值、意义和是非。关于中国历史，无论是上古中古近代，特别是现代史，坊间总是充满了各种争论，关于我们过去曾经经历乃至我们的先人曾经经历的一切，都有无数的争论，板砖横飞，攻讦不休。但细细查看，大家都带着强烈激情，却把事实留在了家中。于是争论就颇似瞎子摸象。这让我想起老家村里的一个笑话，张小二爱吃油糕，李小三爱吃莜面。两个人在村头争论毛主席天天吃啥，张小二觉得是油糕，李小三则认为是莜面。最有学问的村长哂笑，毛主席还吃饭？他只吃肉！

这也许就是加来亚诺的意义。他不满足于声嘶力竭地争辩，而是慢慢地从头道来。虽说克罗齐说一切历史都是当代史，但赫拉克里特更早的时候就说了，人不能两次踏进同一条河流。加来亚诺试图从自家的窗户向外看，看到的，当然不是欧洲的河流。

《照出你看不见的世界史》，一本值得消磨于此的书。

2015 年 11 月

后来治恐要深思

——读《我的父亲是恐怖分子》

今年看过的书，这部篇幅最小。但如果以引发内心的沉重论，情况就倒了过来。我花了不到三个小时就读完了，但由此引起的思考，也许需要十倍时间。

书的作者是一个埃及裔美籍男子和美国穆斯林女子的儿子，今年也仅仅三十三岁。和绝大多数孩子一样，他的童年沐浴在家庭和社会给予的阳光雨露中。直到他七岁某一个晚上，妈妈接了个奇怪的电话，他们就仓皇逃离家中，又在父亲的朋友家被警察截获。原来，他的父亲秘密参加了伊斯兰极端组织，几个小时前，他开枪打死了一名犹太教拉比，又被警察射成重伤，震惊美国。从此，他的母亲带上三个孩子，陷入炼狱之中。他们改名易姓，东躲西藏，精神和肉体都饱受摧残。不久，父亲虽然伤愈，但被判有罪入狱。随后，尽管他们因获得和父亲见面和团聚的机会而重新看到希望，但接连发生的事情又让他们再次坠入深渊。父亲在狱中和同伙策划了世贸大楼爆炸案，造成多人死亡。父亲又被追加判为终身监禁，不得假释。

为了生存，母亲改嫁一个粗暴甚至凶残的穆斯林拳击手。主人公随着新的父母，远涉埃及谋求生存。在那里，主人公几乎天天受到继父的殴打和凌辱。母亲无力保护，每日暗自垂泪。后来，他们返回美国，境况也没有根本改变。直到主人公和弟弟找到了一份工作。新的环境，给他带来体味人生、信仰和生命意义的新的视角，母亲一句"受够了仇恨滋味"的言语，也让他产生了一种超越式的顿悟。他放弃了伊斯兰信仰，也没有追逐新的宗教，而是在一种来源于真实世界经验的道德体验重塑了自己的内心与理想，从而开始了新的生活。

这是一个来自人神共愤的恐怖分子家庭的微弱声音，也是一个和我们有着同样人性的孩子的奋勇涅槃。它真实地再现了一个几乎被一切人忽略的角落，那里不仅荒凉死寂，人迹罕至，而且偶尔还会传出令人恐怖和错愕的声音。在我看来，这部书的力量，恰恰在于它深刻地揭示了一个朴素的真理——尽管杂说歧出，但善恶可以自明。

前不久，巴黎的恐怖主义枪声，又一次抽紧了全世界热爱和平人们的神经。在此关头，如何对待恐怖主义的问题，成为新闻的热议，报纸的头条。自然，不同国家，不同种族，不同地域，不同肤色，不同文化背景，不同发展道路，乃至不同宗教信仰的人们，对待这一问题，也是各持己见，异说纷纭。究其实质，这些说法就是两种，一种是以怨报怨，一种是以德报怨。本来，几年来是后者占据上风，但巴黎的枪一响，前者立刻占据主流。不过，前者也好，后者也罢，持论者，都是穆斯林眼里的"他者"，来自穆斯林内部的声音，即使不是阙如，也仅寥寥。看了这本书，才晓得这或许正是症结。当我们无法就何为"德"、何为"怨"达成共识时，一切努力都不会有效果。

此刻，我突然联想起清赵翼论诸葛治蜀的名联：能攻心则反侧自消自古知兵非好战不审势则宽严皆误后来治蜀要深思。这个道理，用到反恐，也并非无稽之谈。

2015 年 10 月

下面无数龟

——读福山《政治秩序的起源——从前人类时代到法国大革命》

美国著名日裔政治学者弗朗西斯·福山是另一位更为著名的美国政治学家亨廷顿的学生。他曾因提出"历史的终结"而声名大噪，但后来全球民主发展并未迅疾出现福山预言的局面，反而出现了诸多曲折，许多学者就此嘲弄福山的天真。我在国内听一些国际形势的讲座时，诸位名师可谓言必称福山——并非赞许，而是批评。实话说，我就是这样知道福山的。在我心中建构起来的福山形象尴尬——就是那种生活中常见的冒失的预言家，总是轻率地断言，然后被接踵而来的事实无情否定，成为大家的笑柄。

但脑子毕竟长在我自己的脑袋里。进一步的阅读让我对那些名师产生了怀疑，他们或者干脆没有读过福山，或者至少没有全面地了解他——如果不是明知而胡说的话。福山的"历史的终结"有其特定语境，在此语境之下，他的观点至今颇有价值。而且，不仅仅是结论，更在于他得出结论而进行的大量卓有成效的实证研究和历史考察。我刚刚读完他论述政治秩序和政治衰败问题的两卷本著作的第一本（《政治秩序的起源：从前人类时代到法国大革命》），也读了他数年前访华期间所做的一系列演讲和访谈。我觉得福山很深刻，他的"历史的终结"是个重要的不可替代的视角，对中国政治发展的理论构建是颇有价值的。

今天突然想谈谈福山倒不是试图全面地释读他。我只是想给朋友们介绍他在阐述观点时讲的一个小故事：一个天体物理学家在演讲宇宙理论时遭到一个老太太哂笑，老人家告诉他，复杂的理论都是胡说，宇宙的道理很简单，就是一个大盘子安放在一只巨大的龟背上。物理学家显然很熟悉这样的质疑，他立即像惯常那样反问：那么龟背下面呢？老太太并未如他所料定的理屈词穷，她颇为自信地回答，下面有无数只龟。

　　"下面无数龟"，看似只是个令人莞尔的笑话，但福山把他作为其建构政治学理论的重要隐喻——西方人构建理论常常借助隐喻，比如我们熟知的"掘墓人"。我觉得"下面无数龟"这一建构极具智慧。上初中时我们就明白，任何理论都有前提，理论的真理性基于前提的合理性，不同的前提会构建出不同的理论体系。前提就是扛起理论大厦的那只龟，而由于前提之不同，任何理论只要穷究深察，都不免于底下无数龟。我们处于不同的龟背上，就会有不同的观察，不同的结论。由此我们确知，生活中很多面红耳赤的争辩，其实并非各自见地独到，而仅仅是双方不在同一个龟背上而已。譬如我们瞧见美女的眼睛，画家看见是一双明眸，医生看见是玻璃体，生物学家看见是细胞，物理学家看见是分子，而量子物理学家看见甚至是比电子还微观的某某子。倘有人对美女产生爱情，除却画家，其他人的观察均不免扫兴。大家不在一只龟背上，是什么事情也谈不成的。

　　我们时常谈立场观点方法，显然，龟背就是立场。突然就明白了名师们对福山的误解。其实不是误解，是"下面无数龟"啊。

2015 年 11 月

留白

　　塞尚有几幅画，画面大块留布白，时人说他没画完。但上世纪 30 年代，刘海粟林凤眠说塞尚得中国古典水墨意趣，颇引为知己。塞尚不一定见过中国水墨，风格接近，或是英雄所见略同。但因此，关于画完没画完，这倒让我多了些联想，说在下面。

　　《世说新语》有则著名佚事：

　　王子猷居山阴。夜大雪，眠觉，开室命酌酒，四望皎然；因起彷徨，咏左思《招隐》诗，忽忆戴安道。时戴在剡，即便夜乘小船就之，经宿方至，造门不前而返。人问其故，王曰："吾本乘兴而行，兴尽而返，何必见戴！"

　　如以访友为目的，王子猷临门不进，当然是"没画完"；若是排遣意趣，兴致已尽，当是"画完了"。齐白石谈画艺，说妙在"似与不似之间"。套用这个句式，好的作品，当在"完与未完之间"。其实何止于画？文章诗歌，靡不如是。生活当中，饭要七分饱，酒要七分酣，话要七分满，都是这个理。佛陀说法，半晌不言，只是拈花一笑。旁人不解，只有迦叶会心微笑。由此起头，成就禅宗一大门派，多少风流！倘彼时佛祖开口，后来的风光，就没了由头。哲学上讲量与质的关系，核心是个度。画完没画完的度，全在一念之间。

　　话到此处，又想起个故事。说人买画，见牧童拉牛回家，人使劲，牛犯倔不回，缰绳绷紧，却不画出。此人喜欢，回家取钱。画店老板归来，闻讯大惊，缰绳不画出，如何卖得？连忙取笔填上。买家返回，大叫可惜。有了缰绳，意趣全无。老板好心，生意吹了，还不免人笑，可见所谓画完，虽是因人而异，也有高下不同。

2016 年 1 月

入戏太深

　　五年前，辽宁下岗职工郭英森先生在天津电视台参加节目，宣称自己掌握了超越现代物理学理论前提的新突破，从而建立新的体系，运用引力波等新发现，可以实现物体悬浮以改善交通，甚至延续生命至长生不老。他的言论遭到嘉宾方舟子的否定，继而引发若干嘉宾当堂激辩，甚至发飙。

　　从现场凌乱的问答看，郭先生不懂量子物理是显然的。这个判断，只要读过高中物理的人都能做出。不能因为他提到了引力波，就说明他真懂。现场几位支持他的明星，虽然情形各异，也基本不相信他。大家的态度，多半是贾府里的赵姨娘，撒泼打滚几分钟，该说的说完，见好就收。所以，郭先生到天津台，没有达到预期目的。方舟子劝他到学术刊物，正是方先生被称为"肘子"的明证——学术刊物倘进得去，傻子才到这里碰运气。其实，稍微熟悉科学史，郭先生这样的人，并不罕见，远的不说，单是陈景润先生在证明哥德巴赫猜想作出重要成果，被作家徐迟写成报告文学介绍之后，曾有无数数学爱好者立即宣称自己彻底证明了这个"皇冠上的明珠"。"此情可待成追忆，只是当时已惘然"。这些证明当然只是笑话，但在当时，业余数学家们也颇引人关注。只是，江山代有才人出，各领风骚两三天。过几天，大家就忘了。

　　但郭先生受挫天津台这个老套的故事，居然死灰复燃，有了新版本。前几天，美国物理学家宣布发现了引力波，有人就想起了业余物理学家郭先生，有些网友觉得他成了先知，遭到方舟子错误地打压，方应该道歉。更多的网友并不认为郭先生真有物理学超常智力，但"应该让他把话说完"。几天来，挺郭派甚嚣尘上，记者去采访郭先生，他俨然已是真理在手的架势，声称"不怪主持人"。

　　事情何以至此，颇是耐人寻味。

　　今天看朋友圈，转发五年前视频、赞成道歉的，为数不少。看跟帖，附和者众多，其中亦不乏斥方舟子压制人才——这样说，显然是认为郭先生真懂量子物理。这么大的比例，差不多证明了中国物理学教育的失败。粗略计算，学过高中物理的占总人口三分之一，何以如此之多的人，不能分辨真伪呢？

当然，这不是我论述的重点。我一直觉得，中国的物理和化学，教的不是太少，而是太多了。对于大多数人，这些学问此生无用，不学也罢。如果以增加科学信念为追求，那就多学点科学史为好。可惜这正是我们的短板，造成国民科学常识不足，科学思维贫乏，令人叹息。

更值得警惕的是另一种态度，就是我们在视频的跟帖中看到的最具代表性的态度，即"即使他没道理，也应该让他把话说完"。这种态度看上去充满了民主内涵，事实上是用错了地方。因为民主适用于公共论题，并非没有边界。讨论社会该征税还是减税，男性和女性该不该同工同酬，谁可以担任人大代表这些事关公众利益、处于公共领域的问题，当然应该甚至必须依照民主的理念、制度和程序，在警惕和预防"多数人暴政"基础上，以多数决判定。而显然，公共论题尽管体量庞大，毕竟有所范围，世界上除此而外，另有私人问题、科学问题、法律问题及艺术问题诸多领域，不宜以民主论。比如，我们不能举手表决，决定你必须爱吃蚯蚓，因为这是你的私人问题，同理，我们也不能汇集十亿人签名，宣布牛顿万有引力定律无效，因为这是科学问题；我们不能呼应全村泣血请愿，判定杀死逆子的可怜父亲无罪，因为这是法律问题；我们不能因为许多人不喜欢梵高的画，就判定他的画不具有艺术价值，因为这是艺术问题。在现实中，这些问题之是非，常常是少数人决定的。这并非背离民主，而是另有规则。很多人看到了民主的价值，本身善莫大焉。但以为民主从此包打天下，却是抓错了药方。

方舟子很快就否定郭先生的"研究成果"，许多网友认为武断，其实武断的正是这些网友。因为关于量子物理，在场嘉宾，恐怕只有方舟子有发言权。以方舟子的学养，做出这个判断，不需要深思熟虑。科学问题，几乎全部领域，都是"真理掌握在少数人手里"。责备方舟子的人，错不在不懂科学，而是将民主权利泛化。况且，方舟子出现在节目中，自然是以权威身份。高级别论文报告会上，常有主席令发言人提前离场之说，正是此意。郭先生不得言尽，只能愿赌服输。

但这桩公案之值得思忖，并不全在于上述问题。极少有人想到的是，一个显然无厘头的伪物理学论题，尽管不可能出现在学术报告会上，但何以通过了不可谓不严的节目审查，出现在堂而皇之的电视台大厅？显然，有人在追求这种错位的戏剧性效果。不是真理，不是发明，而是娱乐和狂欢的追求，成为当晚的主宰。这种隐秘的潜规则，意在追求吊诡，制造反常，只提供泡沫，不出售啤酒。这种前提错乱之局，正应了北岛的名句：也许一开始就错了，结果还是错。

　　看来，这件颇有趣味的事件，实质是为了博取眼球，专人创作脚本，大家都在戏中。只不过有人入戏浅，有人入戏深。节目结束，入戏浅的，从火星回到了地球，但可怜的郭先生，五年了，还没卸妆呢。试问郭先生何以如此，突然我就明白，网上声援一片，其实都是看戏的，还没过足瘾呢。

2016 年 2 月

02

| 诗 歌 |

咏夏二首

酿

夏季已经来临　蜜蜂儿
又营营在花间行咏
一首缠绵的歌

没有歌词的歌
最唱得出
细微的情感

于是清香也踏歌起舞　伴
微风如瞬间传达的眼波
描人生的心电图

酿造生活
秋天才有结果呢

晨

整个夏天
柳丝儿拨动我们的
情感　很激动

多雾的早晨
总把让人迷离的倩影
送上田野小径

歌声是细细的
竹笛是细细的
如田野的风轻轻掠过

湖面不再平静
荡起一圈一圈的波纹

1985 年 6 月

夜行列车

停在一个小站是一种默契了的偶然
如果对面也有一列车
你会看见童话的小方窗
有一些人影晃动
仿佛两个世界在对望

窗洞疑惑地询问
我什么也看不见

这样的故事
总是发生在每天的这一时刻
在黑色世界漂泊了很久的目光
终于登陆
并且生动起来
有时漂泊没有目的　不漂泊
也没有目的
寄托莫名其妙的情绪
需要一个对应物

有长笛一声乃知不是梦
天亮还早着呢
目的地还早着呢

列车已经缓缓开动
只有一盏绿色信号灯
忽明忽暗

1985 年 7 月

心情

正是因为不能够
我才期待
让心顺着牵牛藤爬上来
你窗口的灯光还亮着
把窗外的世界
照成雪后的早晨

那年冬天很冷
汽车远远地开来
只有一个人上车
一个人下车
然后开走了
我摇了摇手也没有结果
呵出一口气
凝成烟雾散了

别想过去
别想
那个白色的早晨
那个黑色的梦
都很朦胧
为什么不再来呢
我猜了很久

那棵酸葡萄我嚼过了
时针痴呆地又转了一圈
仿佛世界没有前进
不知道明天早晨
太阳是不是新的

但是牵牛藤还没有爬上你的窗口
橘色的灯光
闪在雪地里
那白色的背影
让人产生冰冷的感觉

你窗口的灯光
还亮着吗

1985 年 12 月

古寺

连钟声都苍老了

鸟雀不再飞来
沉重的寂寞
敲成一个余音袅袅的鼓点
苍茫的暮色中
杳火早已冰冷
成一撮不再清晰的记忆

背着书包的儿童
从奶奶爬满皱纹的脸上
寻找古寺的形象

远远地
钟声又在回响

86.5.25

小树林

我爱着你　袅袅娜娜地
以自己的风格
举起一片深意

那么长那么长的小路
那么静那么静的天地
那么忧伤地流着自己的泪水
那么快乐地藏着别人的秘密
那样各具风格
又那样达成统一

鸟声是你的　浓荫是你的
阳光是你的　泥土是你的
几度春来　几度秋去
听你风声如悲如诉如叹如泣
看你叶脉如男儿甲胄女儿春衣

是优美的图画
有无限神韵不尽笔意
是和谐的旋律
宜浅吟低唱踏歌来去
最怕别你

月光下清露如霜
你也泪滴我也泪滴

没有你的胸怀却爱你
没有你的无私却爱你
何当把酒对长空
祭一片长风如残叶逝去
以半盏清泪
浇几片新绿

1986 年 5 月

又是一个港口

谨以此诗，献给那些即将踏上一片陌生土地的充满幻想又充满奋斗的毕业生们。

又是一个港口，潮湿的海风，
曾把男子的肌肤塑成紫铜色，
他们庄严地挥手，告别昨天，
那大海的黎明，大海的黄昏。

不再是单调的船线，不再有罗盘、航标灯，
去确定前进的轨迹
生活不再只是诗，幻想，未来。
陆地的风，呼啸着扑面而来，
让这些曾成功过一千次的勇士，
第一次感到害怕，感到头昏目眩。

请记住帆的嘱咐，记住海的叮咛，
记住浪花的微笑，记住浪涛的壮观，
男子是不知道什么叫失败的，
无论昨天，无论今天，无论明天。

1986 年 6 月

生命之晨

河无法选择，因而流动；我无法选择，因而寻觅

——题记

一

或许我们心的足迹
不必踏过这片荒漠
因而没有河的呜咽
走进我们的干涸
甚至不留下什么
足迹
被雨水打扫干净
歌声也消散了
但是走吧
让心中的绿意
寻找春天

二

落日把金色的涂料
洒满我心的河床
淤滩和老水牛
奏出朦胧的和弦

我看出一双眼睛
闪着长长的叹息

逆流而上
或者顺流而下
思绪被风吹得呼呼作响
世界是长长的风筝线
让我们虔诚地遥望
隔岸的灯火
为心灵点亮归宿

三

该回去了
星光已经写满天空
夜神秘而安详
只是我们无法平静
像灯光一样遥远的水声
仍敲击着我们的留恋
走吧
不要足迹
只要足音
很远了
还听得见水的声音

1986 年 8 月

瞬间的感受

——读《丑陋的中国人》

那一声声苍凉的号子
让我的心震颤了好久
仿佛无言地面对着纪念碑
因为痛切的失意而开始忏悔
我甚至什么都没有说出来
面对历史我们只能沉默

镜子已经砸碎了
好长一段时间我们忘记了自己的存在
伤痕和幸福都那么遥远
哲人的眉头也不再隆起

但是那是血
那是淋淋漓漓从史书缝里渗出的血
一些白色的魂灵
狠狠地用责备抽打我们
古老的长城已经挂满英烈的头颅
那绝望的嘶喊撕扯着我们脆弱的神经
在强烈的欲望下我们昏热了好久
一个美丽的陷阱让我们一代代沉沦
我们的忠字舞还没有跳够吗

所有的二十岁都来吧
那些因失败而迷茫的来吧
那些因胜利而疯狂的来吧
那些不愿意如此的来吧
来听柏杨先生吹一曲芦笛
让我们因寻找而纷乱的心
从一种安慰进入另一种安慰
我的朋友
醒来比睡着更痛苦
我们无法忍受这样的命运安排
只好眼睁睁地看着自己逝去

逝去吧　生命和爱情
有那么多的人已经逝去了
我们只是无法去见他们的英灵
生存便是痛苦
让我们挺着胸膛来迎接吧

那一声声苍凉的号子
让我们联想起黄河的怒吼
我们不必忏悔
而我也只是想说一句话
但是　人们是如此地快乐和安宁
世界是如此地幸福和和平
一切似乎都没有发生
我说什么呢

1986 年 9 月

目的

花开了又谢　树黄了又绿
这不是目的
爱你又别你　别你仍爱你
这不是目的

情河充溢　泛滥不是目的
思念拉长　断裂不是目的
暮鼓停歇　沉默不是目的
烛光盈盈　流泪不是目的

生　为了没有原因的原因
活　由于不是目的的目的

也许花落有情　流水无意
也许芳菲谢尽　才知讯期
也许烈焰燎原　火种早熄
也许邈邈河汉　星光难觅

做个儿童如何　朋友
来用眼神告诉我
积木堆成了　图案不是目的
画些绿太阳　红树叶
荒芜不是目的

人生　或许是游戏
有些原因　但没有目的

1986 年 9 月

冬天·雪

是雪白雪白地飘来的季节
是稀疏地印在树间的季节
是裹得厚厚实实的季节
是吹不出口哨的季节

谁踩下了第一串脚印
是一串寂寞的响铃在早晨
轻轻地摇成一串糖葫芦
那酸酸的甜甜的凉凉的滋味
在一个初雪的早晨
太阳出来很晚

不要困在屋子里
翻那本叫做寂寞的书了
快出来快出来别怕冷
没有花不要紧——我们开放
没有鸟不要紧——我们呐喊
让太阳给单纯染上热情

站在雪地
吟一个英国诗人的名句
声音传出好远好远

1987 年

237

寂寞

又是秋天
因为过多的思念
感情像落叶般飘零
凋落　并且枯黄
成一幅干瘪的画面
蒸干了所有的水分

没有声音
所有的响亮都失去了歌喉
只有一个残留的故事
系在若动若静的琴弦

形象定格成记忆
让人莫名地回味
从静静的瞳孔里
看出了大声喧嚷的内容

1987 年 1 月

如果

如果嘹亮的军号划过时你没有醒来
如果晨曦已经悄悄爬上你的额头
如果昨天的疯狂仍然让你心悸
如果你没有爱

如果你积雪中的脚印还没有消去
如果目光的聚光灯照射了太久
如果爬出陷阱却仍然在下沉
如果你相信这并非来自你的感觉

如果你不该沉默却无话可说
如果你挥出的拳头会伤害自己的朋友
如果痛苦不能升华
如果面对绝路你无法退步

如果鲜花全部开在荆棘丛中
如果冬天温暖夏天严寒
如果谢幕没有掌声
如果孤独的向日葵终于未能结果

如果微笑的背后藏着利刃
如果爱情也有苦果
如果冲入隧洞的列车黑暗太久

如果脆弱的心连幸福都无法承受

如果生命永远躁动
如果灵魂永远不安
如果命运永远无情
如果世界永远灰暗

如果错路已经走得太远
就勇敢地走下去
面对一切只能微笑
酒太淡　眼泪太咸

1987 年 1 月 8 日

设祭

残风吹着唯余的几页

日历　冬天的日暮

没有风　没有雪

香火袅袅升在粗花大碗

安静的五谷中

（喂养生息的五谷啊）

老祖母的皱纹都干枯了

她为更久远的祖先

设祭

设祭　在一只古铜色衣柜的

顶上　在除旧的鞭炮声中

以及老祖母呆滞的目光

和呆滞的喃喃自语中

一种巨大的宁静

巨大的神秘

涂满三岁小孙子好奇的眼神

他于是近乎虔诚地

望着　一张被定格在发黄像纸里

不知道是谁的脸

不像爸爸

也不像我

每年都这样
设祭
三柱香
两碟菜
一杯酒
一个古老的格局
以常新的态度　重演

设祭
将遥远的往事
积淀于今夜
一柱香的时间

1987 年 2 月

蝴蝶标本

什么时候才开花呢
风没有告诉我
但是春天里我看到了蝴蝶
季节中这翻飞的精灵
于是我的花开了
美丽和芬芳来自同一个地方

去表现什么和获得什么
让我们获得了飞的概念
人类捕捉了千年
蝴蝶因之而永存

什么时候花才开呢
蝴蝶用沉默来回答

1987 年

荒岛

如一鸥　静立于尘世
只有翻飞的渴望
沉默了千年
没有火山喷发

狰狞地裸着　因欲火燃烧
通体赤红的岩石
一次次被海浪拍击
节奏鲜明的皮层
描着远方的葱茏
却没有一丝绿意
证明春天的脚步
已经来迟

有一只白鸥
在太阳下落的方向
哀鸣了很久

1987 年

窗前偶拾

作画的少女
站在窗前
望

视野太窄
满日黄叶飘零
似心境
难以入画

少女　你不知道
在你凝望时
你已入画

1987.10

现象与本质

一

因为智慧高于同类
——常常被称为呆子
因为目光看得太远
——落入了眼前的陷阱
因为说了太多的真话
——被视为另有目的
因为孤独而寻找朋友
——却找来更多的孤独

因为有了强烈的日光
——却什么也看不见
因为有了太多的追求
——往往失去了最初的目标
因为懂得了太多的道理
——却说不清眼前的现实
因为一开始就放弃
——往往最终却得到

二

试图追求神圣
却做了最卑下的工作
试图寻找美丽
却怀着卑鄙的目的
试图摆脱罪恶
却干了更多的坏事
试图走向高尚
却因为欲念寝食不安

追求伟大的
坠入最平庸的凡尘
寻找真实的
受到了无耻的欺骗
寻找宁静的
灵魂永远在喧躁
摆脱世俗的
因为俗念而六神不安

三

荒诞潜藏着庄重
谎言反映着真理
错误体现着正确
卑贱说明了高尚

过分地追求别致
自己落入自己俗套
过分地强调超脱

生命却常常为命运摆布

坦诚相见则彼此排斥
若即若离却互相吸引
不恋爱的人写了大量的情诗
医生发现不了自己的病

四

一个脚印是一部字典
一个人就是一个世界
人们啊
要思考你们自己

1987 年 10 月

荒原树

没有爱之雨滴自长空垂落
因而渴望春汛
手臂无力地伸向天空
答案在远方
等了很久

荒原树
荒原树

或许生来不该直立
傲然中潜藏着多少孤独
或许生来不该渴望
风自无情
斫干伤痕累累
扫叶零落泥土

荒原树
荒原树

死寂中拒绝死亡
给迷失的鸟以归宿
也许生来就该痛苦
失亦欣然

得则满足

荒原树
荒原树

枯叶召唤着远方
根扎入泥土
苦苦甜甜
甜甜苦苦
任春夏秋冬　风霜雨露
形亦如故
梦亦如故

荒原树
荒原树

1987 年 11 月

黄河

中国纤夫苍凉的号子
从黄皮肤的汗腺中
奔涌而出

流了五千多年

1987 年 12 月

独坐

静静坐着
把世界看成一个固定的画面
风也默默
云也默默

灵魂里
有打夯机的声音

1987 年 12 月

不该等待的季节

花已经开了
寒冷的记忆
早已褪色　飘落
一枚年轻的太阳
微笑着从你身旁升起
请移动你的步伐吧
和太阳一起
走过我的中大

不必再等待了
春天
不是等待的季节
早该播种些什么了
从严冬走开的心
承受了太多的荒漠

而你的目光
轻轻地飘成一丝小雨
我们的心曲
奏成一片蓝色的宁静

让风吹进我们的小路吧
让薄雾

轻轻地剪出我们的背影
我们走去
迎着不再寒冷的季节

不必再等待了
春天
不是等待的季节
也不必说些什么
只要抬起你的眼睛
长久地注视

1988 年 3 月

思念

那是一片空茫无边的水
那里只荡着淡淡的雾
我们牵着长长的目光出海
背后是一片水的声音

那声音不是很大
却有着夺人心魄的力量
忍不住叫你回头顾盼
却只是水天茫茫

视线里没有岸
岸上有淡淡的影子
并不期待着归航
却急切地盼着雾散

1988 年 3 月

随感

挤破三月的风景线
我们骚动着不安
涌进来

那天还很冷
厚厚的冰层下面
有毕毕剥剥的声音

老树张着苍劲的臂
向天空
发出最初的探询

蛋分裂作蛋壳　和
生命　痕迹很深
如化石之痕

有一双眼睛
等待注释

1988 年 3 月

黄昏

就这样一起走进夕阳
记忆因久远而昏黄
淡淡的牧归曲
吹不起归思的涟漪
大片大片落叶的颜色
堆成一幅朦胧的风俗画

就这样一起走进夕阳

缓缓地为黄昏送葬
安魂曲是原野的风
我们开始变得沉重
就让一切只有一个轮廓吧
最深切的记忆
在于没有形象

就这样一起走进夕阳

思绪开始沉闷地回响
血色的流云
苍凉地抹进我们的瞳孔
于是黄昏也激荡着不安
不吹柳笛

不唱夜曲
我们放飞白天挽起黑暗

就这样一起走进夕阳

一切曾经清晰
一切都在淡漠
黄昏隐没了我们的身影
只留下淡淡的星光
如往事的记忆在闪烁

就这样一起走进夕阳

1988 年 4 月

茧歌

——致我的爱人

我是茧
为意念的千重捆缚
却不曾透露过一点春的讯息
给你

只是那片静静的湖水
以及我们共同仰望过的星空
依然流苏荡漾
有一点流星　倏地闪过
是我们的眼神？

未及告诉什么
爱已逝去　连同残夜残星
创伤在心底
酿出浓烈的酒

只是期待有一柄锋刃
割这千重捆缚
却也难

把一粒碎石
丢进湖里

或许波纹荡起

会蓄我叹息

如那天晚上　没有月光的晚上

星光中的梦

有你身影　和一朵小白花

1988 年 4 月

还我一个太阳

再也不必
夹着尾巴做人
尾巴
却依旧夹着

天地一个侠字
却让人肝胆欲裂
玉依旧是玉
石依旧是石
只是没有燃烧

生就男儿骨血
长做一棵树的模样
置诸荒原
没有鸟栖息
于是缠绵
天也阴着
梦中
古人已去了
世界变得陌生
轻骑踏踏
从荒漠到荒漠
走了一段心的路程

对孤窗哭雨
却无人来
案头独坐
依旧是挥不去的书卷气

走
做逐日的夸父
寻那泛白的太阳
载渴载饥
没有拐杖去化邓林
将心抛了去
将肝抛了去
将肺抛了去
却让双目化一片水样宁静

太阳
兽一样的眼睛
狰狞地射杀世界
将皮肤烤做焦黄
烤出水来
咸咸的
结晶着骨质

野旷天低有野马奔
秋草陡立有秋歌起
河且流去
雁且飞去
天地唯吾一人
狂歌有谁听
九文大钱做了孔乙己

且沽酒来
落魄依然豪饮
自古美酒豪情相随
壮心壮胆
为谁壮行

将这发去了
将这衣去了
痴得够了
恨爱挥落泥土
赤身其间
笑则笑石破天惊
哭则哭鬼神泣动
壮笔一枚
涂遍大卜素绢

天自阴沉
我心终是坦荡
尘自弥漫
我心终是清明
览九州之情致
驾长风之鸾驾
浩浩荡荡
横无际涯
天地有一鸥
翔乎云海间
魂散人寰
魄小九州

1988 年 4 月 9 日

263

来去都辉煌

——致一位朋友二十二岁生日

　　我不知道那天会是怎样的情形，但我知道，我的朋友们都在，我希望除了我之外，别人都会说：今天，有一位朋友不在，但他的心是和大家在一起的——这样说吧，我会高兴的。同时我也会像去年中秋第二天的夜晚一样，在这远离太原的家乡为你们祝福。此刻已是深夜三时了，静夜独坐，我忽而想写一首诗献于你二十二岁最幸福的时刻。

　　原谅我只能以这样的方式为你祝福了。

一

　　　天地原本是混沌的　盘古
　　　那个终于疲倦地倒下的巨人
　　　以一把巨斧　斫天斫地
　　　有躯成峰　有血成河　有发成林

　　　造化钟情　乃生万物
　　　乃有飞禽遨游于蓝天
　　　乃有走兽奔逐于原野
　　　乃有红橙黄绿青蓝紫
　　　乃有春夏秋冬
　　　乃有我们来

　　　因有人去　故我们来

264

第一声啼哭便有海洋的咸味奔涌

便企图在原野上奔跑

便画红色的太阳以及绿色的风

便迷失于长街人流　怅然于星空

便令思绪如野马般践踏于太阳穴之间

便要去踏浪　去探险

去点燃荒原的篝火

和篝火一样的爱情

便要在晴天放飞一群鸽子

便要在雨天撑着一方静谧

来吧

开始不是为了结束

二

很久了　只有神秘的期待

如静坐斗室

细辨那踏过苔痕的蹄声

灵魂中有一声响亮的宣言

闪过母亲苍白的脸

诞生那天和今天一样

也是初春

尚没有杨柳风吹面不寒

尚没有杏花雨沾衣欲湿

荒原野树　风剥蚀了残叶

黄沙蔽日　尘土肆虐着

生命在最后的冬口

降落尘埃

夹着原始的音符来以手

拨弄琴弦　有音洋溢八荒
枝端一叶挤破
喔　天地好大

襁褓和摇篮　只留下一方蓝天
待迈出第一步　就只好亦步亦趋
排在人群的屁股后面
乞讨般走　左脚迈过
总是右脚　前进或者后退
喃喃地背诵道路曲折前途光明的
祝词　挥去一页页日历
荒唐伴着神圣
眼泪伴着欢笑

祖先说　以头触钟
总会轰然作响
生命就是这样
反叛　或者沉沦

三

点一只烛　总有芯穿过
同时流泪和燃烧
火苗　软弱地推开黑暗
没有葡萄美酒夜光杯
夜色爬满窗棂
好静好静

盛宴终将散去　如同
一切辉煌的开始　如同
烛终将熄灭　如同

心愿　有时会沉陷沙漠
连小草都没有生长
如同最欢乐的时候
会泛起悲歌
正是飞黄尘弥漫的季节
我们等待雨季　却又惧怕那雨
只是哭泣却不滋润

——请为我唱一曲《出塞曲》
用那遗忘了的古老言语
请用那美丽的颤音轻轻哼唱
我心中的大好河山——

我们无以寄托
因为我们什么都不信
我们无以自慰
因为我们一贫如洗
我们只有歌声
不是咸阳古道悠远的琴声
不是西出阳关凄凉的琵琶
不是霓裳羽衣惊破的残梦
不是掉头东去袅袅的回音
不是浔阳秋月　有秋草依依
不是枯涩的酒歌　长睡终有醒时
雄阔或者缠绵
高亢　或者悠扬

就这样唱着迎接雨季
在七月的来临

四

走吧
即使夕阳跌下山巅
也会有夜的深沉

走吧
那孤鸟久立的小舟
早已为风雨而剥蚀

走吧
山道车辙印中倔强的小花
在等待巨轮碾过的死亡

走吧
红烛熄灭之后
我们将点亮双眼

走吧
淤塞的河道
不需要泪的清泉

走吧
心依旧坦荡
天空依旧湛蓝

走吧
天涯不是天堂
花环也不是花圈

走吧
山谷有歌声弥漫
山巅有身影闪现

走吧
为了明天的背叛
我们将背叛昨天

1988. 2. 28

偶拾

把旧时的日子
晾在屋檐底下
让记忆的燕子
在阳光下作巢

1988 年 5 月

大学备忘录

一

生活就像一次射门

有时进有时不进除了那一瞬间

其他感觉都一样

如果你认为自己是优秀选手

那你就是没命奔跑的傻小子

就像场下

看着你的女孩子

追球其实也是追求

全部内涵在于你能否

早到一秒钟

不管你的球鞋像破舰

有大拇哥和味道一股脑儿

散发出来

只要你卖了力气

总会在其下有老鼠探头探脑的

床上　做一个好梦

二

作业刮来台风季

老师是瞪着独眼的航标灯

即使全速前进

也免不了错了航向

昏昏沉沉夹着书包如炸药包

武侠小说里藏着一个

跃跃欲试的英雄梦

夜凉了　烛光摇头摆尾

打着鼾声的节拍

像海浪轻轻地摇着船舷

温柔得如同文人笔下的吻

终于差三分万岁

顺利进入复赛参加下一轮

滋味有如穿鞋

舒服不舒服只有

脚趾头知道

三

慷慨陈词其实是批判

自己　但你是批判者

掌声有些羞羞答答

脸上堆出满不在乎

却免不了骂几声他妈的

把弗洛伊德尼采叔本华通通

肢解　如同失窃公物展览

变成唾沫星子喷在

众多的眼镜片上

正好在指点江山的时刻

什么也看不清

以为很美丽或者以为很

丑陋　这很省力

如同早餐时丢掉半个

吃剩的馒头

然后欣赏拾剩饭者的

贪婪　其实很简单

书价提高一倍

全部的钢镚儿正好

买许多深度

四

日记本里塞满了

郑重其事　有时一觉醒来

是早上九点

误了上课便睡懒觉

不小心睡出了失落感

想到没人的地方大哭一场

中国中国中国

我的饭票丢了

仿佛很真切

真切得如同拨弄六弦琴

拨弄是因为大家都拨弄

失落是因为大家都失落

一杯酸牛奶里长出

失恋的滋味

笑声很没意思

头脑里枝枝蔓蔓

谁知道明天早上

又要长出什么寂寞感

五

细长的通道毕竟

关不住　歌声

也是一枝红杏吗

总从盛满水的脸盆里

溅出来

看见挤出来的粗犷和眼镜片

你不必有吃错药的感觉

豆芽菜体型蕴蓄的渴望

也要抽烟喝酒骂娘

玩世不恭或者深沉

都不如一嗓子他妈的

更表现自我

六

跳楼事件发生在

午夜零点三刻

之前和之后的故事

被渲染成一部爱情悲剧

十层高楼间划过的弧线

只有一瞬间的自由落体

竟有如此长的余味

如同嚼青橄榄

切肤之痛组合缓慢推进

并且定格成无旁白空镜头

联想飘成梦中的一声长叹

有谁注意走向餐厅的人流中

少一个长辫的

文静姑娘
但的的确确少了
少了什么
谁又知道

七

春游仿佛是一种
并无规定的默契
专心致志地爬山和劳累
如同专心致志地做作业和
考试　有时竟无暇回头
留出惊叹的一秒钟
爬上然后爬下
吃面包并且涂满山楂果酱
富上彩卷为您留卜最美好的倩影
洒在山路上
悟出许多道理比如
爬山犹如人生
必须有毅力和智慧
以及力量如何生出并且油然而生
风景点被挤成垃圾场
却挤出不少遗憾
明年去什么地方
兀自兴致勃勃

八

话题犹如啤酒泡沫
溅在一个美梦的正前方
信息交流总在

熄灯之后
谁也看不清谁
横卧是最恰当的姿势
说什么无须体验
灵感生动得仿佛
一个穿连衣裙的姑娘
袅袅娜娜地浮来荡去
牢骚发出国际水平
响应的却是哈欠
即使有人睡不着觉
三米高五米长二米宽共四十五立方米
空间每人只有那么多
如果不发生地震
秩序永远依旧
储藏太久难免变质
如果此时传来敲门声
那么你要理解这种幻觉

1988.6.2 午

活法

或者　在人潮如蚁中
让脸孔无休止地
曝光　汗水冲刷着
油彩　抽象着野兽派画展
眼睛　鼻子　和嘴
兀自高谈阔论

或者　让荷叶伞盖屏着
不清凉的世界中
清凉的天地　如
悠然不见有南山的五柳先生
和一腔挥不尽的无可奈何
写些诗　如同栽着
不知何年结果的桃李

或者　赤脚在雪地
走出些咯咯吱吱的
小曲　让自己听
唤不来红巾翠袖
非英雄亦无泪地恍惚
做流连状　走远

都有一种活法　好事者

　　分为类型 ABC　如中药铺
　　叹一口气　将心事
　　囚进高墙深院　然后
　　仰望别处的星空
　　依旧闪烁

1988 年 8 月

秋天

是一个素妆少女你的步子悄悄走过
那一声叹息把我们的心揪向好远
在夕阳西下时我在一片金色的林里
踏着满地碎金寻找你失落的歌声
直到一轮清月照你的泪痕黯然
我站在那里喃喃地不知说些什么

由于错过季节我们的花已经谢了
我们都不知道我们已经走了多远
到那开阔的地方去看枯黄的河流去
河水浸着我们的倒影我们的梦境
你终于要说些什么却只留出了眼泪
秋风吹着你的纱巾飘出一个故事

感谢生活拥有这样让人回味的规则
秋天过去是冬天是春天是夏天还是秋天

1988 年 10 月

出土石像

在一次战乱中轰然倒塌
渐渐为岁月的尘土所掩埋
直到有一天重见阳光
大梦已千载

谁见过如此巨大的石像
村里的人都说
脚可以去做屋架
身可以去做屋基
只是谁也不明白
那巨大的头颅
用它来做什么呢

泥土替他传染了暗色的斑点
如同睁着无数双眼睛
或许深埋的窒息使它绝望
眼睛只剩下两个黑洞
那里边潜藏着世道沧桑

胡须是粗硬的
鼻孔里塞满了泥土
有蚁虫爬进爬出
负着微薄的食物

田野的风默不作声
为它抚去沉积的尘垢
绵绵春雨潜入静夜
为它洗净浸锈的伤痕
阳光翩翩而来
让他的身体温热起来
他莫非能摇摇晃晃地站起身吗
在眼前的黄土地上迅跑
足音如沉闷的鼓声

历史静默如处子
如萧索的田野上潜行的灵魂

或者它需要一次考证
他曾经高踞庙堂之香烟缭绕中
耳畔是不绝的商女的歌声
千樽明月做歌
万缕情歌长恨
沉重的身躯渐渐软化
悲风中魂魄不散
卧听雁阵归去来

或者他需要一次呐喊
孤村野坟僵卧
听风雨千年有铁马冰河入梦
刀创戟砍的铁骑漫卷红旗
西风残照中金柝声声
血渗入他石塑的肌体
那是石头啊
石击之可以作歌
击之可以迸出火星

沉睡千年的石质依旧有绵绵不绝的热能
难道不能奔涌出
发一声带血的长吟

黑暗一层一层围拢而来
歌台舞榭
都化做已逝的烟云
谷物在身体上面生生不息
远处有河流的涛声依旧
无声无死无梦无醒
一年年是拉不开的劲弓

一个农民用撅头敲开了偶然之门
他因此发了一笔财
欢天喜地的还有博物馆馆长
报纸连篇累牍的新闻
使一个默默无闻的小村子成为名胜
小村何曾有这样的荣耀
古时只出过一位秀才
现在只有一个远近闻名的郎中

石像只有石做的心脏
他不知道是该哭还是该笑
幸而他没有这两种功能
他只是历史没有带走的日用品
失去了效用却依旧被使用

1989. 3. 20

城市咖啡厅

领带如荒漠野马伫立时的长鬃
旋转门却不是龙卷风
有一种缠绵忽明忽暗
暗红色调是那扑面而来的血色黄昏吗
冰镇汽水有冬天标价出售
你的迟疑被铜管乐队奏成诱惑
霓虹灯将夜渗入高脚杯
如果一饮而尽
滋味是储藏已久的凛冽

把烟头伸向那只
误入歧途的飞蛾
你的笑容中有残忍的美丽
那血红血红的葡萄酒啊

1989 年 4 月

灵魂的控诉

——一幕悲剧的旁白

○

祖先说　以头触钟
总会轰然作响　天地动
生命就是这样
反叛　或者沉沦

一

这是一幕悲剧
在阳光照不到的地方
再现对光明的渴慕
主人公愤怒地扬起手臂
让一群灰鸽子纷纷惊飞
雨到处都在飘着
到哪里晾干淋湿的翅膀
坟墓　灵魂的避难所
隐隐可见
我们都窒息般地看着
泪水情不自禁

二

一群不安分者
为他们的诗神
做最后的祈祷

那恍惚是一个夜晚
棕榈像哨兵
月色像柠檬
遥远的天际有微茫的歌声
一只小舟划破寂静
潜行而来

有　个声音在诱惑
去吧
上船吧
到对岸去
到渔火闪烁的地方去

他们仍呆呆地坐着
直到黎明啄破蛋壳
露出红红的嘴唇
那是他们虔诚地放飞的红气球
滴血的眼睛注视它上升

一声石榴般的爆裂
信仰的碎片
纷纷扬扬

大彻大悟中

诗神涅槃

三

演出结束了
他们沉默地退场
仿佛害怕被烫伤
彼此回避着
那烟头一样的眼睛
夜风很凉
我们裹紧衣衫
慢慢地回家
海报已被风掀去
飘逝在夜幕深处
路灯下的树荫里
一对年轻的恋人
肩头抖动着吻别
追光灯在背后渐渐熄灭
在蓦然回首中
剧场
一片空白

背后有一个声音
立刻使脖颈僵硬如古堡
不再回头

四

猫头鹰眼中蓝荧荧的夜
庙宇深处隐约的风铃
幽谷　绝壁

瘦长的背影
一道弧线划破死寂

破空而降的惨呼
大汗淋漓的脸庞
母亲惊恐的眼睛
刚刚拧亮的台灯

残星
棋盘一样狰狞

五

又是三月
阳光像种子
遍撒每一处失血的角落
让成千上万的牡鹿不安地躁动
大海开始涨潮了
哨声越来越亢奋

红帆般鼓满了风
要起锚了
我们无邪地注视天空
没有一点雨的征兆

这是一个注定要沉沦的季节
地平线
风景线
可望而不可企及的地方

墙倾楫摧

一堆从牙缝里剔出的诺言
飘回泛着泡沫的港口
汽轮机呜呜地哭了

一枚古铜钱
嵌在岩石缝里
冷冷地打量世界

海鸥远远地飞去了

六

进口汽车开得飞快
烟尘呛得中国
一阵咳嗽

有一些满脸横肉的家伙
正以法律的名义
贩卖公章

眼镜片无谓地充血
恶声恶气地
讨价还价

旗帜躺在废弃的仓库
为颜色
标明价值

一群超生儿
奶声奶气地唱
别挤了

七

成千上万的欲望挤进城市
成千上万的面具在沙发里拍卖
成千上万的秤杆强奸公平
成千上万的爱情漂洋过海
成千上万的烟圈勒死了子孙
成千上万的皮包挤进 TAXI
成千上万的麦克风提供催眠术
成千上万的嘴巴在吞吃孩子的课桌

噢　人都哪里去了

八

该腐朽的
就腐朽吧
虽然该燃烧的
没有燃烧

墓碑林立
寒鸦啄食了两千年
磷火在证明
时间流逝
并非一切都消逝

阿 Q　那个古魂灵
没有把最后的圈画圆
莫非
该把它拉成一个问号?

可是孩子已经在马路上
跌跌撞撞地推着它

九

大道朝天
风呼啸而过
易水依旧沉默
高渐离的筑该锈蚀了吧
高楼在灰色的背景中
仿佛高踞陆地的一只只酒杯

单调的风景线上
风雪交加
古树
在侵蚀中愈见苍劲

十

上路吧
清明时节雨纷纷
路上
却没有行人

十一

一个人
在他的一生中
只有两次充当主角
一次是喜剧

一次是悲剧

让我们上演悲剧

十二

没有任何神祇的护佑
没有任何殿堂的威严
没有罗马角斗场的血腥
没有钉着十字架的原罪
没有古老龙形的图腾
没有彩陶器斑驳的花纹
没有兵马俑
没有烽火铁骑下嘶喊的破旗

没有歌卢
没有赞美诗颂词与祝福
没有花海森林般的手臂
没有月光柔情爱人

十三

孤独者的灵魂
一片空白
……

作于 1989.6.11 夜
改于翌日上午
再改于 1989.6.28 午

太阳

你能走入那片沉重的梅雨吗
你能扣响那沉重的铜钟吗
我们对你只有一个字
你能回答吗

——题记

赞美诗纷纷扬扬如同白色的传单
在你的天空飘舞梦幻般的弧线
光影聚焦成浑圆的意象
不敢直视却无法忽视你傲然的存在
我听到赤白的宇宙中飘着无数占卜的声音
远古的洪荒洋溢着噩梦般的呓语
你不容抗拒地强行踏入我们的领地
骨架搭起脆弱的灵魂们为你编织幻想
你孤独得惊心动魄因而从不驻足
我们精心设计无数的信物去迎合你
我们躲进暗夜去逃避你无情的洗礼
我们在你面前永远拖着浓重的阴影
我们连泪都被烤干却无法企及你
我们接受你的恩赐生命潮辉辉煌煌
我们携风狂歌携雨狂舞组合洞穴古老的图腾
世界是你随意涂抹的浪漫派画展吗
世界是你随意丢弃的积木块吗

你以温暖的巨掌涵盖那天际的黑洞
你赋予我们仰望时永恒的蓝色调
你听见那金黄色的鸽哨响彻你的深邃了吗?

晴空里举起成千上万的手臂
由于你的巨大存在世界变得摇摇晃晃
我们以黑色蓝色灰色棕色的眼睛注视你
升起降落降落升起成为我们生命的节奏
每当暗夜我们不甘于沉醉在玫瑰的芬芳
时针如盗船潜行指向你君临的时刻
我们伸开双臂承受你的光热
承受你赤裸裸的灼烧　伴以痛切的呐喊
那是涅槃那是火中凤凰最后的挣扎
那是没有注释的史册上一滴猩红的布谷啼血
那是白刃相接我们付出惨烈的代价
那是陨石碰撞地球发出沉闷的回响

没有一片叶子会因为你的热烈而干枯
但你也穿不透那片沉重的梅雨吗
寂寞敲响无数只风铃在记忆中喧响
风筝垂落了　伴着信鸽在屋角咕咕的鸣叫
婴儿响亮的啼哭　以及老人沉重的咳嗽
葬礼在郊外的大道上流着一条悲伤的河
纸钱躲在脚印里睁大无神的独眼起伏
诗人的笔轻轻地滑落如远去牧人的背影
幽咽的唢呐在天边的旷野上抖抖索索
你的天空竟沉闷得如从不敲响的铜钟
我们像怀春的少妇那样长久地思念
你真的冲不破这层层罗网吗

我们为晴空放飞亿万只幻想的鸽子

我们愿注视东方直到我们失去光明
知道我们心的节律形成澎湃的节奏
哦世界　让我们重新开始
哦太阳　我们对你只有一个字
你能回答吗你能回答吗你能回答吗

1989 年 7 月

冲出重围

—— 一盘棋和棋手的一生

无论是怎样的曲折和艰辛
甚至牺牲一切去殉浑然于心的最高准则
你会发现早有一些被证实的定势
已墓碑般地概括你
黑白世界　残酷　真实而又抽象
你别无选择

早先时候是一盘棋的开局
这很重要　有一些告诫从背后传来
那些溅落棋盘的懊悔像秋天一样感动你
但毕竟还是错了　先手之机只是瞬间
错误的像一次失败的恋爱
一次误点　一次轻信以及一次冲动
于是棋路变得狭窄
左冲右撞　却如同年轮包围生命那样
每一次偶然的思绪
都是无可追悔的胜负手

而这时运气总是不好
怀疑自己　从而感叹对弈也如同面对尘世
无论怎样骁勇　打劫或者打入
空间都在迅速地被分割　被渗透

如潮水漫起　脊梁背负彻骨之寒
每一次企图与判断　都无可改变地勾勒你
溺水者伸向天空的手
以及若干时间后　局势与心情

而你也仿佛是那鱼型之棋型了
一盘残局　无数处弱点与漏洞
无数件重要的小事情
从四面八方来无微不至地提醒你
有这样一些规则　有那样一些通例
每一枚棋子都是无法绕行的黑礁石　白礁石
使你顿感呼吸困难供氧不足
智谋和智慧不仅仅是一字之差　而是
一些局外的功夫
需要的是　抵御那些
不肯不语的观棋者
怎样教你向东　或南　或西或北地
选择一天四通八达的死路而不自悟

这一切都如同冥冥之中的暗示——
这一盘棋你输定了
即使将血肉之躯投入天平　指针仍倔强地
不肯偏转　和那些遥远的背影一样
需要默不作声地等待那最后的判决
致命一击
在成年之后
每一朵妩媚或者神秘的微笑都深不可测
始知人之中盘是苦难的历程

放弃或者继续　气是愈来愈紧了
谁能大彻大悟呢　棋子如荒漠上的大篷车队

到处流浪　被放逐的不屈之心啊

谁能大彻大悟呢

也许在最无关紧要的地方　曾经过一次

失误　留下一枚已被忽略了一个世纪的

启发　在重新诱惑你

熄灭那些焦灼的无明以及渐暗的微光

黑暗中等待磷火般等待顿悟

谁说又不是奇迹呢　那么拒绝绝望并且准备

如同被围困的生命

　　　　冲出重围

　　　　呼喊着

　　　　渴望着

　　　　喧躁着并且

　　　　冲出重围

被压抑的生命那躁动不安的势力期待迸发

　　　　那就像蛮荒时代那样汹汹涌涌地舞蹈起来

　　　　那就像地下沸泉那样沸沸扬扬地蒸腾起来

　　　　那就像斗技野牛那样酣畅淋漓地亢奋起来

　　　　那就像初升红日那样蓬蓬勃勃地喷薄起来

面色惨白大汗淋漓浑身颤抖毛发陡立

　　　　紧张激动焦灼急切亢奋痛苦乃至冲动

终于最后一次制胜之机　在泥鳅般滑落的瞬间

被紧紧抓住

黑色命运之神砰然而落

繁星般的棋盘

陡立而突兀那些陷阱般的眼位

无声无息而来

无声无息而去

你猛然跌坐尘埃　闭目而无语

再一次冥冥之中的暗示　该有一次复盘了

把许多不该忘记的历程　念珠般重数一次
而谁又能将人生复盘呢
谁又能阻止成千上万黑白相间的眼睛
已经跃跃欲试了呢

1989 年 8 月 25 日　夜草

夜过长桥

有灯如结满藤架的葡萄

沉默的观照中神秘的私语

撕不去那薄薄的面纱

长桥是横卧的静默

任潮湿的空气打湿温柔的睫毛

依然细辨隔岸灯火那永恒的微笑

让长风鼓满袖管

挥不去的彻骨寒意

冷峻的逼视

鼓凸的心室有无声的呼吸

从岸到岸

桥下是生生不息的流水

翩翩的思绪摇落寂寞中的风铃

背影掀起唯一的灵感

衣袂飘飘的匆忙

是一种渐渐淡去的回忆

仿佛追寻某种美丽的骗局

长桥横卧　幻化渐入仙境

有一滴泪悄落河心

仿佛愁肠百转又释怀

于是夜过长桥

长笛破胸而出洒向流水
方始明白岸是一种寄托
夜是一种答案
桥是一种意义

1989 年 8 月

城市印象

我企图赤着脚走进这座城市
以为柏油路和幻想一样松软
仿佛要来寻找什么
这是无数偶然中的一次
在迎面而来与匆匆走过的人流中
我的身份是过客
即使伫立在广场的雕塑前
肌肉渐渐僵硬起来
也会被一个孩子以童真的目光
看作古生物化石

城市是一套复杂的信号系统
雪白的斑马线
从路的尽头伸出柔软的触角
于是我被填入表格
后来有喷水车散发流质传单
后来街灯如约而来
有情人在树影中姿势优美地接吻
有无数夜的窗户放夜的电视剧
有少女信手从电车抛出一方白手帕
飘成夜的盲点

我抚摩那钢筋混凝土的纪念碑柱身

发现高楼的背景中

人有些微不足道

连我自己也模糊起来

我想去敲每一扇门扉

我想把万家灯火都弹出些灯花

却发现每一盏橘色的路灯

都在迷人地微笑

那微笑融入标准化序列

渐次凝固到遥远的地平线

属于这城市的每一个人

但不属于我

只好寻一家昏暗的小酒馆

一支蜡烛和一杯涩酒交映错觉

有一片野芹菜开满的田野

有无数的纸风筝喧嚷着夏天

有红衣少女掠过情梦幻化成烛光

渐渐远去的车灯扫过寂静

汽笛声却不是鸡鸣

仿佛梦中便沉入地铁

早晨如诺言是另一个通道口

空间把思绪切成狭长

出发后有一种格式

我是我的邮递员

在无数次偶然中的一次

我把自己投寄到这里左顾右盼

或者我是想来做一首诗

最后发现

面前飘舞着无数的黑色标点

终于赤着脚离开这座城市
我看到在我离开的时候
又有无数个我涌进来
听说这座城市的博物馆快建成了
无数古生物化石
接受展览

1989 年 10 月

秋雨

一场秋雨一场
凉　妈妈从故乡捎来的
衣　已裹住我的
单薄　临窗把酒
看雨　秋天哭了吗
秋天　只是凉

网罗过许多欢乐的
麻雀　网罗过许多
追蜻蜓的日子　如今
网着秋雨泛起的
泡沫　和泡沫一样的
话题　却没有人把心事
敲打凋零的梧桐
让叮叮冬冬的故事　打
一个凉凉的寒噤

凉
心事也
凉

空蒙的天空　失神地
望　失神的我们

举杯相邀　酒洒向
秋雨　成稀释的怀恋
在无言的寂寞中
瞄着远方的地平线　让
一匹雪白的神骏　驰进我
太阳穴的轰鸣

远远望去　有
一个母亲　和一把雨伞
和一个花伞一样吧的孩子
静立在雨中　电车
开来的那头　一定有家
在某一幢楼　某单元某号
某一片温暖中　孩子的笑脸
呢喃出妈妈期符的眼睛
任玻璃窗　泪流如注
任世界变模糊　终于电车
开走　除了秋雨
世界　一片空白

酒已干
无泪也无言

1989 年 10 月

最好

最好
有一个秋日的黄昏
在落满碎叶的林子尽头
有我
静坐

将思绪
撕成一缕惨淡的风
一眼看见汉家陵阙
掩映于杂草

为旧事所袭
凉凉地
打一个寒噤

最好
有一只秋蝉
在西风中凄惨地鸣叫
让我想起我之为我
在心底深处
睁大一双眼睛
痴呆地望
一片飘摇下落的枯叶

回忆
那湿润的恋情
如何在枝头
挂着春夏

或者
什么也不想　才知
爱情已经走远
林子尽头
只有些莫名其妙的
思绪

1989 年 10 月

随想录

一

窗子开了好久了
为什么没有蜜蜂飞进来

二

跃跃欲试的风筝
终于因无风而叹息

三

有一天瓦片苏醒了
它的背上凝满了霜

四

小孩骑在爸爸的背上
大声宣布他长大了

五

红杏争相出墙
于是花园零落了

六

雪化后鸟儿的尸体
张嘴向着归来的雁阵

七

你能把阳光关在窗外
我能把爱情埋在心里

八

牛感到浑身不自在
主人今天没带鞭子

九

陷阱如果很大
平地就成了高山

十

水面上的稻草在庆幸
没有被落水的人抓住

十一

楚人在水底寻到了宝剑
他在得意地为自己平反

十二

树干做了栋梁
树根用年轮炫耀自己

十三

风雨夜遥远的孤灯
亮了很久　没有人走近

十四

雁们从南方归来
看到雪化后鸟儿的尸体

十五

你在听夜雨的声音
我在听你的叹息

十六

车辙里孤独生长的野花
等待着车轮碾过的死亡

1988 年 5 月

独坐

静静地坐着
把世界看成一个固定的画面
风也默默
云也默默

灵魂里
有打夯机的声音

1990 年 7 月

无题

铁马冰河　而羌村永不睡去

虬枝横斜着寒鸦在斜阳外

冬天那死寂的风景线上

黑夜无声息逼迫而来

而伊人依旧呵着手

做最后一次眺望

音乐骤然响起

十年如一梦

竟难选择

迎接或

逃遁

的

心

以及

窗棂外

枯枝如铁

风掠过郊外

铅灰色的时间

因不知缠绵已逝

如今仍历历在目的

飘然枯叶最后的抒情

是一份喜悦　还是惆怅
如同城郭外孤舟无人自横
那如今不复回首却挥不去的

河流　和种子

1990 年 7 月

细雨小景

一

灵魂是无声的独白
时间的足音轻轻
面对无尘之尘世
面对你湖泊般宁静的眼睛

纤弱的生命无处不在
柳枝于风中倏忽地一动
有一些灵感拔节如初生之笋
有一些脚步踢踢踏踏走过

二

艺术源于自然　源于生命之初始
寂寞的倾诉　日日夜夜都有
而湖泊干涸　河流断源之后
只有泪水湿润如初

于是酷爱赤足以及散发
酷爱天籁以及那些晴朗的日子
永不断线的情丝如母乳

仰首向天　恩赐源源不绝

三

无意企求却永不坚强
爱情像死亡一样神秘地暗示
许多黄昏都不同于这个黄昏
绵延的奏鸣生生不灭

让孤独染上神圣的是诗
让寂寞染上色彩的是画
单调的天空是无休止的启发
别作声　让沉默感动心灵

四

踏过辋川便永远迷失了归路
雾从四面八方游弋而来
单调的情节一再上演
厌倦是一味清凉剂

枯枝似铁　纵是湿漉漉的记忆
兀鹰伫立便寒意顿生
通彻心头的是无言的逼视
脊骨渐冷　篝火只剩下灰烬

五

生命的个体没有轮回
发生过便成为细密如发的往事
辉煌的坠落曾长久地孕育

那一瞬间的故事如此动人

从此便成为泡沫成为无形
重新组合的是另一类型的生命
每一次再生的日子都十分迷人
只要你甘愿伫立不动

六

空气倒垂着　远山寂静无声
房舍积木般散落尘世中
石板小路清亮如拭无人行
电线横亘天空　一动不动

有黑色布伞飘过矮墙
老槐树在天井外像守护神
短弦由远而近渐渐清晰
梦是小舟　划出水墨意境

七

黛色山影郭外横斜
这是背景中的背景
天地朦胧　平原一带寥落
瑟瑟是异乡的悲风

惆怅无语凭谁遥指天际
几千里乡愁似秋水中蒲苇
近中秋又总是寒蝉凄切
谁知道该闭门还是添衣

八

万家灯火迷蒙如霜后草木
危楼重重却喑哑了清音声声
总不肯俯身凭接点点凉意
关了窗棂　关不住无由而来的箫声

夜空寂无星辰阴沉如铁
怕只冷落了独行无伴的路人
路灯也只似雾中纤纤手
悟则悟得切　看却看不清

1990 年 11 月

我不愿睡去

——致爱人

醒着便是美丽的　注视我

钟爱的一切　回忆并且体验

甚至注视时针　缓慢的轨迹

如何将岁月刻上　你明洁的前额

每时每刻　总有什么要消逝

总有什么要诞生　我愿意躺着

看到每一只露珠　倏忽着滚下落叶

看到我的童年　原来在暗暗潜伏

以及点一支烟　慢慢地回味

长大以后的日子　烟圈像唱针那样

旋出属于我的音乐　醒着多好

听你喜欢的歌曲　暗地里想念你

哪怕只有一只飞蛾　默默地盘旋在

我的小屋　灰色的床帏　很幽暗

那是我喜欢的　几本爱看的书

一架台灯　以及可以憩身的床铺

完完全全地搁浅下　我的体重和思想

就这样醒着　思念你的笑容

直到你给我　美丽的梦……

1991.3.18 晚

星空

以你永远的魔力给我们力量
让音乐从外星传来
并且响彻旷野
给我们徘徊不定的脚步
标定你的预言

炎热　喧躁　污浊不堪的空气
以及飞虫
以及更为冷酷的白天的野心
都消失于你博大的胸襟
我们于一片幽暗的湖光山色中感悟你
星空啊
以你母亲般的慈爱
给我们以启发
让我们静静地入睡
你静静地覆盖我们
覆盖奔逐而疲倦的生命
覆盖我们不知疲倦的星球
浮荡于我们永不自觉的梦幻中

而我总是路人
在我流浪的旅途中我渴望你
永远的指引是我永远的安慰

每当阴天我便在草叶间暗暗地饮泣
以一粒露珠的名义向往你
那时便有你庄严的回声

以童年的目光注视你
便注释了我们的一生

1991 年 7 月

爱你从明天开始

记忆为雨季淋湿　并且
发霉　需要像楼顶栖息的鸽群
那样晾晒羽毛　细细地梳理
发出咕咕噜噜的叹息声
我远道而来　赴一个春天的约会
渴望曾经冰冷的心
渐渐复苏　并且种植情感
收获爱和希望　以及一把神圣的
钥匙　破译阳光的密码
让阳光像歌声那样
密密匝匝排列在感觉的世界中
把污染　嘈杂　以及整个虚幻的
城市　甩在背后
这样便敲门　细心地等待回音

门紧闭着　接着半开半合
而你正以半开半合的眼睛
打量整个世界　躲避风雨的小屋
没有惶恐的探询
也没有意外的喜悦
时针以古老的步伐记数你的生命
而夜总是在窗外狰狞着
像某些童话

我们只隔一扇门
一扇透明的门
互相打量　等待一种顿悟
一种奇异
一种预期的证明

为什么我们不能相识在梧桐树下
让那棵树区别于所有的生命
或者等待天地间辉煌的一瞬
我们便久久地战栗
无法预知的情节之中
苏格兰式的风笛奏响在梦里
或者克莱斯曼那指尖神秘地一动
我们不可企及
我们用生命来互相寻找
却用憔悴的目光
破译红砖路上　各自的脚印

那么从明天开始
走吧　我说
我胆怯的渴望希冀应和
天空已经被我们注视成湛蓝
哪一片星空是永恒的象征？
我们永远仰望并且终生寻找
让时针去记数日子吧
我们用心灵记数生命
那更为遥远的路程

1991 年 5 月

珍惜爱情

有时候　凝视一滴泪从眼角渗出
然后翻山越岭
似乎是夜行的人　寻找灯火
但终归是没有归宿的
我们知道
只有少数河流到达了大海
其他的水滴们
沉沦在岸上　化作桃花

有时候　夜来读读佛经
才知道前世今生　乃至来世
都在佛的掌心
那些密密麻麻的掌纹
仿佛纵横阡陌
我们如救头燃般地奔忙
总逃脱不了　六道轮回
如果有一天真的需要堕入下界
让我变成跳来跳去的火焰吧
怀着涅槃的心愿　绝望地舞蹈
祈求那滴泪
刹那间蒸腾　融入虚空

2012 年 8 月

与你合谋

不经意　已经完成一次合谋
你负责柴米油盐　我负责远行
直到某一天　我在街角等你
我们一起　把那个雕着莲花的小盒子
绑上铁锤　沉入泥土

谁稀罕路上的风景呢　绿色仿佛去年
山脉阴沉　农人的脊背更加佝偻
有些水坑　青蛙不见了
路徒劳地伸向远方
你只要踏上去　就误以为春天

当然　例外是一场不曾预约的急雨
毫无征兆　倾盆而下
我被雨滴洞穿　抛散魂魄　率彼旷野
湿淋淋的厌倦　在你迷离的目光中
烤也烤不干　这一瞬间
剧情逆转

于是　我们继续合谋吧　窃取城市和乡村
爱情和死亡　中餐和西餐
整理背包　带上旧相片

骑着马　骆驼　波音飞机　以及三轮车和月光
到你的故乡看看　郊外的芨芨草
和死寂的夜晚里　白花花的时间

2014 年 8 月

远山

完成下一次旅行　还有许多不眠之夜
为什么你总是眺望　而一再拖延
屋檐前的燕子已老眼昏花　居然
把湿淋淋的雨帘　看成珠帘
想不起谁曾经发过誓言
也不记得那是哪一年的秋天
隔壁老迈的猫　还步履矫健

仰头看看　蛛网密植依然
格式化的天空　一会儿白一会儿蓝
矮墙内　荒芜的小院
凋敝的老房子　几时不再有炊烟
很多记忆都不见了
风铃　葡萄藤　喜感的窗画　以及井栏
以及姥姥和姥爷
很多年了　即使春天也不忍流连

但是　总归还有某些执拗的乱云
待在屋角勾连的缝隙里　从不缺席
除了雨天　除了你忘了眺望的
若干个瞬间

这时你会泪眼滂沱
尽管你不知道
因为小院　还是因为远山

2014 年 8 月

看不进去一本书

在灯下看书　听每一页纸张呼吸
那些爬满河流的蝌蚪
仿佛前世受刑者的灵魂
巨大的惊厥　让风忍不住跑远
窥视古老的神庙
有些男人和女人　进进出出

而我只是在灯下　如同被轻浮许诺
又不肯离去　随意地翻动
那些簌簌发抖的稻穗
和泛着绿光的青铜器皿　怎样
让时间凝固　在这个夏天的早晨
云层阴沉

我知道　又该到旧书店转转
看那个秃头的年轻人　和他墙上挂着的父亲
如此酷肖　除了眼睛

最近　我一直在这里转转
似乎这是我和　车水马龙的大街
唯一联系

2015 年 9 月 12 日